Conqueror of
the dying kingdom. 7

ユーリ
キャロル

「なんであいつが……」

「あいつの無邪気さは、
王族には罪だったんだ」

俺はベッドサイドに座ると、
キャロルの肩を優しく抱いた。

「さあ、者共(ものども)！
ホウ家が兵(つわもの)の戦(いくさ)がいかなるものか、
そこにある魔女の手勢に見せつけよ‼」

亡びの国の征服者 7

魔王は世界を征服するようです

著
不手折家

イラスト
toi8

Conqueror of the dying kingdom.

Characters
登場人物

ユーリ・ホウ

シャルタ王国の将家、ホウ家の嫡男。騎士院で学ぶかたわら、ホウ社を起業した。国の滅亡を予見し、新大陸発見を目指している。現代日本で生きていた前世の記憶を持つ。

キャロル・フル・シャルトル

次期女王となるべく育てられたシャルタ王国の王女。騎士院と教養院の両方に在学している。プライドが高く、世間知らずな一面も。王族の証である美しい金髪と碧眼を持つ。

ミャロ・ギュダンヴィエル

魔女家の長女でありながら、騎士院に在学する少女。参謀タイプで、ユーリに付き従う。

シャム・ホウ

ユーリの従妹で教養院に在学する少女。人付き合いは苦手だが、天才的な頭脳を持つ。

リリー・アミアン

教養院の寮でシャムと同室の先輩。機械関係に強く、ユーリの依頼で様々な品を作る。

ルーク・ホウ

ユーリの父。牧場を営んでいたが、兄の跡を継ぎホウ家頭領となる。

スズヤ・ホウ

ユーリの母。農家の生まれで、温和な性格ながら芯の強さを持つ。

イーサ・ウィチタ

異端故に国から逃れてきたクラ人の女性。クラ語の教師をしている。

ドッラ・ゴドウィン

騎士院に在学する少年でユーリと同期。身体が大きく、武術に長ける。キャロルを慕っている。

カフ・オーネット

ホウ社の社長。かつて腐っていたところをユーリに拾われた。

シモネイ・フル・シャルトル

シャルタ王国の女王で、キャロルとその妹カーリャの母親。のんびりした性格。

The story so far

これまでのあらすじ

二つの人類——シャン人とクラ人が生存競争を繰り広げる世界。
シャン人を「魔族」と呼ぶクラ人国家の侵略により、
シャン人国家は白狼半島の二国家を残すのみとなった。

その一つであるシヤルタ王国の将家に生まれた少年ユーリ。
祖国がもう長くないことを悟った彼は、
将家の嫡男として騎士院で学ぶかたわらホウ社を起業。
現代日本で生きた前世の記憶を元に天測航法を確立し、
交易を行いながら新大陸の発見を目指していた。

そんな中、王女キャロルと想いを交わしていたユーリは、
子供ができたことを機に婚約を決める。
しかし両家の祝いの席で両親と女王が毒殺され、
キャロルも毒によって命の危機に瀕してしまい……？

CONTENTS

ボフ家領方面
魔女の森
北王城通り
王都港
大市場
王城
上流
王城島
大橋
下流
南王城通り
大図書館
学院
牧草地
ホウ社本社
ホウ家別邸
ホウ家領方面

Conqueror of
the dying kingdom.

7

第一章　離脱

I

白暮(はくば)は、地面に飛び込むようにして、まっさかさまに飛び降りた。

三メートルほど落下したところで、手綱を強く引く。白暮は戸惑うことなく羽を大きく広げ、相対速度のついた大気を受け止めた。

白暮は、ルークが選び抜いた鷲(わし)だ。それを牧場でやっていた頃と比べれば採算度外視で、完全に趣味で仕上げている。さすがというか、調教が行き届いていた。

白暮の羽は、縦方向の落下速度を、横方向への運動へとなめらかに変換してゆく。滑空に移行すると、あっという間に王城を囲む軍勢を飛び越えた。

しかし、いかに優秀な鷲といっても、生物の枠を超えて強靭(きょうじん)なわけではない。二人分の重量を背負った白暮は、通常ではありえないような回数、せわしなく羽ばたいていた。それでも、普通の半分も上昇していかない。

やはり重いのだ。滑空比も普段と明らかに違い、角度が深い。白暮は、ゆっくりと地面に落ちていっていた。

普段の夜のシビャクは、実のところ味気ないほどに暗い。電灯のたぐいがないため、王城だけはポツポツと明かりが灯(とも)っているが、街は民家の窓から漏れる明かりがわずかに見えるだけで、月が出ていなければ都市の輪郭すらはっきりしない。

だが、今日だけは様変わりしていて、道沿いが異様に明るかった。兵が松明(たいまつ)の炎を持って、外を出歩いているのだ。

王都を混乱させぬよう戒厳令のようなものを敷きたいらしく、街中に兵を散らしているらしい。

別邸が見えてきた。高度はまだ残っている。これなら、なんとか辿り着けそうだ。

五分も経っていないのに、三月のシビャクの風は、薄着の体を凍えさせはじめていた。

上空から別邸を覗く。まだ制圧はされておらず、門には近衛軍がつめかけているようだ。

どういう状況なのだろう。

ともあれ、こちらにとっては好都合だ。この状況では、味方の陣地に降りられるだけでも僥倖と言わなければならない。

鷲が降りてきたところを見られるのはまずいので、空中でわずかに向きを調整して、方向を人目につかない裏庭に合わせた。

着陸態勢に入るが、羽を長めに羽ばたかせても、落下速度は思うように落ちなかった。

速すぎる。

キャロルを抱えている状態で飛び降りてしまうわけにもいかず、そのまま結構な勢いで着陸した。小鳥が枝に止まるように、ではなく、鷲の胸が地面に触れそうなほど、がくんと深く沈んだ。

着陸に成功したあと、白暮が心配になるような挙動だった。

怪我してないだろうな。これで壊すには、あまりにも惜しい鷲だ。

「大丈夫か？　キャロル」

「だ、大丈夫……」

寒さが応えたのか、キャロルは細かく震えていた。拘束帯を外しているうち、飛んできた兵たちが俺を囲んだ。

「ユーリ様、ユーリ様ですか!?」

見覚えのある兵長が叫ぶ。

「ああ。こっちにキャロル殿下もいる。降ろすのを手伝ってくれ」

「はっ、はいっ！」

「病気なんだ。自力じゃ立てない」

「すまないな、肩を貸してくれるだけでいいから」

俺はキャロルを縛っていたロープを外して、ゆっくりと兵長に体を渡した。

自分も地面に降りると、

「すぐに出る。キャロル殿下は馬車に。体温が下がっているから、綿入れ布団も一緒に入れてやってくれ」

「了解しました」

「あっ、表の兵に殿下を見られないようにしろ。特に髪を」

別邸が攻められていないのはなぜだろう。

ホウ家との正面衝突を避けているのか？

確かに、俺とルークがいっぺんに死んだと仮定すれば、新しい頭領の任命と指揮系統の再編には時間が取られる。

その間にホウ家を懐柔する自信があるのか？

一家全滅致しましたのは、誰も悪くない悲惨な事故のせいでございまして、お悔やみ申し上げます……と。

そういうつもりであったならば、確かに別邸を直接攻撃するのはまずい。別邸を攻撃すれば、王城のように閉じられた密室で皆殺しというわけにはいかないのだから、奇襲攻撃によって戦争の引き金が引かれた。ということになる。

〝全面戦争待ったなし〟と〝全面戦争突入〟は、小さな違いのようだが質的には全く違う。

それに、王剣にもミャロにも知られなかったくらい秘匿性の高い陰謀劇だ。第二軍も、おそらくはごく一部の首脳以外は何も知らず、ほとんどの兵は俺たちが毒を盛られたあとになって、つまりカーリャが合図を送ってから、青天(せいてん)の霹靂(へきれき)で全軍出動を命じられたのだろう。

だとすると、数名の大将クラス以外は作戦の性質がまったく把握できておらず、したがって作戦におけるホウ家別邸の性質も理解できていなくて、味方を攻めるという行為に対して強い抵抗を感じているのかもしれない。しかし、俺とキャロルが脱出してここに居るということになれば、話は全く違ってくる。躊躇なく総攻撃に踏み切るだろう。

俺はそんなことを考えながら、表に回った。

「ユーリっ！」

「ユーリくんっ……！」

すぐに現れたのは、シャムとリリーさんだった。

「無事だったか！」

シャムが勢いよく抱きついてくる。

「こっちのセリフですっ！　どれだけ心配したか
……！」

「ハハッ、まあ無事やと思ってたけど、なんて格好しとるん」

考えてみれば、俺はシャツ一枚にトランクスのようなパンツ一丁という格好だった。

「寮から逃げてきたのか」

「ミャロはんが寮の部屋にきて、連れて逃げてくれたんよ」

ミャロ……。

今、この時ほどミャロの働きをありがたく思ったことはない。本当によくやってくれた。

「お坊ちゃま。まずはお着替えを」

スススッと現れたメイド長が言った。

何をおいても、まずは俺に着替えをさせるのが責務だという顔をしている。俺もさすがにこの格好で指揮をするのはサマにならないので、着替えたいところだった。

「シャム、離してくれ」

「うん……」

俺のお腹に顔を押し付けていたシャムが離れた。

メイド長に連れられて、別邸の中に入る。

「鎧を頼む。重くない、革鎧でいい」

「ご用意してございます」

玄関から一番近い部屋には、すでに何種類かの衣装が取り揃えられていた。緊急の事態に、誰が戻ってもすぐ着替えられるよう、あらかじめ用意

しておいたのだろう。

メイド長は、手早く着替えの手伝いをはじめた。俺のシャツを脱がせ、少し厚手の服を着させると、鎖帷子をジャラリと首に通した。左脇の紐を結びはじめたので、右側は自分で結んでゆく。

「それとな……もう坊ちゃまはやめろ。父上は……もう身罷られる」

俺がそう言うと、メイド長の手が一瞬止まった。時間にして二秒ほどだったろうか。すぐに手が動き出した。

「……承りました。ご当主様」


革鎧を着こなすと、俺は短剣を懐に忍ばせ、槍を持って外に出た。

正門を確認する。衝突寸前の両軍が叫ぶ怒号の声が、そちらの方向からこだましていた。

庭には非戦闘要員が二十人ほどいる。通りを挟んだ向こうにあるホウ社の社屋で働いていた事務員や、戦々恐々としているメイドたち……。その中には、カフもいた。その妻となる予定のビュレもいる。もし社が襲撃されたときは、別邸に逃げ込むマニュアルになっていたから、それが功を奏したのだろう。来月結婚式の予定だったが、こうなったら予定は取り消しだ。

カフの近くには焚き火があって、少し掘った穴の中で何か燃やしているようだ。おそらく、社から持ってきた機密書類のたぐいだろう。とはいえ、手入れを想定して、王都には秘匿技術に関することや新大陸に関する書類は残さない決まりになっているので、それほど重要な書類は存在しないはずだ。

「皆、集まれ！」

俺が号令を発すると、兵たちが集まってきた。数が多い。全部で二百人ほどもいる。ああ、と気づいた。ルークとスズヤが昨日到着したからだ。交代で帰るはずの兵が帰っておらず、二組が重複して王都にいたわけだ。

俺は、その兵たちの中にソイムを見つけた。

というか、臨時に指揮をしているようだ。正門をカラにするわけにはいかないので、最低限の人数を残す指示をして、それが終わるとこちらに向かってきた。

正門から姿が見えないよう、玄関の柱の陰になるよう立ち位置を変えて、俺は喋（しゃべ）りはじめた。

「まず、きみたちに端的に状況を伝えよう。我々が何故（なぜ）このように包囲されているか。皆も少しは伝え聞いているだろうが、俺と父上、母上は、本日婚姻の両家顔合わせのため、王城に招かれた。その席上で毒を盛られ、幸いなことに俺だけはこうして無事でいる。だが、父上と母上は毒によって身罷られた」

兵たちの士気を少しでも上げるために、嘘（うそ）でもこう言っておいたほうがいいだろう。

兵たちは、俺が言うと、まず啞然（あぜん）とした顔をした。そして、言葉の意味を飲み込むと、表情を怒りに染めた。

「……だが、その犯人は王家ではない。なぜなら、シモネイ女王陛下、キャロル殿下、ともに毒を召（め）されたからだ。つまり今日、今このとき起きている策謀は、この王国から女王と王太女（おうたいじょ）、そして彼女と婚姻し、王配になるはずだった俺――そして、ホウ家を統べる天爵とその妻、その全員を一夜にして葬り去ろうとする大陰謀ということになる。

きみたちは、まさにその渦中にいる。

この恐るべき卑劣な陰謀を実行したのは、カーリャ・フル・シャルトルである。だが、きみたちの中にも彼女の評判を聞いている者はいよう。実に馬鹿な女であって、間違ってもこんな陰謀を起こせる器ではない。計画を立て、彼女を唆（そそのか）し、そしてこうやって近衛第二軍を差し向けているのは、この王都に蔓延（はびこ）る魔女どもだ」

俺は改めて敵の正体をはっきりと述べると、兵たちをゆっくりと見回した。動揺は収束し、敵が定かになり、兵たちの目には力が籠もりはじめていた。

「俺は、来る日に必ずこの者たちを駆逐する。今日、策を企て、俺の両親を毒をもって殺し、王陛下を弑した者たちを、俺は決して許さない。いつの日か必ず奴らを殺すことを、今この時、亡き父上、母上に誓う。

だが、残念ながら、ここにいる手勢だけで今日、今すぐにそれを為すのは不可能だ。それこそ魔女どもの思う壺であろう。

先程、俺以外の皆が毒を飲んだと言ったが、キャロル殿下だけは幸いにも無事であった。俺は王城で、毒を得て血を吐く両親と別れを告げ、今となっては唯一清潔なる王統であるキャロル殿下をここに連れて来た。彼女もまた毒を召したが、飲んだ量が少なかったため、まだ生きておられる。

彼女を安全な場所まで連れていかなければならない。安全な場所とは、ホウ家領である。それをするためには、さしあたりこの重囲を突破しなければならない。

つまり、これから我々は、そこの門前に居る屑の手下どもを打通し、王都を脱出する。靴紐を縛り、槍を持て。鳥に乗る者は早く乗れ。戦えぬ者を馬車に上げろ。我らの本分、戦争の時間だ！

さあ、動け！」

パン、と手を合わせると、兵たちは水を得た魚のように動き出した。小隊を掌握する兵長たちが、各々に指示を飛ばしはじめる。

そこに、ソイムがやってきた。

俺のものより更に軽そうな、要所要所を細長い鉄板で補強しただけの鎧というより服のような格好をして、頭にはキャップを前半分にしたような、兜と鉢金の間の子のような兜を被っていた。足だけはきちんとしたカケドリ用の具足を履いているところを見ると、軽装に見えるがソイムの中では実戦的な格好なのだろう。カケドリは、とかく歩兵から足を狙われやすい。

手には、なにやら恐ろしげな面頬のようなものを持っていた。別邸に飾ってあったものを借りたのだろうか……。

「見事な陣触れでございましたな、若君。いや、頭領殿」

「よしてくれ」

「ところで、略式でよいので我が槍を受け取って貰えませぬか」

なぬ？

槍を受け取るというのは、つまりは主従の誓いのような意味を持つ。

今？　さっき急げって言ったばかりなんだけど。

「まさかとは思わないが……ここで死ぬ気か？」

俺がそう言うと、ソイムはニヤリと笑みを作った。妙な衒いのまったくない、心底から嬉しそうな笑顔だった。


「この老骨、朽ちる前に大華を咲かせる機会を得て、望外の喜びに打ち震えております」

「そうか……できれば死なないで欲しいんだがな」

コミミ・キュロットのこともあるし。

「戦場にて散ることこそ、我が誉れ。どうかお許しを」

ソイムの決意は堅いようだ。決意というより、改まっての決意など必要としない、元よりの生き様のようにも見える。だとすれば、悲しんだりそれを阻止しようとしたりするのは、ソイムの生き方に対する侮辱なのかもしれない。

「ソイム、お前からはもう槍を貰っている。この身に宿った、大切な師に教わった槍だ。そのお前の槍を、俺が改めて受けるというのも、奇妙な話だ」

「それこそ、この上なき我が誇り。どうか」

ソイムは跪き、俺に向かって横にした槍を差し出した。俺は自分の槍を壁に立てかけると、それを受け取った。

「ソイム・ハオ。貴殿は我が槍であることを誓うか」

「誓いまする」

「では、貴殿は今この時より我が槍である。一条の槍である。常に鉾を研ぎ、我が命あらば敵を穿け」

ソイムに槍を返した。略式ならこんなものでいいだろう。

「これで、思う存分の戦働きができます」

儀式が終わり、ソイムは奇妙にすっきりとした顔で立ち上がった。なにやら若返ったようにも見える。

「このソイム、ホウ家四代に仕え、ゴウク様の時は死すべき時に死ねなんだことを悔いもしましたが……まさかこのような機会が巡ってくるとは。年甲斐もなく、身体中が喜び勇んでおります。必ずや、若君第一の家臣の名に恥じぬ働きをしてみせます故」

「主従の契りをしたのは、お前の中ではなにか意味があるのか？」

死に場所云々は置いておいて、この儀式には意味があったのだろうか。

俺がそれを言うと、ソイムはかなり心外そうな顔をした。

「なにをおっしゃいます。主従の契約がなければ、ただの戦気狂いの狂い死にでございます。主従の契約があるならば、戦場での死は騎士の誉れ。それでこそ、冥土にて仲間に自慢ができるというものです」

「そうなのか」

ソイムは、ゴウクの時代に息子を全員戦場で亡くしている。普通に人生を楽しんでいる風ではあるし……早く逝って彼らに会いたいというわけではないんだろうが。

「このソイム、必ずや七代語り草になる戦働きをしてみせまする。安心して殿をお任せくだされ」

「ふっ、キャロル殿下……いや女王を守り、主君を守り、殿を務め戦場に散るか。確かに、歌の一つや二つできるかもな」

　ソイムは以前、最後に立ち会った時、自分はこれからは衰えるのみと言っていた。錆びついて使えなくなってしまえば、戦場に出ても無様な死に方しかできない。長く語り草になる戦働きなどできないだろう。

　ソイムにとっては、自らの生き様を世に問う、望外に巡ってきた最後の晴れ舞台なのかもしれなかった。

◇　◇　◇

　ソイムとの話が終わり、庭を見ると、もう準備はほとんど終わっていた。

　俺はカケドリに乗る騎兵隊の隊長のところへ行った。

「ユーリ様、このたびは誠に……」

「いい。それより、俺にカケドリを用意してくれ」

「はっ!?　お乗りになるのですか!?」

　乗るに決まってる。会社の社長じゃあるまいし、馬車の中から外見てるってわけにいくか。

「もちろんだ。この槍が見えんか。俺が陣頭に立って指揮を執る」

「あまりに危険では。どうか馬車に……」

「馬鹿を言うな。それとな、父上の白暮をここに置いていくのは惜しい。鷲にまともに乗れる兵はいるか？　俺がそいつのトリを貰いたい」

「心当たりはございます。でも、それならばユーリ様が鷲に乗っていかれれば」

　んなことできるか。

「くどい。早くしろ」

「――ハッ！　了解しました」

命令をすると、やはり隊長は跳ねるように動いて役目をこなしはじめた。

すぐに一人の騎兵がやってきて、トリから降りる。

「五期派遣隊ホルオス・ユーマであります！」

王都に送られる派遣隊は数多くの隊の中から少しずつ兵を抜いてきた臨時編成だ。これは、今年五度目の派遣隊という意味になる。

「すまないが、カケドリをくれ。きみには父上の鷲、白暮というんだが、それをホウ家領まで回航してほしい」

「了解しました」

「夜の飛行になる。月は出ているが……白暮には今日無理をさせたから、大丈夫と思っても一度には飛ぶな。王都を出てしばらくしたら、街道沿いでない場所に降りて、一晩明かしてくれ。餌場から少し肉を持っていって、夜に食わせてやれ。ホウ家領に入ったら、一番近くの領館に行ってこの事態を説明しろ。それで、できたら天領との領境に兵を出させてくれ。分かったか？　復唱しろ」

「分かりました。王都より出発し、街道沿いでない空き地に降り、餌を食わせて夜を明かし、明朝出発し、領境の街にて兵を出すよう交渉致します」

「よろしい。百点だ。頼んだぞ」

俺が肩を叩くと、ホルオスと名乗った彼はトリを置いてすぐに動きはじめた。重いだけの革鎧を潔く脱ぎ捨ててゆく。名を覚えておいて、あとで弁償してやらなくちゃな。

俺はカケドリに飛び乗ると、鞍にあった槍差しに槍を立てた。次はカフの下へ向かう。

「よう」

気軽に声をかける。

「とんでもないことになりやがったな。これからどうなるか……」

「嬉しいだろ？」

俺がそう言うと、カフは「なにを言ってるんだこいつは」という顔をした。

「お前の大嫌いな魔女家、全部ブッ潰してやる。綺麗(きれい)さっぱりこの世から消し去ってやるから、お前はその後のことを考えてろ」

「ああ、そういうことか……」

「瓶をくれ。すぐに使う」

カフは火炎瓶を騎上の俺に渡した。三本で束になった火炎瓶が二つある。

今の火炎瓶は普段コルクで封をしてあるのだが、既に抜栓され布が入れてあった。中の液体が吸い上げられ、布は濡(ぬ)れたようになっている。

「これも持っていくか？　丁度いいだろう」

カフは鉄砲を差し出してきた。馬上で使えるように切り詰めたタイプだ。

「俺はもう一丁ある。遠慮なく持っていけ」

地面には燧石式(フリントロック)の長銃が置いてあった。長いと取り回しが悪くなるが、ガス圧がより長くかかるため射程や威力は上がる。カフは自分でも戦うつもりなのだろう。

「ありがたく頂いていくよ」

俺は鉄砲を受け取り、安全装置を確かめて腰帯に差した。

「さ、早く馬車に乗れ。すぐ出発だ」

「ユーリ様」

ビュレが声をかけてきた。

「どうかご無事で。武運長久をお祈りします」

武運長久ってこういうときに使う言葉かな。お前も一緒に行くんだけど。

まあいいか。

「ありがとう」

俺はそれだけ言って、カケドリを回した。

カフが馬車に乗ると、庭に非戦闘員はもう残っていないようだった。

俺は正門に嘴(くちばし)を向けた。正門の向こうでは、第二軍の兵が密集して道を占領している。上から見た限り、別邸を大きく取り囲んでいる分を除いて、門を塞いでいる兵だけで五百くらいはいただろうか。

　こちらは、歩兵隊が百四十に、騎兵が六十ほどいる。まあ、なんとか行けるだろう。

　敵は、こちらの様子が明らかに変わって、臨戦態勢を取っているというのに、緊張して殺気立って槍を向けてはいるが、弓や銃を出してきていない。まるで戦争のやり方を知らないようだ。

「ちょっと貸してくれ」

　松明を持っている兵から火を借りて、火炎瓶の導火線に火をつける。

　松明を返し、カケドリの腹を足で叩き、軽く勢いをつけて、三本の束をいっぺんに投擲した。

　敵勢の眼前で止まり、もう一つの束は前線に投げつける。行方を見ないまま回頭し、前線から少し離れると、槍立てに立ててあった槍を取り、天にかかげた。

「まずは歩兵隊が門前をこじあけろ！　騎兵が突っ込んで血路を開く!!　その後歩兵は馬車を守りつつ続け!!」

　俺はかかげた槍を振り下ろし、敵に突きつけた。前線は五、六人に火が燃え移り、絶叫の渦になっている。

「さあ、者共！　ホウ家が兵の戦がいかなるものか、そこにある魔女の手勢に見せつけよ!!」

　檄を飛ばすと、兵長たちが槍をかかげ、一斉に吶喊の号令を出した。

「オオオオオオオッ!!」

　兵たちが雄叫びをあげながら突っ込んでいった。前線の第二軍は、火に巻かれる仲間を見て浮足立っている。

　所詮は戦争などしたことがない弱兵どもだ。歴史を遡れば百五十年前、将家の反乱の際に一度働いたきり、ずっとヤクザの下働きのような真似をしてきた連中にすぎない。その反乱の時だって、主戦力として戦ったのは第一軍だった。

兵が突っ込んで燃え盛る前線に槍が突き立つと、敵の軍勢は勢いのまま押されていった。

歩兵隊が平押しに押し込んで空間を作ると、数に勝る第二軍が横から溢(あふ)れ出てきた。

勢いが良すぎて、このままでは包囲されそうだ。

門を出て右の方を突破して逃げるので、左のほうに少しカケドリを移動させたかった。騎兵隊長に目配せすると、以心伝心で同じように部隊に指示を出した。

突撃力と直線というのは関係が深い。

俺はもう一度槍をかかげた。

「勇猛なるホウ家の騎士たちよ!! 諸君が槍を捧(ささ)げし我が父上が天から見ているぞ!! さあ、名を上げよ!! 王都に我らが武を轟(とどろ)かせよ!!」

再び檄を発する。

「突撃!!」

槍を振り下ろし、カケドリの腹を足の腹で叩く。リズミカルに叩いていくと、速歩から駈歩(かけあし)、そして襲歩(しゅうほ)へとあっという間に切り替わっていった。

先頭となり、迫り来るカケドリの威圧感に逃げ腰になっている兵の首を槍で貫きながら、雑兵をまとめて踏み倒す。

騎上から周囲を見渡した。

カケドリに乗って檄を飛ばしているやつが左の奥にいた。安全装置を外しながら鉄砲を抜いて、狙いをつける。

フリントを挟んだ金具がバチンと落ち、火蓋の中にある火薬に点火すると、一瞬遅れてズドン!!と火薬の爆(は)ぜる音がした。狙った男が胸を撃たれ、カケドリから転がり落ちる。

弾を込める道具がないので、鉄砲を手近な雑兵に投げつけた。

そうしているうちに、後続の騎兵が次々と殺到し、第二軍を蹴散らしはじめる。一本の槍となった騎兵たちが更に押し込むと、囲いの一端が解け、先頭に人の誰も居ない街路が現れた。

「囲いが解けたぞ!!　来い!!」

後ろを見て、正門から出ようとしている馬車の御者を槍をかかげて煽った。その馬車は荷台ではなく客車を引いている。

キャロルの乗った馬車だ。

見ると、その馬車の横にはソイムが付いている。カケドリの鞍から腰を上げ、立ち乗りのような格好をしながら、馬車を止めようとする雑兵の顔面をサクサクサク、と三人刺し、あっという間に片付けてしまった。

なんだあの芸当。

恐ろしいジジイだ。

そうこうしているうちに、解囲した場所から三つの馬車が無事続いてきた。発砲音がし、最後の馬車の荷台から火薬の発光が見える。カフだろう。

最後の馬車が包囲から抜け出すと、歩兵隊も支えていた前線を棄てて退いてきた。

馬車から離れたソイムが、歩兵隊の隙間につっこみ敵を撹乱すると、張り付かれることもなく抜けることができたようだ。

「おいっ、騎兵長！」

俺は近くにいた騎兵長を呼んだ。

「ハッ！」

「騎兵を分けて一分隊を偵察に先行させ、残りの騎兵をまとめろ！　敵の追い足が歩兵の背中に迫るようなら、もう一度突撃して散らすッ！」

「了解しましたッ！」

歯切れのいい返事をすると、騎兵長はすぐに隊を分けはじめた。

別邸を離れると、結局敵の追い足は鈍り、一団は上手く逃れることができた。

街中で松明を持ちながら巡警の真似事をしている第二軍はまったく手を出して来ず、この調子ならもうすぐ王都を抜けられそうだ。

先行していた偵察騎が戻り、報告をする。

「王都の南出口にバリケードが敷かれております。遠間から矢を射掛けられました」

結局、最後には問題発生らしい。

「兵力はどれくらいだ？」

「百人程度。丸太で作られたバリケードの後ろに陣取って、弓を構えています」

「バリケードなんて意味がない。あいつら、なにを考えてるんだか……」

魔女の連中っていうのは、戦争になると本当にからっきし無知なんだな。あれだけの陰謀を秘密にしておけたのに、戦争ごとにはまるで向いていない。

普段は山賊討伐すら第一軍がやっているというから、本当に実戦経験が皆無なのだろう。

「騎兵長、このまま全騎で行くぞ。歩兵隊長、このまま歩きながら進んで、俺たちが突っ込んだらお前らも突撃しろ」

「は……？」

「説明する時間が惜しい。とにかく、命令を覚えておけ。騎兵は俺について来い！」

俺がトリを速歩で進めると、騎兵はきちんと後ろについてきた。

カケドリに乗っている騎士は全員、騎士院に通っていて、つまりは十年以上も王都に住んでいたはずだが、この辺を歩いたことはないのだろうか？

この辺は織物屋が多く、俺は紙の原料を探すために足繁く通っていた時期がある。

王都には、都市を囲む城壁があるわけではないのだ。馬車が通れる道はそう多くはないが、人が二人すれ違える程度の道なら幾らでもある。都市と外との間に境目などなく、路地は所々で外まで通じている。

いくら街路を封鎖しても、辛うじて馬車の通行を妨げる程度の意味しかないのだ。バリケードなど用意しようが、素直につきあってやる必要などない。

案の定というか、記憶にある道を一列縦隊ですり抜けると、簡単に王都の外に出れてしまった。五十メートルほど先にはバリケードの背中があり、篝(かがり)火(び)の炎が良い目印になっている。

「さあ、蹴散らしてやろう」

声を荒らげることなく言い、大声を立てるとまずいので、無言のままカケドリを加速させてゆく。バリケードから数歩離れた後方に、指揮官らしき男が立っている。街路を一心に見つめながら、腕組みをしていた。

その男は残り三メートルほどしかない至近距離で、ようやく俺に気づき、闇から突然現れた騎兵の群れに驚き、目を大きく開いた。

「おまえ――グッ!!」

腰に佩(は)いていた剣に手をかけた時には、既に俺の槍が胸に突き刺さっていた。腕に衝撃が走り、横に投げ捨てるように死体を棄てる。

そのままの勢いで、弓を捨てて大慌てで槍を持とうとしている兵を、二人撫(な)で斬(ぎ)った。後続の騎兵が次々と殺到し、バリケードに張り付いた兵を駆逐してゆく。

辺りはたった数分のうちに、トリに踏みにじられた死体が散乱する血みどろの舞台に成り果てていた。

こちらの損害はない。バリケードの向こうから歩兵が突撃をかけ、走り寄りつつあったが、その必要もなかった。

「全員、トリから降りろ！　バリケードを撤去するぞ！」

俺はカケドリを街路の脇に止めると、トリから降りてバリケードに向かった。歩兵に任せれば乗ったままでも勝手に撤去してくれるのだろうが、気が急(せ)いていた。本当に怖いのはこいつらではなく、脱出が露見したあと追手として派遣されるであろう、騎兵部隊だ。

馬車と歩兵の走りを止めたくはなかった。

遅れて到着した歩兵と一緒に、丸太で作られた急ごしらえのバリケードをどかしていく。

通ってきた街路を見渡す。別邸を離れてから、ソイムの姿が見えない。まさか、歩兵隊が離脱する隙を作るための突撃で死んだわけではないだろうが、どこかで追撃部隊と戦っているのだろうか。

「シビャク邸を囲っていた連中といい、こいつら手応えがなさすぎます。この調子なら王城にも突っ込めたかもしれませんな」

快勝に気を良くしたのか、横に並んで丸太をどかしている騎兵長が言った。

「馬鹿をいうな。俺は空から見たからわかるが、向こうには五千からいた。王城の中に入った分を足せば、その倍はいたかもしれん。とても無理だ」

「そうですか。出過ぎたことを言いました。お許しください」

騎兵長は丸太を持ちながら、首と上半身だけで頭を下げた。

「連中が父上母上の亡骸を晒さぬよう、祈るばかりだ。どちらにせよ殺すがな」

「次は弔い合戦ですな」

「気を散らすな。騎兵の大軍が追手にかかっていないとも限らん」

無駄話をしながら大きな丸太をどかすと、ようやく馬車が通れる道ができた。

Ⅱ

ソイム・ハオはシビャク邸を脱したのち、たった一人で殿軍を務めていた。

後ろに気を配りながら、守るべき主力が見えるか見えざるかという位置で歩を進める。この位置であれば、主力との間に突然敵軍が現れたとしても、挟み撃ちにできる。

王都の南の際には、障害物が敷かれていたようだ。ソイムが加勢する間もなく鎧袖一触に蹴散らされたので、ソイムは遥か後方に待機したままだった。

あっという間に障害物が退かされ、馬車は進んでゆく。馬車が止まっていた時間は、十分にも満たなかったのではないだろうか。

ソイムはトリを進める。

退かされた丸太の奥には、何十人もの屍体が捨て置かれていた。

石畳を真っ赤に染める血。

倒れ臥した後踏みにじられ、馬車の車輪に轢かれた、ひしゃげた屍体。

懐かしい、戦場の絨毯であった。

焚かれている篝火には生木がくべられているらしく、バチバチと爆ぜる音が間断なく響いている。

火の粉とくすぶる煙。地面から立ち上る血の匂い。

懐かしき戦場の香り。

今しがた死んだ彼らの魂が、体から離れて、空間に充溢している気さえする。

枯れた古戦場ではない、たった今の戦場の空気——。

ソイムは、ようやく自分の居場所に帰ってきた気がした。

王都を脱すれば、ここからは一本道。もはや見守る必要もないだろう。

目の前には、月明かりだけが照らす、暗い夜道が延びている。

幾度となく通ったこの道が、今は華やかな大劇場の花道のように見えた。

ソイムはゆっくりとした常歩で街道を進む。

トリにとっては最も遅い歩法で、人間の早足ていどの速度となる。

王都から一時間ほど経ったころ、背後からトリの群れが駆ける音がやってきた。

石畳の張られた直線の街道の向こうに、ぽつぽつと灯る松明の火が現れる。

血が沸きたつような気分になり、心に冷水をかけてそれを鎮めた。

こうした興奮が、いかに技の冴えを損じるか。

ソイムは経験上、誰よりもそれを分かっていた。

ソイムはそこでトリを止め、道中拾っておいた石を確認する。

「ッハ！」

小さく掛け声を出しつつ、カケドリの嘴を追手に向ける。

襲歩となり、速度が乗ってきた頃には、互いに接近する両者の距離は、かなり近くなっていた。

ソイムはそこで、こぶし大の石を思い切り投げつけた。

両脇が森となった街道は、月明かりすらわずかにしか届かず、真の暗闇に近い。松明の明るい光に目が慣れた者にとっては、唐突に闇から石が飛び出してきたようにしか見えなかっただろう。

先鋒を務める騎士の頭に石が命中し、その場で真後ろに落鳥する。手綱を強く握っていたのか、嘴に繋がる手綱を持ったまま落鳥されたカケドリは、その場で踏ん張って急停止してしまった。

後続が巻き込まれ、五、六羽がもみくちゃになって転倒する。

原因不明の落鳥が起き、「止まれーー!!」という号令が出た。

ソイムはその号令が欲しかった。驀進するトリの群れの衝撃力だけは、槍の技量ではどうにもならないからだ。

ソイムは無言のまま集団に突っ込み、槍をヒュンと回し、手近な者の首を掻っ切った。二人、三人と急所を狙い、首や動脈を断ち切ってゆく。

「なんだおまっ！」

ソイムの存在に気づき、声をあげようとした者の目に槍を突き立てる。

「なんだっ！　なにが起きているっ！」

これからは乱戦になる——。

そう察したソイムは、鞍から腰を浮かせた。

鐙を吊るベルトを短くしてあるので、跨るときは足を畳まなければならず、乗りにくくなるが、代わりに腰を上げれば高く立つことができる。

股ではなく膝で鞍を締めながら、一層高いところから騎兵どもを睨んだ。

左手で手綱を握り、微妙な力加減でトリを操りながら、曲乗りのように一歩一歩を操りつつ、槍を振るう。購入してから三年のうちに、互いの癖を知り尽くした愛鳥だからこそできる芸当だった。

十人ほどを立て続けに殺戮すると、相手方の混乱も収まってきた。こちらに槍を向けて構える者が、目に見えて多くなった。

ソイムは一旦息を整えるため、助走距離にならない程度の位置まで数歩引いた。

「何者だ！　貴様！」

集団の後方から、トリをかき分けて出てきた指揮官らしき者に、改めて誰何される。

女性の声であった。

「我はユーリ・ホウが一の家臣にして、かつてはルーク・ホウに槍を捧げし者——名はソイム。魔女どもの手勢とお見受けする」

「その通り、我らは近衛第二軍、ユークリッハ騎兵団である。我が名はディンシェ・カースフィット。貴殿はなにゆえ通行を妨げられるか。この道は女王陛下直轄の天領なるぞ」

ディンシェは七大魔女家の一つである、カースフィット家の三女であった。

歳は四十三。騎士院を卒業している。

「女王がお亡くなりになった今、我らホウ家が槍を奉ずるは、キャロル陛下ただ一人。貴様らは実母に毒を盛る鬼畜を奉じておきながら、恐れ多くも天領の権利を主張するか」

「シモネイ女王はご存命である。我らは女王の名において貴殿を逮捕する。大人しく縄につくがよい」

皮肉ではなく本気で言っているのだとしたら、途轍もない馬鹿だ。とソイムは思った。

「魔女よ。貴様らがホウ家が頭領を毒殺した以上、今日この時から、もはやその舌口に我らが槍を止める力はないと知れ」

もはや問答は無用。

ソイムは思い、トリの横腹を足で叩き、一歩進ませた。すると、ディンシェを庇うように一騎が割り込んできた。

「我が名はソルナント家のググリ!! 燈爵を賜る家柄が次男である!! 尋常に勝負してもらおう!!」

口上を述べると、ググリと名乗った男は槍を構えながらトリを駆けさせた。

直前で槍は矛先を変え、ソイムの乗るカケドリに向かう。ソイムはそれを読んでいたかのように、若干腰を落とすと、長ボウキで地面を掃くようにして槍を払いのけ、返す刀ですれ違いざま首を断ち切った。

首が胴体に置いていかれ、滑り落ちて地面に転がった。首から血を噴水のように吐き出している主人を背に乗せながら、カケドリが走り去ってゆく。

威しとなると踏んで首を刎ねたが、老いてからは首を一寸えぐる戦いを旨としてきたソイムにとっては、久しぶりの行為だった。数十年ぶりに感じる、脊椎を断ち切る懐かしい感覚が手に残る。

「さすが、魔女どもの槍は錆びついておるわ!! ホウ家が老臣の技の冴え、その目にとくと焼き付けるがよい！！！」

ソイムは再び、槍をかかげて突っ込んでいった。

「くそっ！　誰か、誰かあの男をなんとかしろ！　弓を持て！　弓はないのか!!」

ディンシェ・カースフィットは兵たちに囲まれながら、金切り声を上げていた。

当然、騎兵の誰一人として弓は持っていない。カケドリに乗りながら弓を射る風習がないので、持っているわけがなかった。

彼らは、誰しもが一羽の鳥と、自分の肉体、そして槍を頼りとしてソイムと対峙する他なかった。

ソイムはカケドリの上に立ちながら、ヒラヒラと細身の槍を振り回している。変哲もない穂先が宙に躍るたび、切っ先が誰かの急所に吸い込まれ、血しぶきがあがった。

既にソイムの下の地面には屍体の山が築かれ、街道はある一点を境に、ソイムが織った戦場の絨毯に彩られている。

「どうしたっ!!　者共、押せ!!　押されているぞ!!」

ディンシェはそう叫ぶが、奇妙な面頬で顔を隠し、鞍の上に立ちながら絶技により死の山を築くソイムは、兵たちにとって既に人にすら見えていなかった。

触れてはいけない一匹の霊獣が立ちはだかっているようにも見え、それに押されれば、せめて触れぬように退がることしかできない。

ユークリッハ騎兵団の総勢は五百騎である。近衛第二軍、定員数一万千名の中では最も大きい騎兵団で、近衛軍全体においては、第一軍のドーン騎兵団の次の規模を誇る。

将家には天領に最大三百名の軍属しか登らせてはならぬという掟があり、それがある限りは、王都から逃げた相手ならば誰であっても追討できる戦力であるはずであった。

しかし現実はたった一人の男を処理できず、こうして押されている。

だが、押されているといっても、ソイムが討ち取った数はいまだ百騎に満たない。正確には五十二騎であり、他に即死は免れたが主要な動脈を切り裂かれた者が後方に逃れ、十一騎生きていた。

名匠に鍛えさせた槍も、鎖帷子に触れるたび研いだ刃は鈍り、少しずつ斬れ味が衰えている。だが、それでも技の冴えだけは鈍ることを知らず、ソイムを止めようと仕掛けた者は必ず槍の錆となった。

「もういい！　総員、奴を無視して横を駆け抜けよ!!　本来の追討に移れ!!　従わぬ者は軍令違反の廉で処断するものと思え!!」

ディンシェがそう叫んでも、騎兵団の動きは鈍い。

「貴様ら！　ただの老爺だぞ！　腕が十本もあるわけでも、槍が何本もあるわけでもない！　槍は一本だけだ!!　さあ、行け!!」

その指令が発せられた瞬間、ソイムは今日はじめて雄叫びを発した。

「オオオオあああアア!!!!」

老人の口から発せられたものとは思えぬ大声が森に響き渡り、兵たちの総身が竦む。

ソイムは叫びとともに敵陣に突っ込んだ。

この時、ソイムは戦略的な判断をしたわけではなかった。数十分にも渡る戦いの中でソイムは疲弊しきっており、ディンシェの言ったことは耳に入ってもいなかった。

それでも、全身の隅々にまで張り巡らされた集中は途切れておらず、その目は冷静に敵を観察し続けていた。

ディンシェの一言をきっかけに、兵たちに最後に残っていた戦おうという意思が消え失せたのを感じ、戦場で鍛えられた本能が絶好の好機に乗じようとしたのだった。

ディンシェの迂闊な命令によって、〝戦わぬ許可〟を与えられた兵は、命令に従うかどうかはともかく、戦意をまったく失ってしまっていた。

「ヒッ――――!!」

逃げ腰となった騎兵が背中を見せるのを、ソイムは追わなかった。

雄叫びをあげ、槍を振り回して威嚇をしながら、一直線にディンシェのところに突進する。

誰も邪魔をせず、道を開いていった。背中を晒し、隙だらけであるのに、誰も槍を刺してはこなかった。ディンシェは前線から五メートルほどの場所にいたが、その間にいる、ソイムの突撃を肉をもって止めるべき騎兵たちは、誰しもが率先して道を開けてしまった。

ソイムの目に、ディンシェが映る。

面頬をつけていないディンシェは、迫りくるソイムを見ながら凍りついていた。

肩を震わせ、身を縮こめながら自分に死を与える死神を見るその顔は、ソイムがかつて戦場で見てきた、どの表情とも違ったものだった。

恐怖に慄いた、女の顔だった。

ディンシェを刃圏に捉えたソイムは、容赦なく槍を振るう。首の横に刃を滑り込ませると、小気味のよい感触とともに、細い首が刎ねられた。

「大将、討ち取ったり!」

そう高らかに宣言し、槍を構える。

ソイムは、そこで張り詰めていた集中が切れたのを感じた。

弦の切れた楽器がもはや音を奏でることがないのと同じで、集中の切れた肉体は、隅々まで通っていた神気が抜け、ただの鍛えられた老爺の体となっていた。

これが心技体衰えた男の限界。

そのことは、自分が一番良くわかっていた。だが、心は達成感と誇らしさで満ちている。満足だった。

「さあ、武名を高めんとする者はこい！　主君を討った仇はここに在り！　ホウ家がソイムの首、取れるものなら取ってみよ！」

Ⅲ

　夜を徹して走り、午後になってようやくホウ家領にたどり着くと、領境には兵が出ていた。

　二千人ほどの兵が、領境から二キロほど越境して待っている。

「ユーリ殿、お待ちしておりました」

　そこにいたのは、いつかキルヒナの森の中で会った、ジーノ・トガであった。その横に見覚えのある爺さんも並んで、俺に敬礼をしている。

「ご苦労。よく来てくれた」

「早速ですが、事情をお聞かせくださいませぬか」

　この爺さんは、藩爵という天爵の下に相当する爵位を持った爺さんだ。このあたり一帯を支配している。

「詳しくはカラクモにて諸侯の前で話そう。端的に言えば、父上、母上、女王陛下は席上で毒殺された」

「なんと……」

「やったのは魔女どもだ。戦になると思え」

　俺は、爺さんの顔に喜色が浮かんだのを見逃さなかった。

　王都から魔女を除き、天下を取る……。

　この言葉の響きは、やはり騎士たちにとって、心揺さぶられる思いがするのだろう。

　史上においては、シャルタにおいても幾つかの将家がこの魅力に抗えず、旗を揚げ、暗殺され、あるいは敗北し、歴史に消えていった。過去に存在した国にあっては成功したこともあったが、それも滅びて久しい。

「では、早くカラクモへ」

ジーノが言った。

「キャロル殿下が馬車におられる。毒を少量飲んで具合が悪い。カラクモより先に、近くの宿にて休ませたい」

「分かりました。では手配しておきます。ユーリ殿はお急ぎください」

いや。

「いや、それだけは自分の目で見届けてから発つ。お前は諸侯に鷲を送るなり、鳩を放つなりして、カラクモに招集しろ」

「了解しました」

「それで、父上の鷲――白暮はどうなった？」

「近くの村で休んでおります。故障はないようです」

そうなのか。よかった。

「……ん？」

ジーノが、急に目を凝らした様子で、俺の背中の先を見た。

そちらに延びているのは、俺がやってきた街道だった。

なんだ？

俺も振り返ると、遠くから一人の騎士がカケドリに乗って歩いてきていた。

血のシャワーでも浴びてきたかのように、身体中が、トリも、めちゃくちゃに汚れている。既に乾き切っている血は赤黒く変色しており、凄惨な戦いぶりを連想させた。

ソイムだ。

ソイムは、タラタラとカケドリを進めながら、チラチラと後ろを見つつ、こちらに歩いてきた。

俺のいるところまで来ると、カケドリから降りた。

「ソイム！　無事だったのか！」

やった！　よかった！

「はい、まぁ。……はぁ」

ソイムは深い溜め息をつきながら、出がけに持っていた奇妙な面頬を外した。

なんというか、あー、疲れたぁ。という感じの溜め息ではない。

がっかりしている感じだ。

少なくとも、生きて帰れて良かった。みたいな歓喜はほんの一滴も感じられなかった。

「なんだ、どうしたんだ？」

「……あやつら、つまりませぬ。とんだ期待外れにございました」

ソイムはトリを降りてなお、チラッチラッと街道のほうを見ている。

これは、もしかして敵がやって来るのを期待しているのか。もう安全な場所まで到着しちゃってるんだけど。

「なにがあったのか知らないが、良かったじゃないか。生き残れて」

「は〜ぁ……」

ソイムはもう一度溜め息をついた。深い深い溜め息だった。

ソイムの凄惨な様子を見る限り、魔女どもが追手を放ったのは間違いなさそうだ。だが、なにやら追手はソイムの期待には添えなかったらしい。

五人くらいしか来なかったのかな？

「あれだったら、私がいなくても頭領殿だけでどうとでもなったでしょうよ。それくらいの雑魚(ざこ)っぷりでしたゆえ」

「そうなのか……」

なんか、残念だったな……。

「まさか、退却したまま帰ってこないとは思いませなんだ……」

帰ってくるだろ普通……なんなんだよあいつら……。

そんな声が聞こえてくるようだった。一体、なにがあったのだろう。

「若君、申し訳ありませんが私は少し休ませていただきます……久しぶりに酒を飲みたい気分ですゆえ」

「お、おう……しっかり休めよ」

「……はぁ……あやつら本当に……」

ソイムはトリに跨り、幾重にも血しぶきがまとわりついた血みどろの背中に哀愁を漂わせながら、トボトボと街道を進んでいった。


「着いたぞ」

俺が馬車の扉を開くと、中にはキャロルとメイド長、そしてシャムがいた。

「はぁ……はぁ……」

キャロルは返事をする気力もないようで、細い息を荒く漏らしながら、息も絶え絶えに虚ろな目をしていた。

「ユーリ……?」

シャムも意識が朦朧としているらしく、目をシパシパさせている。

石畳というのはアスファルト舗装の道路のように平滑なものではなく、速度を上げれば上げるほど激しく揺れる。客車には、木製のちょっとしたサスペンションのようなものが組み入れられているが、それでも眠れるような振動ではない。

それを夜を徹して、午後まで乗っていたのだから、こうなるのは当たり前だった。

「メイド長、すまんがもう少し働いてくれ」

メイド長だけは、若干の憔悴の色は隠せないが、背を立てて椅子に座っている。

俺は馬車の中に入って、キャロルの膝の下と肩を持って、抱き上げた。できるだけゆっくりと、壊れ物を扱うように馬車から運び出し、乗り付けていた宿場町の宿屋に入る。

「こっ、こちらです」

突然降って湧いた賓客の来訪に戦々恐々としている宿屋の主人が、一等客室に案内する。

俺は彼に従って宿屋を進み、客室のなかに入った。

このロッシという宿場町は、それほど大きくはない、通常の旅程だとあまり利用されない宿場町なので、宿屋もほどほどの大きさのものが一軒あるだけだ。

一等客室といっても大したことはなかったが、今のキャロルには、とにかく休めるベッドが必要だ。

俺はキャロルをベッドにそっと横たえた。

「メイド長、必要なものを用意させてくれ」

「かしこまりました。ご当主様」

メイド長はペコリと頭を下げると、さりげなく宿屋の主人を部屋から退去させ、自分も出ていった。

気を利かせたのだろう。

俺はベッドサイドに腰掛けて、キャロルを見た。具合は悪そうだが、生命に喫緊(きっきん)の危険があるようには見えない。

「キャロル。ここで少し休もう」

「うん……」

聞こえてはいるようだ。

「ここはホウ家領だ。もう安全だからな……少し眠ったほうがいい」

「行ってくれ……ユーリ。はやく……王都を……」

キャロルはうわ言のようになにかを喋りはじめた。なにかに駆られるように声を発している。

「もう喋るな。体に悪い」

「私はいいから……いってくれ……しびゃくをとりもどして……」

「分かった。分かったから。じゃあ、行くからな」

キャロルの手を握ると、少し発熱しているのか、熱いくらいだった。

驚くくらい強い力で握り返してくる。

「頼む……」

「ああ、頼まれた。安心しろ、必ず取り戻すから」

俺はキャロルの手を離すと、部屋から出た。

部屋を出ると、すぐにメイド長がいて、なぜか頭を下げていた。

「キャロル様のこと、お任せください。わたくし介護の心得もございますので、どうかご安心を」

　メイド長は、俺にだけ聞き取れる程度の小声で言った。

「吸い飲みで、薄くといた重湯を飲ませてやるといいかもしれない。部屋の湿度に気をつけてくれ」

「承知いたしました」

「うるさい兵どもは次の街に連れていく」

　路上で喧(やかま)しく会話や命令伝達をする兵たちの声が、ここにも響いていた。通常業務として悪気なくやっていることなので、叱り立てるわけにもいかない。

　彼らも徹夜で行軍してきたわけで、眠らせてやりたいが、この宿屋を使わせてやるわけにはいかなかった。

「もう少ししたら、地元の兵が警備に回されてくる。眠りを妨げる騒音があったら、すぐになんとかしろ。町長には厳命しておく」

「承りました」

「身辺には重々注意してくれ。この宿のスタッフの顔は全員覚えて、それ以外の者を宿内で見つけたら通報しろ。この宿は貸し切りにする」

「はい」

　メイド長は恭(うやうや)しく頷(うなず)いた。こういう気配りの必要な仕事でミスをしたことはないから、きっとこの人に任せておけば万事大丈夫だろう。

「王剣を名乗る者が現れたら、兵を呼んで捕縛してくれ。敵側についているかもしれん。こちら側ならば抵抗はしないはずだ。その上でなら、キャロルと会話させてもいいからな」

「承知いたしました。そのように致します」

　王剣の行動原理については良くわからない。

　一種の狂信者のような振る舞いを見せるのだろうから、カーリャが王冠を被った瞬間カーリャの奴隷のような存在になってもおかしくはない。

キャロルが一番詳しく知っているのだろうけど、今は尋ねられる状況ではない。次点で知ってそうなのはミャロだが、ここにはいない。

そもそも、王剣は残っているのだろうか？　シモネイ女王を守って、全員死んでいても不思議とは思わない。とにかく、挙動が読めなかった。

「最後に、一番重要なことだ」

「はい」

「容態が急変したら、俺に急ぎ知らせてくれ」

「心得ております。ご当主様のお気持ちは理解しておりますゆえ」

メイド長はもう一度頭を下げた。

「じゃあ、俺はカラクモに飛ぶ。後は頼んだ」

◇　◇　◇

白暮に乗って、カラクモのホウ家本邸に降りると、控えていたトリカゴ番の男が、すぐに駆けつけてきた。

「ルーク閣下！　やはりご無事で――！」

その男は、ヨルンという平民の男で、俺の見知った顔だった。というより、幼い頃の一時期、一緒に牧場で働いていたこともある。

ゴウクの時代のトリカゴ番が老齢で引退したあと、ルークが連れてきたのが彼だった。牧場時代にルークと一番気が合った彼は、鷲に乗れないので調教などはできないが、地上での世話は完璧で、信頼が置けたからだ。

「――ユーリ様」

鷲に乗っていた俺の姿を見ると、ヨルンはガクリと頭(こうべ)を垂れた。

白暮は、その名の通り、他の鷲と較(くら)べると白いところが若干多く、ちょっと特徴的な外見をしている。降りてきた姿を見て、俺をルークだと思ったのだろう。

俺は拘束帯を外して、鷲から降りた。

「やはり、噂通りルーク閣下は……」

「父上は、毒を盛られて亡くなった」

嘘をついても仕方がないので、俺は真実を告げた。

「そう、ですか……」

「白暮は、今際の際に父上から譲り渡された。王城からは、こいつでキャロル殿下と二人乗りをして逃げたんだ。故障を見てやってくれるか」

「はい、はい……」

ヨルンは涙を流しながら、俺の持っていた手綱を預かり、主人を喪った鷲を慈しむように撫でながら引いていった。

「ユーリ様！　ルーク閣下がお亡くなりになったというのは――」

次に声をかけてきたのは、ホウ家邸に古くからいる女中の一人だった。

「本当だ。ちょっと急いでいるんだが、着替えの用意をしてくれないか。鷲に乗る服を」

俺はまだ革の鎧を着ていた。下には鎖帷子まで着込んでいるので、単純に鷲に乗るのに良い格好ではない。

当たり前だがカラクモに諸侯が到着するまでには時間がかかるので、その間に別の用事を済ませたかった。

「はい、はい……すぐにご用意いたします……」

年老いた女中は、袖で涙を拭いながら歩き始めた。あまりこっちには来なかったから知らなかったけど、ルークって人望あったんだな……。

歩きながら、本邸の中に入る。

以前来た時は、良い意味でピリピリした空気が漂う武家の屋敷、という感じだったのだが、今は皆が不安がった目をしていて、浮足立った雰囲気になっているように感じた。

武官や役人、女中さんなどが遠回しに俺を見ている。噂だけが飛び交っている状況なのだろう。

「こちらでお待ちを」

と言われた部屋で待っていると、老女中は隣のクローゼット室に入っていき、幾つかの服を抱えて戻ってきた。

頭から足までの服を一揃い、机の上に並べて、

「いかがでしょうか？」

と言う。仕立てが良すぎるほどの服だったが、鷲に乗るのに問題があるわけではない。

「ああ、これでいい」

着替えを手伝ってもらい、すぐに着替えた。元々はルークのものだったのだろうか。

「明日には戻る。諸侯が着いたら、待たせておいてくれ」


白暮とは違う鷲に乗り換えたあと、スオミに到着したころには、もう空は暗くなりはじめていた。

港にある事務所の屋上に鷲を降ろすと、ほぼ俺しか使っていない鷲留めの設備に鷲を留めた。簡易的なトリカゴのようなもので、鷲が一羽乗れる大きな枝に、手綱を固定するカラビナのような道具がついている。

本当は、犬を縄のついた首輪で縛るように鷲を置くのは良くないのだが、トリカゴは大施設になってしまうので仕方がない。トリカゴは鷲の体が入ればいいというわけではなく、羽を広げられるサイズがないと怪我をしてしまうため、最低でも五メートル四方の床面積に六メートルほどの高さの空間が必要となってしまう。

階段を降りると、事務所にいた社員は帰ろうとしているところだった。

「こんばんは、会長？」

ぺこりと頭を下げてきたのは、スターシャという事務員だった。若く見えるが、これでも未亡人で、子供もいる。

流石にスオミには情報が出回っていないのか、いつもと同じ調子だった。

「隣に人いるか？　もう帰っちまったかな」

「印刷所ですか？　どうでしょう……」

　俺は事務所の玄関を開けると、小走りに隣の建物に向かった。

　ここが印刷所となっている。活版印刷の聖典は、ここで原始的な活版印刷機を使って印刷しているのだ。

　印刷所のドアを開くと、強いインクの匂いがした。

　活版印刷用インクは原料に煤（すす）とヤニを使っているので、墨汁にヤニ臭さを合わせたような匂いがする。

　新しい技術を使い、日夜異教の聖典を製造している社員は、こちらも今日の仕事を切り上げて帰ろうとしていた。

「会長!?　どうしたんですかい、こんな時間に……」

　印刷所の所長というか、作業監督をやっている男が言った。

　もう日が暮れようとしており、印刷所の中は相当暗い。電灯などないので、普通夜は仕事などしない。

「帰るの待った。今日は残業だ」

「残業!?」

「シャン語の活字は半分くらいできてたよな。今から印刷してくれ」

「えっ、夜ですけど……」

「残業代を一人につき金貨一枚やる。カンテラとロウソクをありったけ用意して、そこら中に立てて一晩中作業してくれ。できるか？」

「は、はあ……」

　俺は、後ろを振り返ると、ついてきていたスターシャさんに声をかけた。

「スターシャさん、君にも残業代出すから、悪いけど照明をありったけ買ってきてくれ。店が閉まってたら、ホウ家の名を出してでも開けさせて」

「はあ……構いませんけど」

「大急ぎでな。金庫に金はあるよな」

「あります、あります」

そう言うと、スターシャさんは踵を返して駆けていった。

「なにか急ぎの仕事ですかい？　一人金貨一枚払ったんじゃ割に合わないんじゃ……」

「昨日女王陛下が崩御された。それ関係だ」

「はあっ!?」

相当びっくりしたようだ。

「まあ、ちょっと重要なんだ。俺は原稿を書いてくるから……シャン語の活字はどこまでできてる？」

「良く使うやつから作ってるそうなんで……まだ全然できてませんけど」

「棚はどこだ？　メモと鉛筆をくれ」

俺は明るいうちにランプに火をつけ、メモと鉛筆を持ちながら、活字棚に向かった。在庫にある活字のみで文章を作るためだ。

活字棚を見ると、なるほどスカスカだった。

ただ、言っていた通り使用頻度の高い文字から揃っているので、なんとかなりそうだった。

それにしても、物凄く眠い。

考えてみれば、もうずっと寝てないもんな……。

ちゃんと書けるかな。

◇　◇　◇

こんなもんかな。

「聖典の組版は一度外してくれ。同じ組版を何個も作って並べて、一枚の紙に四枚印刷するんだ」

活字は鋳型で大量生産するものなので、文字の種類はなくても、それぞれの数だけはたくさんある。

同じ内容であれば、何個だって組めるはずだ。

「え、本にするんじゃ？」

皇暦二三二〇年　三月十四日ヨル　王都シビャク王城ニテ
ホウ家ユーリ　フル・シャルトル王家キャロル　ゴ婚約ニサイシ
両家顔合ワセノ会オコナワレタリ　ソノ席上ニテ　カーリャ姫
席上ノ酒ニ毒ヲ入レ　両家コトゴトク抹殺セシメント企テタリ

コノ企テニヨリ　シモネイ女王陛下　毒ヲ召サレ崩ギョセリ
ルーク・ホウ家長　スズヤ・ホウ　夫妻　又毒ヲ飲ミ死セリ

ユーリ・ホウ　酒ヲ飲マズ　健在　キャロル殿下　又健在
之ヲ見テ　王都巣食ウ魔女ノ兵団　王城ヲ攻メ立テタリ

王城脱シ王都去ラントスル　オ二人ニハ　追討ノ兵ケシカケタリ
之一切ノ企テ魔女ニヨル企ミデアルコト　軍旗ニヨリ明明白白

カーリャ・フル・シャルトル　親ヲ殺セシ　大逆者ノ名ナリ
ホウ家　之ヲ奉ゼズ　キャロル・フル・シャルトル　唯一汚レナキ
王統ナリ　サンダツ者奉ゼシ者　ホウ家ガ怒リ　恐ルルベシ

なにいっとんだ。

「逆に、全部一枚一枚の小切れにして、鷲に乗って王都の上空からバラまくんだよ。そこら中の都市にもな。あれだよ、ビラだよ」

この国は識字率はそんなに高くないが、都市部に限ってはそれなりに読める者が多い。少なくとも流言飛語を抑制するくらいの効果はあるだろう。

「え、タダでですか」

そりゃタダだろう。

タダで紙を配るということに違和感があるようだ。結構お高いしな。

「いいんだよ。こういう時はみみっちいこと言わないほうが勝つんだから」

「はぁ……」

「じゃあ、あと頼めるか」

「はい？」

「手伝ってやりたいけど、昨日の晩コレがあってから」

俺は持っていたメモを振った。

「徹夜で、もうずっと寝てないんだ。ちょっと気絶しそうだから、あとのことを頼んでいいか」

意識が朦朧として、すぐにでも倒れてしまいそうだった。

「もちろん。煩（うるさ）くなるんで事務所のほうが良いかと思いますが」

「あぁ、そうするよ」

俺はフラフラと事務所のほうにいくと、入り口の待ち合いスペースの長椅子に横になった。

意識を繋ぎ止めていた手を放した瞬間、スッと意識が消えた。


「ユーリ様、ユーリ様！」

けたたましい音によって起きた時、外には陽（ひ）が差していた。

大分長く眠っていた気がする。

寝ぼけ眼で、事務所に設置してある柱時計を見ると、午前七時だった。日没の時間を考えると、十時間くらい寝てた計算になるか……。

声は玄関の外から聞こえていたので、眠い目で玄関のドアを開けようとすると、カギがかかっていた。

スターシャさんが閉めていったのかもしれない。

内側から解錠して門扉を開くと、そこには土下座しているジャノ・エクがいた。大昔、ゴウクの後任会議で一悶着起こしたラクーヌの甥で、改易されたエク家の代表として、この地の代官をやっている。

「どうした、一体」

まあ、大体想像つくけど。

「魔女との一戦、わたくしも戦列にお加えください！　お願い申し上げます！」

石畳に叩頭してお願いしている。

「悪いが、無理だ」

「お願い申し上げます！」

頭を石畳に打ち付けても、ダメなものはダメだ。

俺は商売柄、このスオミという街の事情について相当明るいが、この男は代官として最悪の部類だった。

この土地は、元々はエク家の封土だったのだが、あの一件があってから、ホウ家が取り上げた。

代官というのは、そのホウ家の名代という形になる。

こいつは、まず経済について明るくないし、裁判に関しては縁故主義で係累の親戚を贔屓したり、揉み手をしながら賄賂を持ってきたやつを有利にしてみたり、ロクなことをしない。それが領地経営にどのような影響を与えるかまったく理解しておらず、まるで騎士院出の悪い側面だけ煮詰めたような男なのだった。

領民にも事あるごとに無体を働くので、市民はホウ家の跡継ぎである俺を頼ってこのホウ社にまで陳情しにくる始末で、本当にどうしようもなかった。

ルークの時にも、もう何度も「あいつ処罰してくれませんか」と言ったのだが、結局やってくれなかった。

誰かさんがスオミを拠点に仕事を始めたおかげで、地域経済が爆発的に活性化してしまい、表向きの統治成績が極めて良好になってしまったからだ。

こんな野郎を復権させたら、ロクでもないことにしかならない。

騎士という存在の負の側面がコイツだ。

ましてや、今のスオミは俺のせいで一大経済都市になってしまったのだから、コイツを復権させるようなことができるわけがなかった。

「そうはいっても、戦はすぐに始まるのだ。貴殿も知っての通り、自ら騎士団を持ち、兵を鍛えねば、手勢を自分の手足のように扱えるものではない。貴殿が復権してのち、自ら軍を作り上げないうちは、戦場には出せない」

俺は嘘をついた。

俺がホウ家頭領になった時最初にやることは、難癖つけてオメーをクビにすることだ。

などと言ったら、ただでさえ糞多い面倒が一つ増えるだけだ。それは避けたかったし、こいつの処理は今の戦争が一段落ついてからにしたかった。

「そこをなんとか――ッ！」

ジャノ・エクはもう一度頭を石畳にこすり付けた。

こいつも必死なのだろう。それは伝わる。

でも、内面が邪悪すぎる。

「すまないが、時間が足りない。貴殿にはいつか存分に働いてもらうつもりだ。今は堪えてくれ」

俺はそう言って、ジャノ・エクから目を逸らし、隣の印刷所へ向かった。

「か、会長、とりあえず刷り上がった分はこれですが……」

事態にびっくりしている作業監督が、手提げの布袋を渡してくる。

中を見てみると、裁断された紙が撚り糸でギッチリ縛られた束が、ゴロゴロと入っていた。

「あ、これ見本です」

渡された一枚のビラを見ると、割と良い仕上がりだった。

活版印刷特有の、一文字一文字が刻印されたような窪みの中に、きちんとインクが乗っている。

「ありがとう。この三倍くらい刷ったらやめて、聖典に戻ってくれ」

「わかりやした」

「スターシャさん」

スターシャは、すぐ近くで貴族がずっと土下座し続けているという異常事態に、所在なさげにしていた。

「こっちに」

俺は手招きしつつ事務所に戻り、さきほど貰った見本のビラの裏面に、文章を書いた。

「アルビオ共和国の便、帰港予定はいつだったっけ」

「三日後ですが……」

三日後なら、なかなかタイミングがよい。帰港予定というのはアテにならないので、数日くらい前後するのが普通だが、近いうちには送れるだろう。

俺はカウンターの奥に勝手に入った。置き場所を知っている封筒にビラに書いた手紙を入れると、ライターの火で封蠟を施した。表面にサインと宛名を書き入れる。

「これ、船に載せてくれ」

「はい。承りました」

スターシャさんに封筒を渡すと、俺はそのまま事務所の屋上にあがって、カラクモへ飛び立った。

Ⅳ

スオミから戻った日の午後、ホウ家本邸の大会議室では、諸侯の有力者たちが集まって、継嗣会議が行われていた。

かつてルークが座っていた場所に、今俺が座っている。

あの時と同じで、隣にはサツキがいた。違うのは、ルークがいないことくらいだった。

「――というのが事の顛末だ」

一通り、王城であった出来事を詳しく説明すると、場は静まり返っていた。

「あらかじめ宣言しておくが、俺はこの企てに連座した連中を、皆殺しにするつもりだ。そのために、まずは王都に攻め入る」

俺は、静まっている十二人の藩爵連中を、ゆっくりと見回した。

「これから、俺をホウ家の新しい頭領として認めるか、しきたりに従って決を採る。だが、その前に一言述べさせて欲しい」

本当なら、天爵を貰ってからゆっくりとやるべきことを、俺は急ごうとしていた。

俺は椅子から立ち上がった。

「俺は、諸君に頭を下げて頭領になるつもりはない。おそらく、この中の幾人かは、今日だか昨日だか知らないが、俺の隣にいる未亡人と話をしただろう。この人はそういうたくらみ事が好きな人だからな」

俺がそう言うと、隣に座っていたサツキが、ギョッとした目で俺を見る。

怒るかな。別に構いはしない。

「彼女がなにを言ったのか知らないが、諸君に対する何かの優遇だとか、約束だとかしたのであれば、俺はそれらを一切守るつもりはない。全て白紙だ。

俺は、あのホウ社を、誰からの資金援助もなく、たった三年でここまでにした男だ。もしここで、諸君の挙手がなく、ホウ家の頭領になれなかったとしても、いつの日か必ず目的は遂げる。

だから、俺は、諸君に頭を下げて頭領となるつもりはない。

認められて頭領になるつもりだ。

俺が恩を仇で返す男なのではないか、と危惧を抱いている者がいるなら、安心してくれ。俺は俺に従って付いてきてくれた者に対しては、相応に報いてきたつもりだ。ホウ社の高給取りには毎月金貨十枚はくれてやっているし、その上にはもっと稼いでる連中がたくさんいる。

俺は、俺に従い尽くしてくれた者には貢献に応じて報いる。何もしてくれない者には何も与えないし、特権を与えているなら返してもらう。

要するに、俺が勝ち馬だと思うなら、乗ってみろということだ。そうじゃないなら、下りろ。こんな時代だ。挙手をせず、ホウ家の庇護(ひご)から離れるというのなら、それはそれで構わない。もちろん、相互不可侵だとか不干渉だとか、勝手に成り立ったと思ってもらっては困るがな。

何も難しい話ではない。戦争を生業(なりわい)とする武家というのは、元よりそういうものだと思う。この国はこれから否応(いやおう)なく乱世に入るのだから、平時のくびきでもって君たちを縛るのはそぐわない。

さ、話はこれで終わりだ。考える時間を三十分やる。俺とサツキは部屋を出るから、良く考えてくれ」

俺は言い終わると、椅子を離れ、サツキに目線で合図した。

サツキは信じられない傲岸(ごうがん)男を見るような目で俺を見たが、椅子から立って俺に従った。

そのまま会議室を出た。

サツキが何かを言おうとするのを、「あとで聞きます」と言ったきり無視したまま、俺は廊下で三十分間待っていた。

大会議室の中からは、ポツポツと話し声が聞こえる。ガヤガヤと大議論が交わされていないのは好印象だった。各々が各家の利益代表なのだから、決断は相談してでなく、自分でするべきだ。

三十分すると、俺はサツキを伴って大会議室に戻った。てくてくと諸侯の背後を歩いて、元の椅子に座る。

「もう少し考える時間が欲しい者もいるだろうが、決を採ろう。サツキさん、頼みます」

俺は何事もなかったかのように、サツキに指示を出した。

「では、決を採ります。ユーリ・ホウをホウ家の新しき頭領として認める者は、手を挙げてください」

サツキがそう言うと、するすると全員の手が挙がった。

まあ、こうなるよな。

ここ数日、不幸が重なりすぎているので、若干の違和感があるが、こんなものだろう。挙手をためらうほどの材料も与えていないし。

「では、サツキさん、これを一束ずつ配ってください」

俺は、用意しておいたビラを取り出した。

ビラは、五十枚ずつ針金でできたクリップで留められている。配り終えたサツキさんが、一周して戻ってきた。

「これと同じものを、昨日一晩で二千枚作った。半分の千枚を鷲兵に預け、今は王都に派遣している。今頃は、王都上空でこれがバラまかれているはずだ」

俺がそう言うと、藩爵たちは声こそ上げなかったが、困惑した顔で席上にて互いに見合った。

「今も刷らせているから、追って鷲兵を派遣し、他の将家の都市に撒(ま)くつもりだ。諸君には自分の藩領各所の高札に、これを貼っていただきたい。一字一句変更を加えずに。好みなら印章は押していい」

藩爵たちはペラペラとビラをめくっている。印刷物を見ること自体、初めてである者が多いのだろう。

ここには、サツキ以外教養院の出身はいない。全員、あのエロ本の世界とは縁遠いところで生きてきた人たちだ。

「今日はこれで終わりだ。皆、領に帰って軍を起こす準備をしてくれ」

あとは話すこともないので、そう言うと、諸侯の中からスッと手が挙がった。挙げたのは、戦場経験があるのだろう。妙に目力のあるオッサンだった。

「ディミトリ・ダズ殿だったな。発言を許す」

「ユーリ閣下、王都の攻略はどのようにするおつもりでしょうか。心算がなければ、今すぐに旗を揚げ、攻め上ったほうがよろしいかと」

えらくまっとうで、基本的な意見だった。

俺の能力が心配なのだろう。まあ仕方ないよな。十九の若造だし。

「安心してくれ。俺も悠長に待つつもりはない。また、ホウ家軍の戦力があれば、第二軍と戦って負けはしないことは重々承知している」

「ならば――」

ディミトリが椅子から腰を浮かせる勢いで言い述べるのを、俺は手で制止した。

ディミトリは、それを無視することなく、口をつぐんだ。

えらい。

「あらかじめ王都の内情を知っておきたいのだ。ここにいる皆、軍に準備万端の用意をさせるのに数日はかかるだろう。その間に俺は王都の内情を調べておく。戦略は、それを加味した上で立てたい。ただ、重ねて述べるが悠長にはしない。一週間以内には攻め入るつもりだ」

ディミトリか。

ディミトリ・ダズ。そういえば、ダズ家領というのは、ノザ家に隣り合ってるんだったな。

「そうだな……君のところを含めた、最も王家天領から遠い三家は、軍が整い次第ただちにカラクモに来い。待ちの時間があったら本家のほうで糧食の面倒を見る」

もし間に合わなかったら戦力が下がるし、万一置いてけぼりになったら可哀想だからな。

「ただしディミトリ殿、君のところは千人の兵を領境に残せ。ノザ家への抑えだ」

「……閣下はノザ家が南下するとお考えですか」

真剣な顔で聞いてくる。

まあ、挟み撃ちにされたら、こいつの領なくなっちまうからな。

「来たとしたら、たった千名では」

「君の所にはシーミアがある。あれは小さいが、立派な城塞都市だ。籠城の準備は一応してあるのだろう」

「当然」

「ノザ家は恐らく来ない。俺の考えだが、連中にホウを攻めるメリットはないからな。だが、領境を丸々空けてしまえば、火事場泥棒くらいはするかもしれない。シーミアに千の兵を置くくらいのことは、先方への礼儀のようなものだ」

俺がそう言い述べると、

「……うむ、納得致しました」

ディミトリは微笑を浮かべて、浮かしかけた腰を下ろした。

これで終わりのようだ。

「他になにかある者はいるか？　いないのなら、解散とする」

そう言ったあと、言い忘れていたことがある気がして、俺は去ろうとする足を止めた。

「これから戦争が始まる。我々は、今このときのために生きてきたはずだ。諸君に一層の奮励努力を期待する」

◇　◇　◇

「上手くやりましたね」

全てが終わると、執務室に入った俺に、サツキが言った。

若干怒ってるっぽい。

「ええ、まあ」

さすがに、座り心地のいい椅子だった。

ルークはいつもこれに座っていたはずだ。

机の上は、昨日まで仕事をしていたように雑然としている。机の上には書きかけの羊皮紙が乗っており、ゴミ箱には試し書きのホウ紙がくしゃくしゃになって入っていた。

このまま保存しておきたいほどに名残惜しいが、そのうち片付けられ、いつかはルークの残り香も消え去ってしまうのだろう。

「ユーリさんは、まだ騎士院を卒業していないんですから……危ないところだったんですよ」

まともな対立候補など居ないのに。心配性な人だ。

「これから激しい戦いになります。軟弱な当主という印象がついては、よくありませんから」

「だからといって……」

「武人というのは、強い者についていきたがるものです。こちらから頭を下げて就任するのは良くない」

力の強い者に従っていたら勝ち馬に乗って、なんやかんやでやんごとなき身分になれた。騎士の家なんていうのは、みんな元を辿ればそんなもんだ。

それに、ルークのときとは違う。あの時は平時だったからいいが、俺はこれからすぐに軍を率いて戦争をするのだ。

「ホウ家はこれから王都を攻略して、魔女家を全て潰すのです。場合によっては騎士院などという制度もなくなるかもしれない。騎士章がどうこうなど小さな問題ですよ」

「……まあ、それはそうかもしれませんけれど」

　ゴウクの時代だったら、サツキはこんなふうに動いてはいなかったはずだ。

　だが、ルークの代になってからは十年以上、いわば側近としてサツキは働き続けてきた。ゴウクの時代が暇な奥様の片手間手伝いだったとすれば、ルークの時代は会社役員のように働くようになった。

　十年以上も働けば、意識の変化も生まれる。だから自分の意見もある。独断で行動して押し付けようともする。

　まあ少し迷惑ではあったが、裏切る心配はないのだから可愛(かわい)いものだ。

　サツキには、軍関係のことより、他にやってもらいたい仕事がある。

「それより、サツキさん。俺の家を大急ぎで改装してもらえませんか」

「え？　家って……ご実家のことかしら」

「そうです。色々考えたんですが、キャロルはカラクモに置かないほうがいい。人が少ないほうが警備がしやすいし……ここは騒音が酷(ひど)い。療養には向きません」

　ここでなら高度先進医療が受けられる大病院がある、ということなら話は別だが、そんなことはない。

　赤のカノッリアにはどのみち解毒剤はないのだから、ゆっくり休める環境のほうが重要だ。カラクモからは通える距離なのだから、名医など通わせればいいのだし、落ち着いた環境で滋養のあるものを食べさせるほうが重要だ。

　ここに置いておけば面会しようとする者も多いだろうし、コソコソと容態を探りにくる者も絶えない。人が多すぎて落ち着かない。

「分かりました。責任を持って監督します」

「キャロルの名前は出さず、俺が私的に改装を命じたということにしてください。居場所は秘密にしておきたい」

「そうした方がいいわね」

「二階に眺めのいい部屋が一つあります。本格的に改装するのはそこだけで構いません。ベッドを最高級品に変えて、絨毯を新品に。窓を大きく作り変えてください」

「はい。早速出入りの大工さんにお願いしますわ」

出入りの大工……まあ、カラクモで一流の大工となると、この本邸の出入りの大工になるんだろうな。

「それでは、早速頼んできます」

サツキは、部屋を出ていった。

一仕事終わって、ふう、と溜め息をつく。

手持ち無沙汰に机の上の書類を読むと、どうやらカラクモより少し南にいった街の、開発に関する指示書のようだった。この椅子に座って、目の前にあるペンを取って、何日か前に書いたのだろう。

ルークの生々しい息吹を感じる。

胸の中から、熱く煮えたぎる黒い何かが滲み出てくるような感覚がした。

それは、いわく形容しがたい、怒りとも憎しみとも取れる何かだった。

◇　◇　◇

「ユーリ閣下。王剣を名乗る女と、魔女家の女が来ています」

執務室に本邸の警備長の男が来て、その報告を聞いた時、俺は思わず椅子から立ち上がった。

王剣はいいが、魔女家の女ということは、ミャロが来ているのか？

「どこだ。案内しろ」

　俺が血相を変えて動き出したので、警備長はすぐに案内をした。

「玄関に留め置いていますが。連絡の話によると、ロッシでキャロル殿下にお会いしたいと申し出て、自ら捕縛されて送致されたようです。黒い短刀を持っていて、抵抗もなかったと」

　黙って捕縛されたのか。

　そのまま送致されたということは、キャロルには会っていないのか？

　小走りで玄関にたどり着くと、なるほどティレトと思わしき女と、ミャロが縛られたまま立っていた。

「ミャロ！　無事だったか！」

「ユーリくん」

「おい、早く縄をほどいてやれ。こっちは仲間だ！」

　俺がそう言うと、縄を持っていた兵隊は、スルスルとミャロの縄をほどいた。

「あの、短刀を……」

　ミャロがおずおずと言うと、縄をほどいた男が俺を見た。

　縄をほどいたとはいえ、凶器となるものを渡してよいのか、と目で言っている。

　俺が頷くと、見覚えのある短刀がミャロに返された。凶器ということで、没収しておいたのだろう。

「ユーリくん、お返しします」

「ああ、ありがとう」

　俺は預けていた短刀を受け取った。本当に長いこと預けていた気がしたが、たった三日くらいのことなんだよな。

「それにしても、良く逃げられたな」

「王剣の人たちと逃げてきたんです。直下に三階の出窓があって、ロープでそこに入って」

「おい」

ティレトが口を開いた。

「私の縄はほどいてくれないのか？」

「まだ信用していない。カーリャの手下になっているかもしれないからな」

「そんなわけないだろ。そこの魔女に聞いてみろ」

俺はミャロを見た。

「大丈夫だと思います。ボクの目の前で、女王陛下がキャロルさんのために働くよう申し付けました。キャロルさんが、ユーリくんのために働いてくれと命令したところも見ました。もしキャロルさんが亡くなられたら、裏切りを危惧すべきですが」

縁起でもない。

「もしそうなってもカーリャに従うことはない。女王を殺害した新女王は、王剣の継承権を失うからな」

なんだって？

「女王を殺してすぐに王剣が支配下に入るんだったら、簒奪が横行してしまうだろう」

まあ確かに。

例えばカーリャのような立場の女が、女王と二人きりになったときに凶行に及んだとして、即座に王剣の命令権を得るのなら、その後即位を認めない将家に対して「黙れ、王剣を差し向けるぞ」と脅すこともできることになってしまう。

ただ、王家の内ゲバで女王が斃れるといったことが、歴史上まったくなかったかというと、そんなことはないので、嘘かもしれなかった。歴史に疎い俺が覚えている範囲でも、シャルタ王家で二度そんなケースがある。

「歴史に例がないわけじゃないだろう。仕える主をなくしたら、お前らはどうするんだ？　集団自決でもするのか」

「女王が王剣に赦しを請うんだ。女王がとんでもない悪政を敷いたせいで誅（ちゅう）されたような場合は、王剣が赦すことで継承が成立する。もちろんカーリャの場合は、赦しの対象じゃない」

　カーリャと呼び捨てにしている。もはや敬称を付ける対象ではないということだろうか。

「簒奪（さんだつ）したあと上手くやって、王座に収まっちまった場合は？」

「そんなのは歴史上例がないが、野（や）に潜って次代になってから仕えることになっている。だから……その、もしキャロル陛下がお亡くなりになった場合、カーリャの娘に仕えることになる可能性はある。だが、今その心配をする必要はないだろ」

　なるほど。筋は通ってる気がする。

「それで、自分ではほどけないのか？」

「……は？」

「いや、自力で縄抜けとかできないのかなと思って」

「お前に疑われまいと思って、隠し刃物は置いてきたんだ。蛇かなにかじゃないんだから、手元を十字に結ばれていて抜けられるわけないだろ……」

　なんかキレてる……。

　興味本位で聞いただけなのに。

「縄をほどいてやってくれ」

　俺がそう言うと、やりとりに若干ウケていた兵が縄をほどいた。

「やれやれ」

　ティレトは、縛られていたところを自分で揉みほぐしていた。

「ここじゃなんだ。執務室で話を聞こう」

　執務室には来客用のソファがあり、俺はそれに座った。

　ミャロとティレトも、対面のソファに並んで腰を下ろす。

「父上と母上はどうなったか分かるか」

開口一番、俺は言った。

「分かりません。逃げてから王都に半日潜伏しましたが、情報はなにも出て来ませんでした」

……うーん。

俺が逃げ延びたことを考えれば、ルークとスズヤは取引材料になる。殺して晒すどころか、逆に治療していてもおかしくはない。

……ルークは容態からいって望み薄とは観念しているが、スズヤの希望は捨てきれない。兵の士気などの都合上、死んだとは言っているが、生きてはいないのだろうか。

「それで、カーリャはどうした」

「結局、女王陛下は殺せませんでした。おそらく今も生きているかと」

「……ったく」

死人を悪くは言いたくないが、つくづく厄介事を残していってくれる人だ。

親の気持ちになれば分からなくはないが……俺に国の後事をどうとか言っておきながら、殺せないというのは、何かを無責任に押し付けられている感じがする。

「脱出したときの話を、詳しく聞かせてくれ」

「女王陛下はあのあと、ティレトさんを呼んで、王剣を率いて脱出するようにいいました。キャロルさんの力になれと。でも、カーリャさんを人質にするため動ける人が必要でしたので、エンリケさんが一人残りました」

あいつ残ったのか。

ひどい話だ。

「さっきも言いましたが、あのバルコニーの真下には、三階の出窓がありました。バルコニーは出っ張っていましたよね。だから下を見ても分からなかったのだと思います。ボクは鷲に乗って外観を見たので、それに気づいていました」

あのバルコニーからは何度も下を見たが、まったく気が付かなかったのかも。大きく身を乗り出していたら気づけたな。

「エンリケさんがカーリャさんの首に短刀を突きつける後ろで、ロープで降下して三階に降り、切り結びつつ厨房に向かいました。会食が行われた二つ隣の部屋です。厨房は、外部の者が出入りするとまずいので、不便を承知で三階にあります。でも、食材や煮炊きのための炭を階段で運んでくるのは大変なので、人力の昇降機が一階まで繋がっているんです。その穴から降りて、一階にたどり着きました。あとは窓から出て、包囲を突破して川に逃れた、という感じです」

そんな脱出路があったのか。

「じゃあ六階に行くんじゃなく、それで脱出すれば良かったんじゃないのか」

俺はティレトに言った。

「穴が小さすぎる。お前じゃとても無理だ」

「ボクでギリギリくらいでしたからね……キャロルさんだと、ちょっと難しかったかもしれません」

キャロルは結構肩幅があるからな……。

でも、ティレトはミャロほど体格が小さいわけではない。

「私たちは肩を外せるからな。それで通った」

俺の疑問を見越したように言われた。

「それで、暗殺をしでかしたのは、七大魔女家の連座ってことでいいのか？」

「その件については、本当に申し開きもできません。ボクが気づいてさえいれば……」

ミャロは後悔を滲ませた顔をしている。

でも、本当にその通りなのだ。

気づかずにノコノコと王城に行ってしまった俺の言えたことではないが、ミャロか王剣、どっちかが気づいていれば、こんなことにはならなかった。

ミャロについては、新大陸に関しての情報攪乱を任せてあったのであって、魔女を探れと命じていないので責はないが、王剣は違う。

「企てたのは、確かに七大魔女家です。でも、ギュダンヴィエルは抜かされました。肉親の情かなにかで、ボクに漏れてしまうかもと思ったのでしょう」

　そうなのか。

　俺はむしろ、ギュダンヴィエルのルイーダ婆（ばば）が率先して参加したのだと思っていた。あの婆（ばばあ）は、ミャロの手管を知り尽くしているはずだ。

　だから、政治の奥深くを見通すミャロの目をもってすら、気づけなかったのだろう、と。

「よくあることなのか。どっかをハブるっていうのは」

「シャルタの魔女の歴史上、初めてのことです。七大魔女家は盟約で繋がっていますから」

　なにか盟約があるらしい。

「七魔女の盟約（セブンウィッチ・プロミス）は、共存共栄を旨とした結社（サークル）の規則（ルール）です。どこかを除いて謀（はかりごと）をしてよいことになったら、お互い疑心暗鬼になって身内の潰し合いになってしまいます」

　共存共栄……。

　要するに仲良しクラブの約束ごとみたいなものか。内輪で競争が起こらないように、甘い蜜を奪い合って喧嘩（けんか）にならないように、ということなら、カルテルと表現するのも正しい気がする。

「でも、なんで気づけなかったんだ。連中の隠蔽工作が上手かったのか」

「そうです。上手かったというより、徹底していました。おそらく、あの日の午後までに計画の全貌を知っていたのは、七人の大魔女を含めても、十人ほどしかいなかったと思います……でも、ボクは気づくべきでした」

「気づくべきって、なにをだ」

「前日までに、ボクの情報源になっていた王城勤めの魔女たちが、半分くらい居なくなっていたんです。殺されたわけではなく、ちょっとした地方への出張みたいな形で、さりげなく追いやられていて……少し違和感はあったのですが、まさか嵌められているとは思いませんでした」

ミャロの情報源をあらかじめ特定していたのか。すでに誰が情報源になっているかは摑んでいたのに、そいつらを消すなり外すなりしないで泳がせていた。

つまりは、泳がせている間に暗殺の計画が漏れるとは考えていなかった。熱心に潰すことで、その熱心さがミャロに伝わることのほうを恐れたのだろう。

当日行動を起こすまでバレないことにかけては、絶対の自信があったのだ。

情報を秘匿するには、誰にも話さないのが一番効果的だ。数を少なくすれば喋る口は減り、秘密は外に漏れにくくなる。

誰かが自分の頭の中でだけ考え、誰にも話さなかったことを探り当てるなんてことは、どんな諜報のエキスパートにも不可能なのだから。

「気づいたのは、ユーリくんが王城に向かったあとでした。一人の魔女が、今日は普段している残業が認められなかった。と報告してきたんです。馬鹿なことに、ボクはここで初めておかしいなと思いました。何かしら変事が起こっていると感じて、王城に行ってみようと思ったら、第二軍が橋を封鎖していました」

それで、急遽白樺寮のほうに向かったということか。

「なるほどな、分かったよ」

「ボクの不手際でした。いかようにも処分は受けます」

ミャロは頭を下げている。顔は見れないが、沈痛な声色が感情を教えてくれた。

「確かに、なにか違和感があったのだったら、気を張っていれば察知できたのかもな」

「…………」

「だが、それは俺だって同じだ。ここ一年くらい魔女の動きが鈍っていて、ロクな手出しをして来なくなってた。何か仕掛けてくる前兆だと考えるべきだった」

　これは俺の油断だ。

　魔女が追い詰められていることは知っていた。だが、虎視眈々と暗殺の刃を研いでいたとは思いもしなかった。

「そんなっ！　それはボクの役目です！　それに、カーリャさんが籠絡されているなんて、誰も思いもしないことです！」

　そうは言うが、誰にも責任がなかった、あれは誰にも予測不可能な、仕方のないことだった。なんてことはない。

　そうはしたくなかった。

「お前は鷲を届けてくれた。それでいい。あれがあったから俺は生きていられるんだからな。お陰でキャロルも助けられた」

　ミャロがいなかったら、全てが終わっていた。それは確かだ。

「それに、シャムとリリーさんのこと、心底助かったよ。ありがとうな」

「いえ、そんな……」

　俺はミャロから目を離し、今度はティレトのほうを向いた。

「それで、王剣はなにをやってたんだ？　本来はお前らの担当だろう」

　罪の重さでいったら、ミャロより王剣のほうが格段に罪深い。

　キャロルと結婚しようとしていた俺はともかく、ルークとスズヤは招かれたのだ。単純に、招いたのであれば安全を守る責任がある。

　酒を飲んだルークとスズヤには、ひとかけらの過失もなかったのだ。

ただ招かれ、参じ、供された食事を食べ、酒を飲んだら、毒が盛られていた。それは誰のせいか。どう考えても、招いた側の責任が最も重い。当然のことだ。

「そもそも、毒見とかの文化は王城にはないってのか。どうなってんだ」

「当然やっていた。城の外から入ってきた毒だったら、それで防げたはずだ。でも、カーリャが毒を入れたのは、毒見をしたあとの酒瓶だった」

そんなことを言われても、納得できるものではない。

「なら、もう一度やったらよかっただろうが」

「……私たちは、女王を疑わない。女王から警戒しろという命令がなければ、王女のことも疑わない。あの状況で席を離れて、調理場に入って葡萄酒を飲ませろと言ってきたら、普通は自棄酒をあおりに来たのだと思うだろう。目を盗んで毒を入れるなんて思わなかった……というのが、調理場にいた毒見役の王剣の言い分だ」

「その疑わないの結果、女王さんが死んじまってるんだから世話はないな」

言っても詮無いことだと思いつつも、口が止まらなかった。やるせない怒りが胸の中で荒れ狂っている。

「お前が怒るのはもっともだ。私を斬って気が済むのなら、斬ってくれて構わない」

そう言ったティレトの目は、まっすぐに俺を見据えていた。実際、斬ろうとしたら抵抗はしないのだろう。

「馬鹿め……お前を殺したところで、誰が元に戻る。誰一人生き返るわけじゃない。キャロルの症状が良くなるわけでもない」

「本当に、済まなかった」

ティレトは再び頭を下げた。

こいつも主君を喪ったのだ。悲しみがなかったわけではない。

「……王剣がなにをやっていたのか聞いていない。魔女は調べてなかったのか」

「私たちは、お前たちを調べていた」

は？

俺たちを？

「ここにいるミャロが色々と動いていたせいで、分かりにくかった。手荒なことはするなと厳命されていたしな」

「……はぁ」

溜め息しか出なかった。

「女王はお前をお疑いになっておられた。あれだけの能力を持っているのに、十字軍の脅威に関してはのんびりしていて、必死さがないと。調べてみれば、ホウ家領のスオミからは人が何十人も消えている。だが行き先は分からない。船員を拉致して聞き出すことも禁止されている。どうしても調べは進まなかった」

なんだそりゃ……。

しょーもない。

遠くばかり見ていて、足元がお留守ってやつか。それでお膝元の王都で自らを殺す謀略を練られているのだから、ほとほと呆(あき)れ返る。

「……結局、シモネイ女王は俺を信頼してなかったんだな」

思わず頭に手をやった。思いっきり疑われていたのか。

その反面、シモネイ女王は間違いなくキャロルとの結婚を歓迎してもいた。政治には二面性があるものだとは知っていたが、やるせない。

「隠すからだ。隠されれば不安にもなる」

隠すもなにも、あれは俺が自分の金で始めた事業だ。そもそも報告する義務などない。

アルビオ共和国での諜報活動の結果報告でさえ、俺は一銭の礼も受けず、サービスで行っていたのだ。

ホウ家に庇護されていたことは否定しないが、

多額の税金を納めていたし、別邸の交代要員の兵站費用を負担したりもしていた。こちらとて無料でサービスを受けていたわけではない。

俺は、奪われないために隠していたのだ。

実際、正直に新大陸のことをシモネイ女王に報告していたら、どうなっていたか。シモネイ女王の権能は大きかったが、それは魔女という毒物にどっぷりと浸かったものであって、魔女を避けながら権能を発揮するなんてことはできなかった。

当然、新大陸の存在は魔女に知られ、今頃はぐちゃぐちゃな汚濁にまみれた開発が進んでいたはずだ。

「それで、突き止めて報告はしたのか」

「いや、突き止められなかった。私たちがスオミに行くのにすら難色を示されていたしな」

スオミに行かないで新大陸のことを探れと。

どんな無茶振りだ。

俺に気を遣って、万一にも敵対することがないよう配慮してのことだろうが、成果と手段、両立できるわけがないものを要求している。

王剣の方も、よく唯々諾々と従っていたものだ。

シモネイ女王も、あれで相当病んでいたのかな。

「はあ……まったく。それで、今後お前は俺に使われるんだよな」

「そうだ。王剣は今のところ、お前の命令に従う」

「ここに来たということは、お前が王剣の長なのか」

「そうだ。キルヒナの事件でキャロル殿下をお守りしてのち、先代の長より役目を受け継いだ」

こいつがトップだったらしい。

まあ、有望株でなかったらキャロルを任せたりしないか。

「合計で何人いるんだ」

「ここには五人。シビャクに二十人。各地に七人潜伏させている。シビャクにいる二十人のうち、五人は傷を負って使えない」

脱出の時に負傷したのだろう。

合計三十二人か。意外と少ないな。

「第一軍はどうなってる。あいつら、最後まで動かなかったろう」

「……買収されていたようだ」

やっぱりか。

「メティナ・アークホースは、テレージャ・カースフィットの親友ですよ。同級生ではないにしても、男ばかりの騎士院で、四年間も同じお風呂で背中を流し合って過ごしてきた仲です。そんな人を信頼するなんて、どうかしている」

ミャロが苦言を呈した。話を聞くだけでもヤバそうだ。

こいつ、城で第一軍は裏切らないとかなんとか言ってなかったか。

「……仕方ないだろう。世継ぎはアークホース家が決めるんだ。王家は口出しできない」

「ならば、信頼するなという話です。その結果がこれじゃないですか」

まあたしかに。

第一軍が即行動していたら、少なくともこれほど面倒なことにはならなかっただろう。

「じゃあ、第一軍は敵対するのか？」

「いいえ、代々大将位を継承するアークホース家の一党はともかく、それ以下の者たちは女王尊崇の念が強いはずです。兵を動かそうとしても従わないと思いますし、我々と敵対することはないかと」

「ドッラの父親がいただろう。あれは父上の親友なんだが」

俺が考えていたのはそれだった。ガッラはどうしているのだろう。

「ガッラ・ゴドウィンさんですね。ドーン騎兵団で総副長をしておられます」

「は？　それって結構大きな部隊じゃなかったっけ」

たしか、ガッラはもう男としては天井の役職に就いていたという記憶がある。

ドーン騎兵団というのは、近衛第一軍で一番でかい騎兵団で、たまに立派な服を着て堂々と王都を巡回している、なんというか近衛の顔のような騎兵団である。

「はい。定数千騎の騎兵団ですね。以前は団の半分の五百騎隊の副長でしたけれど、女王の肝入りで特別に出世しました」

「なんでだ？」

「詳しくは知りませんけれど、ドッラさんを早く出世させるためじゃないですか？　キャロルさんはドッラさんを高く評価していましたから。それに、橋の上の戦いで名望高いですからね。ドッラさんは」

はー。

ドッラがねぇ……。

まあたしかにドッラは強くなったし、ふさわしいのかもしれない。騎兵は特に頭よりフィジカルがものを言う世界だからな。

「基本的に、近衛軍というのは欠陥を抱えています。隊を率いるのは女性ですが、隊員と男の付き合いをするのは男性の副長です。訓練の際に声を張り上げるのも、槍を持って戦いの指導をするのも男性の副長の役目です。一般兵からの信頼は当然副長のほうに集まります。全体的に酷い歪（ゆが）みの構造があるんですよ」

「ふーん……なるほど」

そりゃたしかに大変そうだ。

「ですから、ともすると隊長はお飾りになってしまうことも多いんです。なので上級幹部には男性を入れず、女性だけで構成しているわけです。軍団長がお飾りになったら男性の軍になってしまいますからね」

たしかに、男性の軍になるのはまずい。

実務的にまずいというか、歴史的にまずいのだ。

大昔、これは約二千年前という本当に大昔の話だが、いにしえのシャンティラ大皇国にムトナ内乱というものが起こり、将軍の反乱によって国が滅びかけたことがあった。

　そのころの大皇国は、女皇が治める女権国家だったのだが、普通にクラ人に対して侵略戦争を行っていた。

　ムトナ内乱は、大きな戦争で何度も勝ち星を挙げた名将とされる将軍が、戦争で得たクラ人の戦争奴隷を使い、身内に牙をむいた内乱だった。

　結局それは成功しなかったのだが、黒海のクリミア半島に存在していた、首都シャンティニオンが陥ちるか陥ちざるかというところまでいった。女皇家はこの時の経験がよっぽどトラウマになったらしく、男の将軍に他の国を攻めさせると国が滅ぶ、と考えるようになった。

　戦争に勝つと、奪った土地はどうしても将軍の勢力圏になってしまうので、必然的に国内に強力な男権勢力が発生することになる。と学んだわけだ。

　もちろん、軍がなければ国家を防衛できないので、軍を整えることは重要だった。

　誇りすら奪えば将軍が反乱を起こすことも分かっていたので、軍人が武勇を誇ることも許し、防衛に成功すれば褒めちぎって、勲章もくれてやった。

　だが、こちらから攻めて領土を拡張させることは一切許さない伝統ができた。

　シャンティラ大皇国が、当時としては強大な軍団を持っていながら侵略戦争を一切せず、奴隷制度も表向き存在しないという奇妙な国になったのは、この出来事をきっかけにしている。

　それは結果として悪いことばかりではなく、奔放な領土拡張を抑制したおかげで、辺境で国が割れて独立国家になったりすることもなく、もはや十分といえる広大な領土の隅々にまで目を光らせ、ぬくぬくと国土を開発し、富み栄えることができた。

その代わりに、シャン人という人種は長いこと一つの国にまとまってしまい、その種子が世界中にバラ撒かれることがなくなってしまった。

それが現状を生み出したとも言える。

ともあれ、そういう経緯があって、女王家には男性の軍隊を身内と考えてはならないという感覚があるのだ。

女権国家の中枢を守るのは、女性の軍隊。女王を最後に守るべき砦(とりで)である第一軍が男性化するなどということは、あってはならないことだ。

それを考えると、ガッラは本当に特別扱いだったのだろう。

「それなら、メティナ・アークホースには一般の兵隊から突き上げがあるだろうな」

働くべき場面でトップから押さえつけられ、働けなかったわけだから、不満は噴出しているだろう。

「そうでしょうね。当代のアークホース家はアレですけど、第一軍を構成している名家は、基本的には女王に忠実です。全員を懐柔しているというのはありえません。それに聞いた話だと、このお屋敷の正門に貼られていた紙を王都上空にバラ撒いたとか」

「ああ、あれな。千枚撒いたはずだ。今日はまた千枚……」

俺は執務室に置いてある柱時計を見た。

「あと二時間後だな。撒かれるはずだ」

「さすがです。そんなことをされたら、嘘を吹き込むこともできません。おそらく第一軍は動きませんよ」

どうだろう。

だが、魔女からしてみれば第一軍を信頼できなくなる。会戦において信頼できない友軍を近くに置くことほど怖いものはない。少なくとも、重要な役割を任せようとは思わないだろう。

「ティレト。王都に行って、ガッラと接触してくれ。寝返り工作といったら変なんだが……」

　元はといえば、こちらに従うのが当たり前の連中だからな。どう考えたってキャロルのほうが正統なわけだし。

「分かった。第二軍を挟み撃ちにするんだな」

　違う。

　なに言っとんだ。

「第二軍と戦わないための懐柔だ。あんな雑魚どもでも、教練すれば多少使えるようになるだろう」

「戦わないで？」

　ミャロは疑問符を顔に浮かべた。

「戦わずして勝つってやつですか」

「近衛第二軍を潰すのは惜しい。王都攻略は、たぶん前哨戦（ぜんしょうせん）だからな」

「前哨戦？　次は……じゃあ、すぐに将家を倒して併合するおつもりなんですか？」

　違う。

「魔女を馬鹿だと思ってるのか？　おそらく、今年は十字軍が来るぞ」

「えっ……」

　ミャロは絶句した顔をした。

　ティレトもだった。

「魔女が国を支配したくて事を起こしたと思ってるのか？　何年か後にくる十字軍はどうするんだよ」

「それは……まぁ。そうですね、対処のしようがありません」

　そうだろう。

　十字軍がシヤルタに攻めてこないのなら、魔女がやった簒奪（さんだつ）は納得できる。だが、数年の内には確実に攻めてくるのだから、魔女たちの行動はおかしい。

「魔女は馬鹿じゃない。あいつらはあいつらで、必死に生き残ろうと頭を使ってるんだ。王家やホウ家を倒したとしても、次に来る十字軍にやられる。そのくらいのことは連中だって分かってるさ」

シモネイ女王は、少なくとも十字軍に対しては熱心に対処しようとしていた。

旧来の体制であれば、国内の将家をまとめて一枚岩になって十字軍に当たることは確実にできた。

だが、カーリャを擁しての魔女政権ではそれすらも難しい。将家はバラバラになり、国内は混乱し、一致団結した対応などできなくなる。そんなことは、馬鹿にだって簡単に想像できることだ。

王家を打倒したとして、その治世以上の防衛体制を整えられるとは魔女も考えていないだろう。

であるならば、王家を倒してカーリャを傀儡に立て、ホウ家を皆殺しにして弱体化するというプランは、それが完璧に上手く行ったという仮定があってさえ、自らの寿命を縮める結果にしかならない。

実際には、失敗するリスクも十分すぎるほどある。

現実にこうして失敗したわけだし、そもそも暗殺計画の中心にいたのは、カーリャというなにをしでかすか分からぬ糞馬鹿女なのだ。

ほかの全員が一切の情報を漏らさず完璧に役割を全うしたとしても、かなり高いリスクが残る。あれほど計算高く行動する魔女どもが、そのリスクを無視できるほど小さいと見積もっていたはずはない。

だとすれば、自分たちが破滅するリスクを負ってまで、自らの命を縮めるだけの計画を実行するという行為は、どう考えたって非合理的で、理屈に合わない。

「イイスス教圏の連中と内通しているんだろう。

国を献上する代わりに、どんな条件を引き出したのかは知らんがな」

九百年、王都を根城に引きこもっていた連中ならば、考えそうなことだ。

　ある意味で、あいつらは王家の庇護の下ぬくぬくと育てられた、世間知らずなのだ。

　そのルールの中で、彼女らは自分に分かりやすい理屈で、助かる道を模索している。

　計画が完璧に成功していれば、カーリャは順当に女王として即位し、各将家はどうにも手出しをできないという状況を作れただろう。国内は分裂状態になるだろうが、文句をつける将家をあーだこーだとやりすごし、そのまま半年くらい膠着状態を作るのは、さほど難易度の高い仕事ではない。

　その間に十字軍は非常招集される。計略によって抵抗は微弱。戦争という苦労がなく略奪ができるとなれば、参加したがる国は多い。

　十字軍が来たら、北のルベ家は抵抗するかもしれないが、所詮一家でできることは少ない。王家天領を手中に収めているのだから、王都の港に直接兵を招き入れても構わない。抵抗はごくごく微弱だ。

　十字軍が約束を律儀に守ってくれるか、という一点を除けば、ほとんど完璧なシナリオと言える。

　俺の感覚からすれば律儀に守るわけがないと思うのだが、魔女どもは藁にもすがる思いで一縷の望みを託したのだろう。

　国を一つ労なく手に入れる見返りに、百人かそこらの人生を保障する。

　そんな取引条件だとすれば、国一つの代償としては小さすぎる対価だ。魔女たちが、律儀に守ると期待してもおかしくはない。

「でも、リーリカさんの報告では、十字軍はないということでは」

「実際に来るかは分からない。魔女どもは失敗したんだから、それを見て来るのを止めるかもしれない。だが、魔女どもが正直に失敗しましたなどと報告しているとも思えん」

俺を逃した以上、魔女たちはもはや後戻りできないのだ。

魔女からしたら、嘘の報告をしてでも来てもらわなければ困る。今や魔女にとっては十字軍は援軍であり、将家に囲まれた状況からの解放者なのだ。

「なるほど……考えてみれば、たしかに」

「現状では想像に過ぎないがな。ただ、そう考えないと辻褄が合わないんだ。他に説明をつけられない」

とりあえずは、来るという前提で対策を練っておく必要がある。

約一万名の兵力を誇る第二軍を、たとえば包囲殲滅して再起不能の状態にするのは、いいことなど一つもない愚行だ。

「王剣には存分に働いてもらう。十人こっちによこせ。今のうちに、色々と下準備をしておかないとな」

V

ガッラ・ゴドウィンはその日、疲れた表情で、王城島の要塞にある執務室に戻った。

五日前の事件をきっかけに、変事に巻き込まれた王都は、今や混乱の極みに達していた。

ガッラ・ゴドウィンは、その狭間で中間管理職の悲痛を存分に味わっていた。

買収されたとしか思えぬ上司。不満をぶちまけてくる後輩。とんでもない過激を言い出す部下。

そんな者たちの間に挟まれ、もみくちゃにされるのがガッラの役割だった。そのせいで、もう空はすっかり暗い。ガッラは、真っ暗な部屋の天井から下がる鉤に、ランプの持ち手を引っ掛けた。

疲れ果てていたが、王都北区にある自宅には帰れない。戦争中であるからだった。

また、兵舎にはガッラの寝室はない。自宅があるからだった。

なので、ガッラは執務室で眠るしかなかった。

応接用の長いソファの真ん中に、肘掛けが付いているのが呪わしい。これがなかったらソファで寝れるというのに、ガッラは硬い床に寝袋を敷いて寝るしかなかった。

軍服の上を脱ぎ、二つに折ってソファに引っ掛け、軍袴に取り掛かろうとベルトに手をかけたときだった。

「おい」

「うおっ」

部屋の中に誰かがいた。

声の出もとを見ると、入り口のドアの脇に一人の女性が立っていた。とっさに身構える。

「待て、王剣だ。話があって来た」

王剣。

それにしても、人がいるのに気づかずにズボンまで下ろそうとするとは。よほど疲れているらしい。とガッラは思った。

若干気まずくなりながら、外しかけたベルトを戻す。

「王剣か。今はどこについているんだ」

「キャロル殿下だ」

「そうか……やはりご存命であらせられたか」

軍服の上を着ようと思い、先程ソファにかけた上着に手をかけると、砂埃っぽいザラつきが手のひらに残った。

ここ数日の騒動で、すっかり埃っぽくなっている。なんとなく改めて袖を通す気になれず、ガッラはシャツのままソファに座った。

「話とは？　聞こうじゃないか」

ガッラにとっての王剣は、接することは稀だが、近しい存在と言えた。別部署の同僚のような感覚であり、立場的には近い。

「単刀直入に言おう。こちら側に寝返れ」

ティレトは壁に軽く背を預けたまま言った。

「……ふう」

「寝返れというのは違うな。正しき主に従え」

「正しい主とはなんだ。カーリャ女王だって紛い物というわけではないだろう」

ガッラは、自分でも馬鹿馬鹿しいと思いながら、詮の無いことを言った。

「王剣が正しき佩剣者であると認めている。カーリャのほうは魔女が認めているらしいが、どちらがシモネイ陛下の御心に近いか、論ずるまでもあるまい」

「はあ……」

ガッラは疲れていた。

そういった正論は、部下の突き上げで聞き飽きていた。ここ五日間で、百に届こうかという数聞いた。歩いている途中に耳に入ってきた数も入れれば、千に届いているかもしれない。

「ルーク・ホウは死んだのだろう。親友が殺されて、貴様はそれでいいのか」

「いいわけがない。だが、軍人には弁えなければならない一線がある」

それは、ガッラの心に染み付いたルールだった。上意下達。上の命令に下は従う。

それが軍機構の絶対のルールであり、その命令の中には当然、死ねという内容のものも含まれる。

である以上、そのルールに従わなかった者に対する罰則は、これもまた命を奪うものが最高刑である必要がある。

第一軍の行ってきた戦闘行動は、山賊退治など軽微なものが主だから、たいていの場合、彼我の戦力差は圧倒的なものになる。なので敵前逃亡は少ないが、まったく存在しないわけではない。

ガッラも、戦いから逃げ出した年若い青年を処断したことがあった。

そういうことをしておきながら、自分は規則を破るというのか。

とはいえ、それはガッラの心の表面に乗った、綺麗な建前にすぎなかった。

深い部分でガッラの心にルールを染み付かせたのは、日常的に降ってくる、女の上官からの理不尽な命令だった。

どんなに馬鹿馬鹿しい命令に思えても、それに従わなければならない。自分が正しいと思っていても、命令の前には曲げなければならない。それが部下の生死を左右する決断であってもだ。

それを数十年間、日常的に繰り返してきた結果、ガッラは諦めることを学んだ。軍隊において軍規は絶対と割り切り、心を動かさないための仕組みを心の中に作った。

親友や部下の前では陽気に振る舞っていても、ガッラはそのような人間であった。

「メティナ・アークホースには逆らえんか」

ティレトは嘲るように言った。

「ああ、そうだ。俺に言われてもな」

ガッラがそう言うと、ティレトは壁から背を離し、ガッラの近くまで歩いた。

おもむろにソファに掛けてあった上着を摑むと、上着の胸の部分から、ついていた騎士章を引きちぎる。

これみよがしに地面に落とすと、それを踏みにじった。

「なにをするッ！」

騎士たる誇りを唐突に踏みにじられ、ガッラは憤（いきどお）りの声をあげて立ち上がり、ティレトに摑みかかった。

ティレトは、避けるでもなく、黙って胸ぐらを摑まれた。

「貴様は騎士ではないのだから、これを持つ資格はない」

ティレトは、なおも騎士章を踏みしだきながら、ガッラの太い腕を奇妙な形で握った。

　腕のとある一点に、女の力とは思えぬ力で親指を突き立てられると、ガッラの太腕に鋭い激痛が走った。手が勝手に開き、胸ぐらから手を離してしまう。

「貴様は近衛に入る時、誰に槍を捧げた。メティナ・アークホースに捧げたのか。違うだろう。シモネイ陛下の御前で、陛下に槍を捧げたのだろうが。それを忘れ、亡き陛下の意に反すると知りながら、メティナに従うお前は、騎士ではない」

「ぐっ……」

　ガッラは歯噛みする。

　言い返せなかった。

　王剣は、王に絶対の忠誠を誓っているからこそ、王剣たる。

　血脈で選ばれたわけではない。彼女らの多くは孤児であり、何人もの死人が出るような過酷な試練を経て、ようやくここにいる。

　女王に命じられれば赤子も殺すし、仕事ならば男に体を明け渡すことも厭わない。それでも彼女らの心は誇り高い。それは、女王に忠誠を誓っているからだ。

　今こうして悩んでいるガッラとは違うのだった。

　赤子殺しや売春婦のような真似をしていても、彼女らは女王への忠誠に誠実だという確信を胸に抱いている。だから誇り高くいられる。

　ガッラはそうではなかった。

　だから、俺だって女王に槍を捧げた時の誓いを守っている。とは反論できなかった。

　ガッラは、自分が騎士ではなく、ただのくだらない魔女の手下の一人になったように感じた。

　嫌な思いを振り払うように首を振ると、ガッラは再びソファに腰を掛けた。

「なぜ俺のところにくる……どうせ第一軍は動けん。下の者が命令に従わないからな」

　ガッラは、二脚のソファの間にあるテーブルに置かれた、数枚の紙を見る。

吊り下げられたランプの真下にあり、光源の死角となっていて暗いが、それはたしかにそこにあった。

王都には、もはやこの紙に書かれた内容を知らぬ者はいないだろう。

字を読めぬ者も、内容は伝え聞いて知っている。

これが空から撒かれたせいで、それまで抑えていた部下は怒り狂ってしまい、今や統制できなくなりつつある。

なぜあの時、我らは動かなかったのか。

王城に第二軍が攻め込み、女王が今まさに弑されんとしていたその時に、ただ傍観に徹していた我らは何なのだ。陛下の騎士ではなかったのか。

一体我らは何者だというのだ。

一部の兵などは、ビラの内容を信じ切って、血の涙でも流しそうな勢いでそんなことを叫んでいる。

今日などは、後輩の一人が連名を綴(つづ)った紙を持ってきて、少人数でもって第一軍本部に斬り込み、魔女の手先どもを斬り殺そうなどと言ってきた。

牢(ろう)にブチ込むことを真剣に考えたが、そんなことをすれば、反動で本当に反乱が起こってしまう。

こんな状態では、軍を動かすどころの話ではない。

「第二軍など、戦う前から戦意喪失だ。嘘か真(まこと)か知らないが、追撃に出たユークリッハ騎士団がホウ家の老騎士一人に撃退されて、団長の首を持ち帰ってきた。生き残りがホウ家の恐ろしさを吹(ふい)聴(ちょう)して回っているよ。あれじゃ、戦う前から負けたようなもんだ」

ガッラからしてみれば、戦えば絶対に負けるわけがないのだから、自分がわざわざ寝返る必要などないという話だった。

念には念を入れるどころの話ではない。獅子(しし)が手負いの仔兎(こうさぎ)を狩るのに、保険が必要だろうか。

ホウ家対第二軍の戦いは、戦いにすらならない。一方的な蹂躙となるだろう。ホウ家に負ける要素などない。

「ユーリく……」そう言いかけて、ガッラはためらった。彼はもう騎士院を卒業する年齢で、恐らく今はホウ家の頭領になっている。「ユーリ殿は、考えすぎだ。俺の手など借りなくても、戦には勝てる」

「ユーリの考えでは、数ヶ月後には十字軍が来る。魔女は十字軍に国を売っているとのことだ」

「は……？」

ガッラは全ての思考を停止して、呆然となった。

「仮に魔女の計画が全て上手くいって、ユーリとキャロル殿下が王城で毒殺され、カーリャが魔女の手の内で女王となったとしても、魔女に得るものはないそうだ。シモネイ陛下の為政下ならば、一枚岩で十字軍と戦うことができたが、カーリャの政権ではそれすらもできない。数年内に十字軍が来ることを考えれば、ただ死が見えているばかりの簒奪だ、と。ならば十字軍と通じ、国を売る代わりに自らの安全を保障する約定を結んでいると考えねば、辻褄が合わないと言っていた」

ガッラの頭は真っ白になった。

疲れでぼうっとした頭に冴えが戻り、無理やりに働きだした頭には、痛みが起こっていた。それでも考えるのは止められなかった。

十分ほども考えていただろうか。

その間、ティレトは一言も声を発さず、ただ待っていた。

たしかに。

いろいろな要素がからみあって、判断はできかねるが、その可能性を示唆されると、たしかに魔女の計画には猛烈な違和感があった。

もし、その話の通りだとすれば、国が滅ぶ。

俺たちは、国を売った売国奴の片棒を担がされているというのか。

「ユーリは、その十字軍と戦うために、第二軍すら無傷で手に入れたいらしい」

ガッラの考えが一段落ついたのを見て、ティレトはぽつりと言った。

「当然、隊長格は総取っ替えするつもりだろうがな。ホウ家の兵を代わりに入れ、何ヶ月か小突き回せば、少しは使えるようになると考えているのだろう」

「わかった。第一軍は、動かない。動こうとしたら積極的に止めよう」

ガッラがそう言ったのを聞いて、ティレトは深い溜め息をついた。

「はあ……そうか。ユーリは、あの人は父上の親友だった人だから、協力してくれるはずだ。と言っていたのだがな。女王陛下の御前で槍を交えた仲なのだから、と。どうやら奴の見込み違いだったようだ」

ティレトは発言の偽造をした。ユーリの口からそんな言葉は出ていない。ミャロからの情報を交えて考えた、急作りのでまかせであった。

「勘違いをしないでくれ。俺も動くが、実際に第一軍を掌握できるかなど、断言しようがない。ここでできると言って、俺が失敗したらどうする。ユーリ殿の戦略が破綻するだろう」

「確実に実行できそうなのは、軍を動かさないことくらいだ、というわけか」

「まあ、そうなる。それくらいのことは、確実にできると約束できる」

「わかった。そう伝えよう。裏切りの心配はないようだから、ユーリの計画をお前に伝えておく。よく聞いてくれ」

ティレトは、その計画を話し始めた。

第二章　シビャク攻略戦

Ｉ

「ユーリ閣下、やはり行くのはおやめください！　危険すぎます！」

藩爵であるディミトリ・ダズが追いすがるように駆けてきて、言った。

「いや、行く。大丈夫だ。向こうに兵がいないことは分かっている」

「第一軍は信用できません！　王剣もっ！」

俺はひらりと白暮(はくぼ)に跨(また)がると、手早く拘束帯を締めた。

「危なくなったら鷲(わし)に乗って帰ってくるさ。お前は予定通り、旗が揚がるまで第二軍をここに張り付けていろ。その前に全軍が取って返すようだったら、カケドリを突っ込ませて壊乱させてくれ」

「……わかりました。では、お気をつけて！」

ディミトリは、一歩離れて敬礼をした。

鷲が羽ばたく邪魔になるからだ。

手綱を軽く引き、離陸の指示を出すと、白暮はバサリバサリと羽ばたき始めた。

体が浮く。

「じゃあ、行ってくる！」

右手で手綱を握り、左手には槍(やり)を持っていたので、手は振れなかった。

空に上がってから下界を見ると、王都南部の牧草地に、ホウ家の全軍が展開しているのが見えた。

一万六千名の軍が整然と密集隊形を組み、左右にカケドリ隊を展開している。

その向こうには、王都の南端を背に、第二軍が相対(あいたい)している。

十日前、俺が突破したバリケードがあった場所が、陣の真後ろにあるのが見えた。

少し形がいびつな密集隊形が、ホウ家軍より一回り小さな箱型に組まれている。

第一軍の姿は、影も形もないようだ。第一軍が混ざっていれば、総数は二万名近くになるので、ホウ家の陣より大きくなるはずだった。情報通り、第一軍は王城島の守りについている。

俺が離陸したのが見えると、そこら中から次々と鷲が飛び立ち始めた。上空で小さな円弧を作って彼らを待つ。

鷲の数はどんどん増え、ホウ家軍の上空には、今まで見たこともない光景が現れた。

五百羽にものぼる巨大な鳥が、屠殺場の上空で輪を描いて飛ぶ烏のように、空を埋め尽くしている。第二軍が偵察のために飛ばしていた鷲が、とんでもない量の鷲に驚き、尻尾を巻いて帰っていくのが見えた。

俺は口に特大のホイッスルを咥え、思い切り吹いた。

ピュ――――イ!

ホイッスルの甲高い音が、大空に響き渡る。

実際、遠くにいると聞こえないことが多いホイッスルだが、周囲の者だけにでも聞こえれば、きっかけとなる流れを作ることはできる。

作戦は既に伝え、全員が理解している。俺は白暮の嘴を、王城に向けた。

あっという間に陣を飛び越え、白暮が王城に差し掛かると、跳ね橋の上で何かが動いたのが見えた。

王剣だろう。

王剣は、あらかじめ王都に運び入れた酒瓶を、跳ね橋の上に投げていた。上空からでもわかるほど、黒い染みが広がっている。

原油だ。

火炎瓶に使う軽油質のものを使うのはもったいないので、原油をそのまま瓶に入れて投げている。

軽油質の油は燃焼しやすいのと引き換えに、火の持ちが悪いので、この場合はむしろ原油のほうが適している。

ここ数日でこっそりと王都に運び込まれた原油が、どんどんと投げられていく。

そのうちに、王鷲の一羽が急降下して、瓶を放った。橋にできた黒い染みの上で、ボワッと赤い炎が広がる。

俺はそこで降りず、王城の周りをくるくると周回しながら、ピュ――イ、ピュ――イとホイッスルを吹き鳴らした。

王城の中の者たちが何事かと窓に現れ、外を見はじめる。

上階に差し掛かった時、そいつはいた。

金髪を風になびかせながら、俺を見ていたのは、カーリャだった。カーリャが現れた部屋には、前にミャロが来たときと同じように、バルコニーがついている。

突っ込むか。

と一瞬考えかけたが、それは止めた。危険過ぎるし、あえてやる必要はない。

命知らずの鷲兵たちが、人が顔を出してこないベランダに降り立ってゆく。ティーテーブルや椅子が蹴散らされ、あるいは頑丈であれば、その上に直接降り立った。

あらかじめ決めた手順通り、危険を伴う欄干への着地はやっていない。

部屋に人がいない無人のベランダならば、鷲から降りる前に刺されることもないというわけだ。

北側の橋を見ると、そこからも炎があがって、ぶすぶすと黒い煙が立ち上っているのが見えた。

俺は、降下地点に降りていった。

王城島に着くと、俺は素早く拘束帯を外し、白暮から降りた。

次々に降下してくる後続のために場所を開け、

手綱を適当な出っ張りに引っ掛ける。

総勢五百の王鷲兵たちが、槍一本を持って王城島の各地に降下してゆく。

俺もまた、王城を目指して走り出した。やはり、事前の情報通り、王城には第二軍の兵はほとんど残っていないらしい。

「ユーリ閣下！　十個分隊、総員無事着陸致しました！」

駆けつけてきた騎士が言う。

この者は急づくりで幾つか作った降下隊長の一人で、後ろには五十人の部下が並んでいた。

作戦段階から俺直属の部下として、実際には危険な現地に身一つで行こうとする俺を護衛する役割として、付けられた者たちだ。

これが全員、騎士院を卒業した天騎士と考えると、かかっているコストには目眩がする。

「ご苦労。予定通り王城を攻めるぞ。上の窓にカーリャが顔を出していた」

「カーリャで……そうですか、カーリャが。では行きましょう」

俺は率先して歩きはじめる。

王城の門は、先に突入したやつらによって、既に開け放たれていた。

門には、一応は後ろに棒を通す金具があるのだが、そこに通す棒は門の奥に転がってしまっている。

一度は閉めたのか、閉める前に阻止されたのか。どのみち、王城は防衛できるような施設ではない。地面から手の届く場所に窓がたくさんあるので入る場所には困らなかったが、門が開いているなら、それに越したことはない。

その門からは、中に居た魔女たちが我先にと逃げ出していた。戦火に慌てふためく婦女子の集団、そのものだった。

兵たちはそれを追わない。

包囲するほどの手勢はいないし、どのみち王城島からは逃げられないからだ。

この季節は山脈からの雪解けの水が多いので、川を泳いで逃げるのは、鍛えていない女性ではちょっと無茶だろう。何人かはその無茶をして死ぬのだろうが、知ったことではなかった。

それにしても、今まで見てきた平和と秩序に満たされた王城とは、なにもかもが違う。まさか、この場所で戦塵の匂いを嗅ぐとは思いもしなかった。

俺は足を止めることなく、王城の門をくぐる。

中に入ると、そこら中から怒号の声が聞こえた。切り結んでいる者もいる。やはり、まがりなりにも王城なので、それなりの人数が残っているらしい。

事前の情報では、五十人程度しか残していないということだったが。

まあ、五十人だとしても、こちらも人数が少ないのだから、鎧袖一触とはいかないだろう。

とりあえず階段を目指して走っていると、廊下の曲がり角に急に現れた第二軍っぽい男が、俺を見た。

俺が着ている上等の革鎧を見たのか、こちらに走り寄ってくる。

「逆賊、覚悟ォ――――!!」

大声を張り上げて、槍を腰だめに構えて突進してきた。

こんな元気がいいのも第二軍に居るんだな。

顔を見ると、どうも神経質そうで、まあ普段の顔は分からないが、狂ったように顔を歪めている。誰かしらに何かを吹き込まれ、入れ込んでいる感じだ。

「ユーリ閣下を守れ!!」

隊長が庇いにきたので、俺は大股に歩を進めて敵兵と向かい合った。

別に庇われなくても。

これくらいなら。

「オオオオオオッ!!」

雄叫(おたけ)びをあげながら突っ込んできた男が、腰に溜(た)めた槍を突き伸ばしてくる。

俺は最後の一歩をポンと軽快に踏み、間合いを外すと、左手の手甲で伸び切っていない槍を横から叩(たた)き、短めに持った槍を男の腹に突き刺した。

互いの勢いが交差し、ブスリと深く槍が突き刺さる。

「グッ――」

男はくぐもった声をあげ、その場に倒れ臥(ふ)した。

鎖帷子(くさりかたびら)を着ていると思ったが、刺した槍にその感覚はなかった。

厚手の布だけかよ。

城勤めとはいえ、戦争をなんだと思ってんだこいつらは。

「雑兵の槍だな。つまらん」

俺は槍を引き抜いた。

男は刺された腹を両手で庇って、槍など離してしまっている。威勢はよかったのに、こんなものか。

ソイムには、豪傑は三度(さんど)刺されるまま戦い続けるから、突き崩しても慢心するな、と教わったものだ。

「さ、行くぞ。あまり時間をかけてもいられない」


六階にたどり着くと、兵たちが派手に斬り合っている音がしていた。

会食に向かうため、両親と歩いた見覚えのある廊下が、今は血に染められていた。

まず見えてきたのは、傷を負って蹲(うずくま)っているホウ家の騎士たちだった。

なにやら後方に逃れてきたように見える。それが五人。その向こうには、二十人ほどの兵が立ち往生していた。

「おい、どうした」

俺が来たのを見ると、騎士たちは驚いた顔をしてこちらを見た。

まさか俺がこんな所まで登ってくるとは思わなかった、という顔だ。

「ユーリ閣下!!　て、手強い騎士が廊下を守っており……!」

しきりに前方を気にしながら、俺に報告をする。

なんだ、そんなのがいるのか。

「道を空けろ」

「しかしっ……」

「いいから！　空けろ」

俺が再び言うと、騎士たちは渋りつつも道を空けて割れた。

割り入りながら騎士の集団を抜けると、廊下の先にいたのは、なんとも巨大な男だった。

筋肉デブ。

という言葉が似つかわしい男で、常人の三倍は体重がありそうな巨体を、おそらく特注で仕立てた板金鎧でよろっている。

背も高く、俺などとは根本的に体格が違った。

騎士ではないらしく、両手に一振りずつ戦斧を握っている。

これがまた合理的な戦斧で、片面に斧がついているのは普通なのだが、突いてもいいように先端にはぶっとい錐のようなものがついて、斧の反対側にも錐がついている。

技術などなくとも、力任せに振り回せば、どこかしら敵に突き刺さる武器だった。

既に五名ほどの騎士が頭を割られたり腹を刺されたりして、廊下に骸を晒していた。この廊下は狭いとは言えないが、槍を振るうには向かないし、逆に短めの戦斧は十分に振ることができる。

おまけに、こっちは鷲に乗ってきて軽装だ。

まー、相性が悪いよな。

こんなのと戦いたくないわ。というか、こいつ多分アレだよな。

「壊し屋（ブロークン）・ブロンクスか。王女の守りを任されるとは、出世したな」

　板金鎧を着ているとは聞いていないが、他の特徴が全て一致している。

「ン……騎士サンが俺の名を知ってるたぁね……ああ、お前がユーリってやつか」

　意外とのっそりとした喋り（しゃべ）り方（かた）だった。

「ああ、そうだ」

　壊し屋（ブロークン）・ブロンクスというやつは、王都の商売界隈（かいわい）のなかでは、魔女の恐ろしい手駒の一つとして知られている男で、魔女の指示に従っては店に乱入し、そこら中のものをぶっ壊しまくるのが仕事だ。

　店を壊されたら人生が終わる店主が足にすがりついて情けを乞うても、容赦なく店を潰す。殺すなと命令されていれば無視するし、殺してもいいと命令されていれば、その頭を割る。

　用心棒を雇っていても木っ端のように片腕で排除し、誰も止めようがない圧倒的パワーで建物ごとぶっ壊し、仕事を完遂する。

　暗殺者ではないのだが、そういう仕事をしている男だ。

　悪名が轟く（とどろ）くというか、もう悪名を探す必要もないくらい悪名そのものという感じの男で、この世に居ないほうがよい。

　聞く話によるとシャルルヴィルの子飼いらしいのだが、見せしめとして抜群に印象的な仕事をしてくれるので、他の魔女家にもレンタルされているらしく、どの魔女の管轄と言わずいろんなところで名を耳にする。

　しかし、王女、じゃなかった、女王の守りをやっているとはね。

「ン……お前ンところもブッ壊してやりたかったがよ……お呼びがかかンなくてよ」

　そりゃ、ホウ社狙ったら別邸の衛兵と軽い戦争になっちまうからな。

「一応聞いとくが、道を開ける気はないんだよな」

「ねぇな。ヤりたくてたまンなくてよ」

壊し屋・ブロンクスは、両手に持った斧を両手でギャリンギャリンとこすり合わせた。

ヤる気満々だ。

ガッツリと頭を守った兜からは、目しか見えないが、その下では舌なめずりしてそうな感じすらある。

「閣下！　危険です！　お下がりください！」

後ろの部下が叫んだとき、獲物を逃さぬ本能か、ほぼ同時にブロンクスは動いていた。

巨体と部下に挟まれた俺を逃さぬようにか、あおるように巨体をかぶせ、二本の斧を両手に振りかぶる。

まるで、獲物を今まさに狩らんとする熊のようだった。

ドォンッ――!!

という場違いな激発音が、廊下に響き渡る。

俺は腰の後ろに差してあった短銃を抜き、大雑把に銃身の向きだけ合わせ、腰だめに引き金をひいていた。大口径の銃の反動で腕が跳ねるように飛び跳ねた。

至近距離で鉛玉が炸裂し、ブロンクスの胸にひしゃげた鎧の穴が生まれる。

「グッ――グウオッ!!」

胸に穴が空き、さすがに半歩下がったブロンクスは、それでもすぐに次の一歩を前に出した。

だが、その一歩には、片手で持った俺の槍が突き刺さっていた。

首の装甲の隙間に、一枚の槍が入り込む。

「グボオッ」

喉を鮮血に満たされながら、ブロンクスはなんと更に一歩前進し、斧を振るった。

槍が更に喉に食い込み、力ない斧が俺の前腕にぶつかる。

強い衝撃があったが、腕が折れるほどでもなく、革鎧に毛羽立った擦り傷をつけただけで、斧は滑り落ちた。

壊し屋・ブロンクスの巨体は、そのまま前のめりに倒れてきた。俺は重量が乗った槍を支えられなかったので、槍を横に倒して抜きつつ巨体を避けた。

ドンッ！　と、およそ人間の倒れた音とは思えぬ大きさの音が、廊下に響いた。

根性あったな、こいつ。

性格だの素行だのはともかく、戦いに殉じる強さは感じた。

尊敬できる……とは言わないが、うん、強かったな。

「ユーリ閣下！」

後ろを見ると、騎士たちの目は輝いている。

短銃持ってきてよかったな。これがなかったら、ちょっと俺でも対処法が思いつかないほどの強敵だった。

カンカーの時にこんなものがあったら、と思ったので、持っていたのだ。あの時からの課題が、ようやく解決した気がする。

「もうあんなのはいないだろうから、お前らは予定通り尖塔に登って旗を揚げろ。言っておいた通り、ホウ家の旗は、王家の旗の下にな」

「ハッ！　了解しました！」

カーリャがいるのは、この先の部屋のどれかだろう。

会わなければならない。

Ⅱ

ドアを開けて回ると、三番目の部屋にカーリャがいた。

ドアを開けてすぐに、目が合った。

廊下から響いてくる、戦いの音を聞いていたのだろう。カーリャは、たった一人でドアを見つめていたようだった。

刺繍付きのフリルがたくさんついた手間がかかった真っ白なドレスを着ていて、宝石がふんだんにあしらわれたきらめかしいネックレスを身に付けている。

女王にふさわしい豪華さだったが、そこに厳かさはない。

部屋の中に入って、他に人がいないか見回す。カーリャの他は、誰も居なかった。

逃げてしまったのか、本来一人くらいはついているはずの付き人すらいない。

「カーリャがいた。外で見張って、しばらく二人にしてくれ」

「了解いたしました」

ドアを閉める。

「ユーリ……」

カーリャは、死刑宣告を待つ囚人のように、怯えた表情で俺を見ていた。

「カーリャ」

俺は名前を呼びながら、椅子に勝手に座る。

すぐに殺してもいいが、少しくらい話をしたい気分だった。

「あのね、わざとじゃなかったのよ……わたし、解毒薬を渡されてて、まさかあれが嘘なんて思わなかったの」

「カーリャ、」

やめろ。と言う前に、言葉が被せられた。

「あ、先に謝るべきよね……ごめん。でも、嘘じゃないってこと分かって欲しいのよ。だって私がユーリを殺そうとするわけないじゃない？　ユーリにだけは解毒薬を飲ませるつもりで、その、お酒にあれを入れたのよ……。だから、わざとじゃなかったことは分かるよね？」

なにを言ってやがる。

どのようなつもりであったとしても、誰の指図であったとしても、お前がやったという事実は消せない。

　血を吐いていたルーク、スズヤ……。

　キャロルは、今どんな気持ちでベッドにいるだろう。

　自分のしでかしたことの大きさを、想像したことがあるのか。

　そう言いたかった。

　そう言いたかったが、俺は口を閉じた。

　言っても、こいつには伝わらない。

「だからね、あの、ごめんなさいっ。取り返しのつかないことしちゃったって分かってる。でも分かって欲しいのよ。わたし、ほんとにユーリが好きで、だから……」

「やめろッ！」

　俺は怒りにまかせて、前にあったティーテーブルを叩いていた。

　ベキッ！　という音とともに、ティーテーブルが二つに折れて、床に倒れる。

　どうやら、折りたたみ式の華奢なテーブルだったようだ。

　上に乗っていた幾つかの茶器が割れ、曲がったテーブルクロスの上に染みを作った。

「ごっ、ごめん……」

　カーリャは、怯えたように身を竦めていた。

「……すまん、驚かせたな」

　人間には、できることとできないことがある。

　広い世の中のどこかには、おそらくその人は女性だろうが、カーリャの心の動きを、その機微までも正確に理解できる者がいるのだろう。

　カーリャにも理解できるよう、上手く説明することができる者もいるのかもしれない。

　俺には無理だ。

　なにを言っても理解してはもらえないだろうし、反省を促すこともできない。

　自分にそんな寛容さがあるようには思えないし、

気長に付き合ってやる気分にもなれない。

　もう手遅れなのだ、ということを教えられる自信がなかった。

　カーリャは直接的に王を殺したのだ。

　魔女の統治では殺していないことになっているが、これからキャロルの統治に移るのであれば、殺していないことにはできない。

　そうなると、どう頑張ったって、死罪以外にはない。

　本来は惨刑によって殺されるらしいが、そこは緩めるとしても、やはり極刑以外にはないだろう。

　あと一週間かそこら、高級な牢獄の中で生かして、泣き叫ぶカーリャの首に縄をかけ、公衆の面前で吊るのか。

　仮にも妹だ。キャロルはその報を聞いたら悲しむだろうし、どうしても余計な心労を負わせることになる。

　それならば、責任を感じて自害したことにするほうが、まだいい。酷い死に様で死んだというよりは、誇り高く自害したというほうが、キャロルの心労は和らぐだろう。

「いや、自分の情けなさがたまらなくなったんだ。俺も悪かった。お前の気持ちを随分とないがしろにして、勝手なことを言ったよな」

「えっ……うん。どうしたの？」

「たくさんのものを喪って、実際自分がお前のことをどう考えていたのか、もう一度考えてみたんだ」

　俺がそう言うと、カーリャの目が輝きはじめた。

「えっ、本当!?」

「キャロルとのことは、ちょっとした過ちだったんだが……子供ができちまったから、女王に結婚するよう迫られてさ。あの場では言えなかったけど、仕方がなかったんだ」

「そうなの……そうよねっ！　まったく、本当に遠回りだったけど、ようやく……ようやく気持ちが通じ合ったわ……」

本当にサイコパスかこいつ。お前のことを好きだとは、一言も言っていないのだが。

両親をあんなふうに殺された俺の気持ちが、少しも理解できないのだろうか……？

カーリャは母親を憎んでいて、父親も幼い頃に他界したために、親という存在自体ピンとこないのかもしれないが……。

「なあ、魔女には、なんて言われたんだ？」

「あいつら、女王になって、ユーリも手に入れられる方法があるって言ったの。言質（げんち）を引き出してから解毒剤を飲ませればいいって。まさか騙（だま）すなんて思わなかったの……もちろん、ユーリとご両親には解毒剤を飲ませるつもりだったのよ!?　それは信じてくれるわよね!?」

それはもう聞いた。

会話がループしている。こういうたぐいの会話は、本当に辟易（へきえき）する。

「そうだよな。あいつらは酷い……絶対にやりかえしてやる。お前を操って、悪いことをさせた報いを受けさせてやる。それから、お前の悪い評判を流しているやつらも、逮捕しなくちゃな」

「ほんとっ!?　お願い、絶対だからね!!」

「もう、お前のことは誰にも傷つけさせない。キャロルとの結婚も止めるよ」

「子供もっ!?　お姉ちゃんの子供も堕（お）ろしてくれる??」

一瞬、頭が怒りで真っ白になった。

頭が沸騰する、とよく言うが、沸騰どころではない、小さな爆発が起こったような怒りだった。

「ここだけの話、キャロルはもう死にそうなんだ。だから子供を産むどころじゃない。心配しなくていい」

怒りに真っ白に染められた頭で、よくもこんな顔をして、こんなセリフを吐ける。

自分が狂人にでもなってしまったような気がした。俺はこんな男だっただろうか。

「本当!? じゃあ、私と結婚してくれるのよね!?」

「もちろんだ。ホントのことを言うと、キャロルよりお前のほうが好みだったしな」

「嬉しい……!」

カーリャは、本当に歓喜で胸がいっぱいになっているらしく、口元を両手で押さえて涙ぐんでいた。

しばらくそうして俺の顔を見ていたが、飽きたのか、今度はうつむいて、時間にして数分だろうか。カーリャはずっと感極まっていた。

ひとまず落ち着いたらしいカーリャは、涙ぐんだ顔をあげると、

「ね、抱きしめて」

と、俺に向かってだっこを待つように両腕を広げた。

幼少のみぎりからの運動量の差が出ているのか、カーリャはキャロルよりも身長が低く、体重も軽そうだ。

俺はカーリャを、両手で抱き上げるようにして抱きしめた。

カーリャは俺の首に両腕を絡ませ、顔を交差させて強く抱きしめ返してくる。

「ユーリ、愛してる」

そう言った言葉に、嘘は感じなかった。事実、嘘ではないのだろう。

それは疑わない。

俺は、左腕でカーリャを抱き抱えながら、腰に差した短刀を右手で抜いた。

「俺も、愛してるよ」

刃を横にして、カーリャの脇腹の上、肋骨の隙間に、短刀を突き刺した。

斜め上に、肺を掠めるように入っていった短刀は、心臓に達しただろう。

「ウッ……クッ……」

研いだばかりの鋭い刃は、骨に当たることもなく、ほとんど何の抵抗も感じず滑り入っていった。

カーリャは、暴れるでもなく、特段の動揺もみせず、俺の首を抱きしめたままでいた。

俺の体温を噛みしめるように、体を合わせたままでいる。

「嘘でも……嬉しかったわ。ありがと」

カーリャはそれだけ、俺の耳元でささやくように言うと、ビクッと痙攣をして、動かなくなった。

俺の首にしがみついていた力が抜け、左腕にかかっている体重が、ずしりと重くなった。

俺は、カーリャをベッドに横たえると、肋骨の隙間に刺したままの短刀を見た。派手に血が出て、ドレスの表面に大きな赤い染みができてしまっている。

心臓を狙った上、短刀を刺したままにしておけば、さほど血は出ないのかと思ったのだが。横から刺したために、肺周辺の器官に穴を開け、空気の漏れ出しがあったのかもしれない。

これでは、自殺には見えないだろう。

カーリャの最後の一言が、心に残っていた。

部屋に入る前は、刺し殺してから、死体を外に放り投げようと思っていたのだ。この六階から落ちたら、投身自殺か刺殺殺人かの区別など、誰にも付きはしない。

それは今からでもできることだ。

だが、どうにもその気にはなれなかった。俺はカーリャの遺体に毛布をかけ、部屋を出た。

「閣下！　いかがいたしましたか」

待機していた兵が声をかけてくる。

「カーリャは、自害した」

俺は、後ろ手にドアを閉めながら、嘘を言った。

別に、俺が殺したということが世間に知れたところで、大した問題があるわけではない。

俺は両親をカーリャに殺されたわけだし、同情が集まることはあっても、非難されることはないだろう。

　バレたところで問題はないのだが、自害ということにしたほうが、どちらかといえば都合がいいのは確かだった。

「せめて礼儀は尽くしたい。亡骸(なきがら)の処理は女性に任せる」

　俺は廊下を少し歩くと、壊し屋(ブローークン)・ブロンクスの死体の近くまで行き、彼が持っていた斧を拾った。

　重い。

　重いし、柄(え)が太すぎて握りづらい。

　俺はドアのところまで戻ると、両手で斧を振り下ろし、ノブを破壊した。

「お前はここで見張りをしていてくれ。女性が来るまで」

　第二軍が降伏すれば、王剣がここに来るだろう。

Ⅲ

　王城から出ると、そこにはホウ家の天騎士とは思えぬ連中がいた。

　どうも、近衛(このえ)第一軍らしい。

　彼らは整然と整列して、こちらを見ている。どうも攻めてくる様子はない。

　その中から、見覚えのある顔が現れた。

「ユーリくん、じゃなかった、ユーリ閣下と呼ぶべきかな」

　ガッラ・ゴドウィンだ。

　ドッラの親父(おやじ)だ。

「やめてください、気恥ずかしい。ガッラさんは僕の部下ではないんですから」

「そうだな、今のところは」

　今のところは。

　たしかに、そうかもしれない。

「第一軍、ありがとうございました」

事情を摑んではいないが、ここまで来たという約束以上のことは、少なくとも動かないという約束以上のことをしてくれたのだろう。

「ああ、上層部は全員、拘束した。全軍掌握というわけにはいかなかったが、有志のみで千人ほどの隊は作れたからね。及ばずながら協力させてもらっている」

隊の後ろのほうから、やたらとギャアギャアうるさい女の声が聞こえてくるが、あれは拘束された幹部の声だろうか。

「第二軍の抵抗はありませんでしたか」

「ほぼない。ここにいるのは三百名で、他七百名は王城島全体を巡って、順に制圧しているんだが、激しい抵抗に遭ったという報告はない。ホウ家の騎士とは戦わないよう命じてあるが、衝突していたらすまないな」

「それは構いませんよ。どうしても起こることですから」

戦場においては、まったく同じ陣営でさえ、時に事故は起きる。

殺し合いという極度の緊張状態の只中で、目の前に武器を持った者が突然現れる。思わず斬りかかってしまい、慌てて止める。あるいは怪我を負わせ、場合によっては殺してしまう。

そんな出来事はゼロにはできないし、それを一々持ち出して、大げさに敵対行為だなどと言っていたらキリがない。

「メティナ・アークホースは？」

「捕らえたよ。自害しないよう見張りをつけて、軟禁させてもらっている」

「なるほど。さすが、完璧ですね。ありがとうございます」

ティレトの話では、動くか動かぬか定かではないが、たぶん動いてくれる。みたいな報告だったが、ちゃんとやってくれているじゃないか。

「行きがかり上、他にも二十人ほど捕縛したのだが、うちの駐屯地には獄のたぐいがなくてね。この近くに王城島全体で使っている監獄がある。二十人全員に見張りをつけるのは大変だから、きみに会うついでに、収監しにきたというわけだ」

　拘束を解いて牢に入れようとするから見張りが必要なわけで、縄で縛っておけばいいような気もするが。

　牢に入れておかないと、味方がリンチしてしまうことを恐れているのかもしれない。

　第一軍だし、かつての上官を多人数で強姦……みたいなことは、さすがにないと思いたいけど。

「ええ。そうしておいてください。死刑になるにしても、使いようがあるので」

「そうだな、裁判は受けさせたほうがいい」

　裁判か。

　この国の裁判は人治主義もいいとこなので、俺は裁判の権威についてほとんど認めていないのだが、しておいたほうがいいのだろう。

　一応、踏むべきプロセスは踏んでおかないと、正当な政権交代とは思われなくなる。

「ところで、うちの馬鹿息子とは会ったかい？」

　ガッラが話を変えてきた。

　ドッラのことか。

「いえ、残念ながら」

「あの事件があったあと、きみに会いに行くと言って出ていったのだ。恐らくホウ家領に向かったのだろう。会っていないのなら、どこかですれ違ったのだろうな」

　マジかよ。

「でしょうね。ひょっとしたら、ウチのところで捕まえてしまっているかもしれない」

　ユーリに会わせろ、ユーリはどこだー。

　おまえ、なにものだー。

　近衛のガッラの息子だーユーリをだせー。

　おのれ怪しいやつ、おとなしくお縄につけー!!

すごくありそう。

かなりリアルに想像できた。

「まあ、そうしたら出してやって欲しい。あいつも悪気があったわけではなくてな。キャロル殿下の関係で、周りがよく見えなくなっているんだ」

「分かりました」

ドッラには会っておく必要があるだろう。

このザマを見て、なんて言われるかな。

殴られるだろうか。

想像すると、それほど気鬱には感じなかった。

考えてみれば、あの件について誰も俺を責めてこない。

俺は責められたいのかもしれない。

「さて、王城島は一段落ついたみたいなので、僕はちょっと本陣のほうを見てきます。どうなっているか分からないので」

負けてるってことはないだろうけどな。

その前に、急いで王剣を探さなきゃ。

たぶん、燃えてる橋のところに一人か二人はいるだろう。そいつに、カーリャの遺体を頼んで、それからだ。

「ユーリ閣下、ご報告です！」

ガッラに別れの挨拶をしようとしたところで、突然声がかかった。

髪の整った顔のいい青年で、伝令の制服を着ている。

ホウ家では、伝令（に専任されている天騎士）は特別な制服を着ることになっている。

早く情報を届けるのが仕事なので、止めてはならない存在であることを、分かりやすく周囲に知らせるためだ。

伝令は、例えば順番待ちの列などがある場合は、列をすっ飛ばして通ることができるし、混んだ道を行く場合は、余程の高官だろうが道を譲らなければならない。

俺の前を走り抜けるときだって、敬礼をする必要はない。

「さすがホウ家だな。良い兵が揃ってる」

俺が状況を知ろうとしたところで、丁度伝令が来たからか、ガッラがおべっかのようなことを言った。

まあ、近衛と比べれば良い兵なのかもな。

実戦を経験してきただけあって、締めるところは締めている。第二軍などは、見た限りはどこもかしこもユルユルだ。

「いいぞ、話せ」

「ご報告します！　近衛第二軍、壊滅いたしました！　我が軍の大勝利であります！」

俺はピンと伸ばした男の膝を、正面から踏み込むようにして、思い切り蹴り込んだ。

膝が崩れ、ゴクリと嫌な感触が足に伝わる。

「うおっ！」

ガッラが驚いた声をあげた。

「はっ!?　あっ、ぐうううう っ!!」

膝を蹴り崩された男が蹲った。

唐突な事態に、ガッラの後ろにいる第一軍の騎士たちが、何事かとこちらを凝視している。

「こいつ、ついでに牢屋に入れておいてください。たぶん魔女の間者だ」

壊滅じゃなくて、起こるとしたら降参、だろう。

もちろん、状況によっては戦闘の幕が切って落とされて、壊滅させたということもあるかもしれない。

そこのところの真偽は分からないが、敵だったら暗殺者なわけだから、先制攻撃しておくのがいい。

「――どうして分かったのだ？　あらかじめ、第二軍が降伏したという報告を受けていたのか」

「髪が整いすぎていましたから」

「……は？」

ガッラは理解していない様子だ。

天騎士ではないから、ピンとこないのかもしれないな。

「鷲に乗ってきたなら、髪は乱れているはずでしょう。こいつのは、家で梳かしてきたようにキッチリとしていた。ま、今は乱れていますけどね」

地面で転げ回っているので、既に髪どころではない。

どこで服を手に入れたのか知らんが、姑息な真似をするものだ。身格好を整えたほうが騙しやすいと思って、キッチリ整えてから家を出たのだろうが、もうちょっと設定を凝るべきだったな。

「だが、それくらいなら……」

「伝令というのは、一分一秒でも早く情報を届けるのが仕事です。手で撫で付ける程度ならともかく、仕事の最中に櫛できっちり髪を整える伝令などいませんよ」

まあ、この世界のどこかには、そういう伝令もいるのかもしれないが、俺の間違いだったとしても、ホウ家には必要のない男だ。

「それじゃ、行きます。ガッラさんも恨みを買っているでしょうから、お気をつけて」

「あ、ああ……気をつけるとしよう」

俺はガッラと別れて、白暮のところへ歩いていった。

王城島の見慣れた街路には、所々に鷲が留められていて、異様な風景になっている。

中には、手綱をひっかける出っ張りが見つからなかったのか、大きめの石を手綱の上に置いてあるだけの鷲すらいたが、鷲は逃げていなかった。

周りの鷲が飛び立っていないので、なんとなく雰囲気に飲まれてそこに居るのかもしれない。のちの動物学者が見たら、社会性がどうのこうのと言うのだろうな。

そんなことを思いながら、白暮の手綱をかけたところに辿り着くと、物陰からひょっこり王剣が出てきた。

ティレトではない。エンリケだった。

「ちーっす、エンリケちゃんでーっす！」

なにやら妙なことを口走りながら、エンリケは出てきた。

「なんのつもりだ」

自分でも思った以上にシラけながら、俺は言った。

こいつってこんなキャラだったっけ？

ていうかこいつ、ほんとに王剣なのか？

「あっ、そうですか……やっぱり最初のキャラがありますもんね」

エンリケのテンションは急降下した。

「ん……ティレトさんに言われて、王城を張っていました。どうなりましたか？」

あっという間に、前に王城で会った時のエンリケになった。

ただテンションが下がったというわけではない。

なんというか、弦楽器のチューニングでペグを回して、ピッチを合わせたようなテンションの下がり方だった。

最初のキャラも、無理をして明るく振る舞っていたという感じではなかった。前のキャラクターを知っていなければ、ただの元気のいい女の子と思っていただろう。

一瞬にして別人に切り替わったような、不思議な感覚がある。

エンリケは、前後左右をこれみよがしに見ると、

「カーリャさんが降ってくるかと思って、待っていたんですが」

と、少し声のトーンを下げながら言った。

「カーリャを投げるのはやめだ。六階のノブのない部屋に安置してあるから、うまいこと着替えさせて、服毒自殺に見せかけてくれ」

「なんだ、情が出ましたか。存外、甘いんですね」

エンリケは目を細めて、俺を値踏みするように見た。

小首をかしげて目を細める仕草は、なんだか、妙な色気がある。リリーさんほどではないが、胸がでかいし。

顔もいい。童顔なのに、どこか蠱惑さが滲み出た表情をしている。男が女を感じる、心の繊細な部分にそっと触れられたような気がした。

ああ、なるほどね。

確かに、ティレトじゃそういう小器用な任務はこなせそうにないからね。こいつみたいに、適度に脂肪がついている感じではないし。だから王城に最後に残したわけですか。

実際、こうやって元気に生き延びてるしね。

人の中での生存性能は、こいつが一番高いと踏んだのだろう。

「あれでも、昔なじみだからな」

俺はエンリケを置きながら、白暮の近くに寄る。


エンリケは、なぜか俺を追って付いてきた。話は終わったので、俺は白暮の手綱を取り、開けたところまで誘導するために歩き始めた。

「カーリャさんをやったとき、どんな気持ちでした？」

なんだこいつ？

そんなこと、答えたくはない。

カーリャについて、王剣独特の感じるところがあるのだろうか。こいつらとしては、なんだかんだ殺されることに抵抗があったとか？

「趣深かったよ。あれでも昔なじみだ」

「カーリャさんは苦しみましたか？　恨みつらみを言って死にましたか？　昔なじみを手にかけた今の気分は？」

……なんだ？

若干イラっとしたが、湿った怒りより先に、違和感のほうが先にくる。

質問にあまりに必要性がない。

なにやら、挑発されているような感じがする。

俺を怒らせたいのか。

なんで怒らせたいんだ……？

「さあな。よく覚えていない」

俺は適当に茶を濁した。

「怒ってくださいよ。ふざけんなーって、殴ってくれてもいいですから」

「なにをいっとんだ、お前は」

頭大丈夫かこいつ。

「つまんないですよ。あの時は痺れるほどの怒りを感じたのに」

「面白がりたいなら、漫才でも見に行け」

開けた場所まで辿り着いたので、俺は白暮に跨った。

「薄いですね。あの時は濃かったのに。案外薄い人なんですか」

鷲の下から、意味不明なことを言っている。

薄いだの濃いだの。

「さあな」

「ねえ、殺すぞってもう一度言ってもらえませんか」

「殺すぞ」

どうでもよいので、言ってやった。

「うっすい……」

エンリケは、とんでもなくつまらなそうな表情をした。

どうでもいい。

白暮の拘束帯も付け終わった。

「趣味もいいが、仕事はちゃんとしろよ」

俺はそう言い残すと、白暮を羽ばたかせた。

白暮に乗って上空から戦場を見渡すと、もはや第二軍は機能していなかった。
第二軍は、ホウ家軍の両腕に抱かれるようにし

て半包囲されている。

　後ろの連中は大通りに逃げ込もうとし、後ろにいた若干名は逃げ込めたらしいが、すぐにカケドリ隊に遮断されたようで、今や完全な包囲が完成されつつあった。

　戦術理論からすれば、こうした包囲が完成する前に、指揮官は軍をなんとしても運動させ、包囲を阻止しなくてはならない。

　ロクにそれをしていないということは、軍全体が動揺してしまい、まともな運動ができない状態なのだろう。

　第二軍の基本戦略は、王都を防衛し、もし負けたら王城島に逃げ延び、そこに立てこもるというものだった。それは近衛軍代々の戦法であり、歴代のシャルタ王家はシビャクが攻められるたびそうしてきた。

　王城島は元々、援軍を前提に短期間立てこもる施設なので、何年も籠城できるようにはできてはいない。

　王城島は王都の中枢にあり、中には商業施設や役所のたぐいが軒を連ねている。僻地にある要塞のように、敷地の許す限り兵糧蔵や食料庫を並べ建てる、などということはできるはずがなく、兵糧蔵は王城の裏手の一番商業価値がないところに、気休め程度にほんの少し建っているだけなのだ。中洲にあるために、地下室は湿気が多すぎて食料保存には向かず、そちらを利用することもできない。

　第一軍と第二軍合わせて一万八千人、それに加えて魔女の一族全ての食を賄う、となると、一ヶ月兵糧が持つかどうかというところだろう。

　そういった理由によって、何度か起こった内乱においても、王家と魔女は例外なく王都外で決戦することを選び、市街地を守ってきた。

　こういってはなんだが、王城島に入る前に多少数が減っているほうが望ましいわけだ。

負けるか負けないかは戦ってみないとわからないことだし、魔女からしてみれば王都は収入の根拠地なので、戦いもせずむざむざと渡して荒らされるのは気に食わなかったのだろう。

　だが、今回は王城島のほうが先に陥ちてしまった。

　橋からは黒々とした煙が上がり、王城の尖塔にはホウ家の旗が翻っている。

　負けても逃げる先がないとなれば、兵としては死にもの狂いで戦うか、手を挙げて投降するか、武器をかなぐり捨てて遁走するか、それくらいしか選択肢がない。

　死にもの狂いで戦うような兵ではない。

　ゆっくりと腕を閉じられながら、逃げもせずに縮こまっているのは、そういうことだろう。

　俺は本陣を目指してゆっくりと降下していった。

「閣下！　お待ちしておりました」

　白暮が羽ばたくのを止めると、降下の最中から走り寄ってきていたディミトリが言った。

「ディミトリ、よくやった。見事な包囲だな」

　ディミトリには、全軍の指揮権を委譲している。

「ありがたき幸せ」

　ディミトリは膝をついて、大げさに敬礼した。

　俺は、それを見ながら白暮から降りた。

「カケドリを使っていたが、北――ボフ領への街道は抑えてあるんだろうな」

「ご指示通り、三百騎を向かわせております。ノザ領へは、百騎ほど」

　打ち合わせ通りのようだ。

　会戦に勝っても、逃げる魔女を放っておいたら意味がない。街道を抑えて閉じ込めなければ。

「上から見た限りでは、交戦は止まっているようだが、どうなってる？　連中はもう降伏したのか？」

「それについては、多少込み入った事情がございました。私について来てください」

込み入った事情？

「歩きながら説明しろ」

俺は白暮から離れながら言った。

何も言わずとも、世話役が白暮の手綱を預かってくれる。

「キーグル・カースフィットは連行されてきました。ですが、投降してきたわけではなく……」

キーグル・カースフィットというのは、カースフィット家の現当主の名だ。相当な高齢と聞いているが、指揮に出てきていたのか。

それにしても、連行されてきたとは。

もうこちらの手の内にあるのか？　いくらなんでも、展開が早すぎる。

「なにがあった」

「裏切りにあったようです。首に短刀を突きつけられて、周囲を脅しつつ陣を抜け、こちら側に来たようで」

「あぁ……しかし、それもまた根性が据わった話だな」

第二軍だって、全員が全員戦意喪失しているわけではない。敗軍になったところで、カースフィットの眷属(けんぞく)たちは、未(いま)だに意気軒昂(いきけんこう)だろう。兵には戦えと叫んでいるはずだ。

キーグル・カースフィットを捕らえて投降してきたということは、そいつらの中をかき分けてきた、ということだ。簡単なようだが、根性が据わっていなければできることではない。

「ここです」

ディミトリは、小さな陣幕の前で止まった。

カーテンのようになった入り口を開くと、陣幕の中には、六人の人間が居た。

ヨボヨボの婆(ばあ)さん、おっさん、そしてその四方を取り囲んでいる騎士四人だ。

キーグル・カースフィットは、自殺防止のためか、猿轡(さるぐつわ)を噛まされていた。

この婆さんがカースフィットの現当主なのか……これほどの高齢とは、神輿にでも乗りながら指揮をしてきたのだろうか。

おっさんの方は、第二軍の兵装を身に付けているが、なんだか顔がやたら細長く、鼻がでかい。シャン人には珍しい顔だ。

体は細身だが、かなり鍛えられている感じがする。こいつが、キーグル・カースフィットの喉に刃を突きつけて、陣中突破してきたわけか。

それにしても、こいつの顔……たしかに肝は据わっていそうだが……。

……ああ。そういうことか。

「そのおっさん、なんで縛ってないんだ？」

「武器は奪ってあります。報奨金が欲しいとのことでしたので。場合によってはくれてやっても構わないかと」

ディミトリが言った。

まあ、凄い功績だしな。

「ふうん。暴れたら、ちゃんとお前が取り押さえろよ」

「はい。承知しております」

俺は、カースフィットの近くに寄った。

猿轡をされた顔をあげ、カースフィットはこちらを睨み上げている。

俺は、その顔をまじまじと見た。

「ふーん……どうなのかな。そっくりさんなのか、区別がつかねぇや。見たことがないから」

「……彼女が偽者だと？　私は催しでキーグルの顔を見たことがありますが……」

「なあ」

俺はディミトリの言葉を無視して、こいつを連れてきたというおっさんを見た。

「魔女どもってさぁ、結局のところ、第二軍を信じちゃいないんだよな。さすがに汚い犯罪行為は軍にやらせられないし、そうなると普段使いする手駒は犯罪に手慣れたならず者になる。そうなると、身内で最も腕っぷしに信頼を置けるのも、悲しいかな犯罪者のクズになっちまう」

　そんなことを言い出すと、おっさんの眉がピクリと反応したのを、俺は見逃さなかった。

　壊し屋(ブロークン)・ブロンクスを見た時に感じた何かがなかったら、俺も気づかなかったかもしれない。

「ディミトリ。王都には影絵(ザ・シルエット)っていう暗殺者がいてさ。誰も姿を見たことがないっていう正体不明の暗殺者なんだよ。小説みたいだろ。

　俺はさ、商売やってる時に、卸し先の商店の店主を一人そいつに殺(や)られたんだ……悔しい思いをしたよ。

　羊皮紙をやめてホウ紙専門店にするって言ってた男でさ……他には卸してない大判のホウ紙を俺から買って、店の目玉商品にするんだって言ってた。まだ若いのに殺されちまって……せめて家族はうちで世話をすることにした。嫁さんは、スオミで事務仕事してるよ」

　さすがに察したのだろう。

　ディミトリは険しい顔で男を見下ろした。

　まだ動かないか。

「ま、そんなわけで、俺は影絵(ザ・シルエット)って奴(やつ)について調べたんだよ。

　笑っちまう話があってさ。駆け出しで覆面を被っていなかったころは、鼠面(ザ・ラットフェイス)って呼ばれてたらしいんだよな。

　大物になってからはその呼び名を嫌って、そう呼ぶ奴を殺していったんで、裏世界じゃ今や禁句の一つらしい。そういうわけでさ。わかるだろ？」

　おっさんは、どことなく顔が細く、鼻が大きく、鼠(ねずみ)を連想させる面構えをしていた。

「おい、その者を捕縛しろっ！」

　ディミトリが、そう言いながら俺を庇うように一歩ずれた時だった。

「キィェエイッ!!」

　奇声が鳴ったかと思うと、視界に銀色の何かが躍った。

暗器か。

長い。

俺の前にディミトリがいたので、なにを取り出したのか、よく動きが見えなかった。

もう一度銀が煌めき、今度はジャリン！　という金属と金属が擦れる音がした。

どうやら、ペラペラとした柔らかい鉄を刃に仕立てた暗器を持っていたようだ。ベルトにでも隠していたのだろう。

「キェエエッ！」

だが、この武器には弱点がある。鎖と同じで、振り回さなければ戦えず、長い予備動作が必要な点だ。

総勢五人の人間に囲まれている今では、多人数を一度に攻撃できる有効な武器だが、一人に対しての攻撃速度は遅い。

四人は槍を持っているし、ディミトリは短刀を抜いている。

ベロンベロンとした曲がる剣を振り回して攻撃するのと、一直線に短刀で刺すのと、どちらが早いかは明白だ。

それに、俺を殺すのならば、ディミトリは一瞬で片付けなければならない。

鼠のおっさんは一閃した暗器を潔く手放すと、空中に躍り上がり、ディミトリにハイキックを食らわせた。

「ムッ」

ディミトリは、首の横でガッチリとハイキックを受け止め、両手で男の足の裾をガッチリと握った。

手放した短刀が地面に転がった。

「――フンッ！」

背中を丸めながらこちらに振り返ると、一本背負いの要領でぶん投げる。

俺に当たるコースだったので、横に避けた。

遠慮なしにぶん投げられた鼠の男は、反動で体がバウンドするほどの勢いで、地面に叩きつけられた。

ディミトリは、足を握ったまま、油断なく見据えている。

鼠のおっさんは、叩きつけられたショックで脳が揺れたらしく、立とうとしているようだが、全身をガクガクと震わせるだけだった。

ディミトリも中々できる。あそこで短刀を棄てて背負い投げに行くのは、なかなか思い切りがよい。

「……殺しますか？」

「裸にして、縄で縛っておけ」

証言させれば、死刑にできる魔女どもを増やせそうだ。

公開処刑をすれば、市民の溜飲もいくらか下がるだろう。

「むう……分かりました」

ディミトリは若干不満そうな口ぶりで、手を離した。

とはいえ、危険な男だ。動いているとまずい。

俺はピクピクと動いている鼠のおっさんの頭を、スターシャの恨みとばかりに思い切り蹴飛ばした。

頭がすっ飛ぶように動き、ガクリと脱力すると、ピクリとも動かなくなった。

やべ、死んだかな。

「……死んだのでは？」

ディミトリも同じことを思ったようで、若干不満そうな口ぶりだった。

殺すなら、自分で殺したかったのだろう。

「……たぶん生きてるだろ。死んだら死んだで構わない」

「そうですか」

ディミトリは、気にするふうでもなく言った。

「それより、この影武者なんだが」

俺は、猿轡を噛まされたまま俺を睨んでいる老姿を見た。

「申し訳ありません。見破れませんでした」

「いや、いい。本物かもしれないしな」

「本物……ですか？」

そんなはずはない、と目で言っている。

「そういう可能性もある、という話だ。もう第二軍に勝ち目はない。ならば側近の暗殺者を連れて、俺を殺しに来る……どうせ負けて捕まるくらいなら、そう悪い交換条件でもないだろう」

「はぁ……まあ、確かに。ですが、魔女がそんな気合の入ったことをしますかね」

「もしも、の話だよ。どちらにせよ、こいつは俺が預かる。お前は、第二軍に投降を促してくれ。夜まで、長いようで短いぞ」

夜になったら、王都から夜陰にまぎれて脱出しようとする魔女たちを止められなくなってしまう。

その前に、第二軍の降伏処理を終わらせて、それなりの人数できっちりと王都に蓋をしておきたかった。

「ハッ！　それでは、失礼します」

「ああ。頼んだ」

俺は、ミャロを呼びに行った。

Ⅳ

俺は馬車に乗って、ミャロと影武者を連れて王城島に向かっていた。

時計を見ると、午後三時を指している。戦が始まったのは朝だったが、そろそろ日没まで時間がない。

南の方では、既にディミトリが第二軍の投降処理を始めている。

抵抗する動きもないではなかったが、兵が完全にやる気をなくしているところで、自らを完全包囲している軍隊に向かっていけと言われて、戦おうとするはずがない。

三箇所用意された武装解除場所で、着々と投降が進んでいるようだった。

彼らには罪が課せられ、特に重罪の者を除いては、今後一年間の軍役で免罪されることになっている。

跳ね橋があったところに差し掛かったところで、

「止まれーい！」

と大声がかかり、馬車が停止した。

俺は馬車のドアを開けて、わざわざ降りた。

「ゆ、ユーリ閣下！　これは失礼しました！」

「いや、いい。橋も見ておきたかったしな」

王城島には、あらかじめ用意していた丸太が渡され、すでに橋ができていた。

繋（つな）がれた丸太の上には板が打ち付けられ、両端には丸太の太さ分のギャップを埋めるスロープが作られている。

塗装もなにもない打ちっぱなしの橋だが、通行には支障なさそうだった。跳ね橋を修理するまでの代わりにはなるだろう。

「その調子で検問してくれ。頼んだぞ」

俺は検問の兵をねぎらってから、馬車に戻った。

御者が馬に鞭（むち）をうち、すぐに走行が再開される。

「というわけで、ユーリ閣下は、魔女の協力を望んでおられます」

ガタゴトと揺られながら、ミャロは猿轡を噛まされたままの影武者？　に説明を続けた。

「王都の都市機能は、魔女によって維持されています。これは誰が見ても明白なことです。シビャクという大都市を作り上げ、きちんと維持しているのは、魔女の力によるものです。ユーリ閣下は、そのことを高く評価されています。ただ一つ問題なのは、商業が閉鎖的なこと。これは、商業の自由化を求めているユーリ閣下の考えには沿いません」

やはり、こういう役目を任せると、ミャロはピカイチの仕事をする。よくもまあ、台本もないのにスルスルと言葉が出てくるものだ。

俺が「んなわけないだろバーカ」という顔をしていると台無しなので、俺もマジメな顔をして座っていた。

「ユーリ閣下のお考えは理解いただけたでしょうか？　ユーリ閣下には、魔女たちを軒並み逮捕する心算はありません。協力を仰ぎ、きちんと仕事をしてくれている役人たちには、これまでどおりの仕事をしてもらい、魔女家は商人から良心的な献金をもらって、シビャクをこれまで以上の形で運営していきたいだけなのです。そのためには、魔女の協力は不可欠です。そうですよね？」

俺に振ってくる。

「その通り。魔女たちとは様々な因縁があって、今日のように敵対もしたが、能力を評価していないわけではない。むしろ敵として十分に評価していた。強い敵が味方になってくれるのなら、味方にしておきたい、というのが俺の考えだ」

ああもう、陣幕の中で素(す)を出しちまったから、面倒臭いな。

「ボクたちは、これから貴女(あなた)を無条件で北側に渡します。貴女には和解のメッセンジャーになって頂きたい。ぜひ、お願いします」

北側の橋は、まだ工事中だった。

焼け落ちた橋には、三つばかり丸太が渡してあるだけで、まだほとんど完成していなかった。

「ユーリ閣下！　すみません、工事は遅れておりまして……」

「いや、いい」

馬車を降りた俺は、大工のおっさんに言った。

「通るだけなら通れるんだろう。釘(くぎ)は打ってあるようだし」

右端から並んだ三本の丸太は、かすがいと針金で固定されており、上に乗ったら転がりそうな感じではない。

「はい。大丈夫かと思います」

「じゃあ、ミャロ。送ってやれ」

「あっ、はい」

ミャロは、影武者の老婆の手を取り、王城島の反対側、魔女の森(ウイッチズ・フォレスト)のある北側へ、丸太の上を歩いて送っていった。

「足元に気をつけて……」

そう言いながら、丸太の上を恐る恐る進んで行く。

「おい」

横に並んだ女が、俺に声をかけてくる。

「ティレトか。分かっているな」

俺は小声で返した。

「ああ、分かっている。既に向こう側に仲間が待機している。少ししたら私も渡る」

老婆のすぐ後に渡ると怪しまれるので、そういう面倒な手順を踏んでいるのだろう。

「頼んだ。失敗は許されないぞ」

「誰が失敗などするものか」

ティレトは静かな怒りに燃えているようだった。

その言葉には、隠しきれない感情が滲んでいる。

そうしているうちに、老婆を送り届けたミャロが帰ってきた。片手には、老婆の口に付けていた猿轡を持っている。

「ミャロ、ご苦労だった」

「はい」

「確認していなかったが、あいつ本物なのか」

結局、猿轡もつけたままで、本物かの確認など一つもしていなかった。

そちらのほうが、老婆にとっては信じる要素になるかと思ったからだ。

「本物だと思います。あんなに良く似た影武者を用意するのは大変かと……尋問もしていないので、確実とは言えませんが」

「悪かった。ちょっと……声を聞いたら、自分でもどうなるか不安でな」

ずっと猿轡を付けたままでいるように指示したのは、俺だった。

声を聞いて、怒りが爆発したら、その場で斬り殺してしまうんじゃないかと不安だったのだ。

送り届けをミャロに任せたのも、手を握ったら自分でも何をしでかすか分からなかったからだ。

「いいんですよ。それがボクの役目ですから」

ミャロは微笑みを浮かべて、そう答えた。

「仲間が追い始めた。じゃあな」

ティレトが短い別れを言って、自然な足取りで丸太橋を渡っていった。

第三章　最後の夜会(サバト)

Ⅰ

王都北部、区画の通し番号で数えると、第十三区となる場所に、魔女の森(ウイッチズ・フォレスト)はある。

だが、実際には、その区画は第十三区と呼ばれることは少ない。

一般には大魔女区画(グランドウイッチ・スクエア)と呼ばれている。

一つの区画を丸々使った森の周辺に、七大魔女家(セブンウイッチズ)とその眷属(けんぞく)の屋敷が、連々と建ち並んでいるのだ。森はその内側にあり、魔女諸家の中庭のようになっている。当然、一般人は立ち入ることはできない。

一千年前、大皇国の時代においては、その土地は白狼(はくろう)半島を根拠地とする将軍の所有地であった。

その頃にはまだ屋敷は一つもなく、ただ広いだけの森が高い柵で囲まれていた。将軍とその部下たちは、その森に動物を放ち、寸暇の合間に頻繁に訪れては狩りを楽しんだという。

つまりは狩猟の森であったものが、後にシャルタ・シャルトルがこの地を支配すると、女王に献上される運びとなった。

その後、共にやってきた魔女の一族に下賜(かし)されると、この土地は魔女一族の根拠地になった。

かつて森に放たれていたイノシシなどの動物は駆逐され、現在ではシカとリスなどの小動物だけが、適度に間引かれつつ暮らしている。

太古の昔、皇祖シャモ・シャルトルを支えた七人の魔女は、黒海の北の森で薬草を採り、狩人(かりゅうど)から動物の一部を買い、薬を煉(ね)る薬師(やくし)の一族であった。

森の賢者として尊敬を受けていた彼女たちは、助言者としてシャモ・シャルトルに仕え、後の大皇国の礎(いしずえ)となった。

森は薬の原料となる生薬(しょうやく)の産地である。七人の魔女の末裔を称する魔女家にとって、家の近くに豊かな森を擁することは、魔女家という誇り高い一族の出自を確認する上で重要な要素であった。

シカを残しておいたのは、幼い雄鹿の生えたばかりの角が、薬の材料として重要な生薬の一つであるからだ。

だが、残ったのは理由だけで、始祖の魔女たちの生業の名残は、現代に生きる最後の魔女たちには、少しも残ってはいなかった。伝統を重んじて業を伝え、薬を煉っていた最後の一族は、キルヒナ王国にあったユルミの魔女家であり、そのような魔女家はシヤルタ王国では保護されず、とうの昔に絶えてしまっていた。


魔女の森の中心部に、一つの家がある。

完璧に手入れされた森の中、木々を少しばかり伐採して拓いた場所に、木造の小さな家が建っている。


その家は、よく見ればとても腕の良い大工が仕上げた家のようで、最上級の木材が使われ、外壁には杉皮が丁寧に張られていた。屋根は板でも瓦でもなく、平たい天然石によって葺かれている。

この天然石は、既に滅亡したヤルタ王国という国の、髭の谷と呼ばれる土地で採取された石で、当時は有名な輸出品であった。髭の谷のとある断崖に生じた板状節理は、厚みの均一性が高く、そこから採れた安山岩は、大した加工なしで屋根に利用することができた。

当然、ヤルタ王国が滅びて久しい現代においては、そのような石で屋根を葺く住宅は存在しない。

かつては同じ技法で葺かれていた建物も、建て替えられて、あるいは別の工法で葺き替えられ、今残っているのはこの一軒の家だけだった。今の屋根に使われている石は、ヤルタ王国が滅びた当時、現在の魔女の祖先が大量に購入してストックしておいたものであった。

大皇国時代の建築法を使って、幾ら金がかかっても当時のような家を維持することが、魔女たちのささやかな誇りなのだ。

　石造りと比べて耐久性が高いとは言えない木造の家は、幾度もの建て直しや修繕を経て、九百年前とほぼ変わらぬ形でそこに建っていた。

　変わったことといえば、調薬室と呼ばれていた生薬の棚と調合道具の揃（そろ）った部屋がなくなり、保管庫になったことくらいであった。

　その家の中に、今、六人の魔女たちが集まっていた。

ヴィヴィラ・マルマセット
シャルン・シャルルヴィル
キーグル・カースフィット
ジューラ・ラクラマヌス
グーラ・テンパー
キキ・エンフィレ。

ギュダンヴィエル以外の各家の家長が、今一つの屋根の下、集っていた。

「そういうわけじゃ。それから、儂（わし）に使いになれと言って逃がしおった」

　老齢のキーグル・カースフィットは説明を終えた。

　その言葉は、現代シャン語ではない。

　古代シャン語であった。

　この家にて集い、行われる夜会（サバト）においては、古代シャン語が使われるのが通例であった。魔女とは大皇国から続く文化の継承者であり、その頂点にある七家であるからには、古代シャン語は当然に喋（しゃべ）れなければならない。

　その程度のことができぬ無学者は、発言する権利はないとされていた。

「そうかい……それだと、あんたのところは苦しくなるねぇ」

今年五十三歳になるキキ・エンフィレが言った。

エンフィレ家は、王城に多く役職を持っており、キーグル・カースフィットの言った言葉が正しければ、最も家業に動揺が少ない。

将来的にもそれなりに安泰と思われた。

「これから、どうするんだい？」

「さあね……分からないよ」

カースフィット家の家業は第二軍がほぼ全てであり、おそらくはこれから第二軍は解体されるだろう。そのまま残すということは、常識に当てはめればまず考えられない。

だとすれば、カースフィット家の家業は丸々なくなることになり、これから蓄えが尽きれば、一族郎党路頭に迷う事態になる可能性すらあった。

「私兵でも起こせばいいんじゃないかい。少しなら雇ってやれるかもしれない」

ヴィヴィラ・マルマセットが言った。

第二軍は魔女の森の警備も担当しており、また王都において軍警の役割も担っている。

それらが居なくなってしまうのだから、私兵のレンタルは需要が見込めた。

「これからは、傭兵と呼んだほうがいいかもしれないね。まあ、多かれ少なかれ、皆仕事は変えていかなきゃならない――」

「そんなことはどうでもよいのじゃ！」

シャルン・シャルルヴィルがヴィヴィラの言葉を遮り、金切り声をあげて机を叩いた。

皆、年の功か驚きもしない。

ビクリと身を竦めて反応したのは、一番年若のジューラ・ラクラマヌスだけだった。

「ぐうっ――」

シャルン・シャルルヴィルは、立ち上がりかけたが、高齢のため急速に息が苦しくなり、椅子に座り直した。

彼女は、今年百二十歳になった。

九十年前、陰謀家として王都に名を轟かせた才女は、今は息切れに喘いでいる。

「……ハァ、ハァ。教皇領とのやりとりが、ユーリ・ホウに露見しているのか、いないのか。今話し合うべきはそれじゃろう。もう何人が知っておるのじゃ。ここにいる六人と、ボフと、ノザ……」

シャルン・シャルルヴィルは苦々しく顔をしかめた。

「くっ……だから言ったじゃろう……連中を巻き込むべきではないと」

「……今ごろ言ってどうするね。あの時は、あんただって渋々賛成したじゃないか。暗殺をしたあとホウ家とルベ家に備える必要はあったんだよ」

グーラ・テンパーが言った。

テンパー家は王都の港に強い利権を持っている。ボフとノザの当主を抱き込むという案は、彼女が提案したものだった。

「無視すればよかったのじゃ。こちらに寝返るような腰抜けは、どうせ動きゃせんのじゃから」

「ホウ家とルベ家に挟み撃ちにされたら、勝ち目はないという話でまとまったじゃないか。契約がなければ、ボフはルベの軍を通してしまう。そしたらやっぱりやられてしまうって話だったじゃないか」

グーラ・テンパーはまだ若く、現在は七十代だった。

彼女は古代シャン語が苦手で、何度も同じ語尾を付けて話すのが癖になってしまっている。

グーラ・テンパーの意見としては、もしホウ家を一網打尽にできたとしても、まだ根性のある将家が一翼いる。

それはルベ家であり、両家を時を同じくして一網打尽に暗殺する術があるならばいいが、それが不可能であるならばルベ家の動きは止めねばならない、という理屈であった。

幸いなことに、ルベ家と王家天領との間には、間を塞ぐようにボフ家の領地が横たわっている。

ボフ家さえ懐柔すれば、ルベ家は天領まで軍を進めることはできない。

ただし、それらの目論見はすべて、暗殺がすべて上手くいき標的となる人物が全滅した前提の上で機能するものだった。ホウ家が王都を攻略した今となっては、それらの工作が裏目に出てしまっている。

「シャルン、終わったことをお言いでないよ。夜会の同意で為されたことなんだからね」

ヴィヴィラ・マルマセットが言う。

彼女は、この夜会の中でも立場が強く、最も上座に座っていた。

夜会の同意といっても、そこにはギュダンヴィエル家が抜けている。

七魔女の盟約を無視することは、ここにいる魔女たちにとっては禁忌だったが、慣例には魔女全体への裏切り者は排除していいというものもある。それを拡大解釈するということで、ギュダンヴィエルは外すことになったのだ。

シモネイ女王は、ユーリ・ホウが政治の表舞台に立つことを大歓迎していた。ホウ家が十字軍を打倒するにしろ、しないにしろ、どちらにせよ魔女家はこれから没落するだろう。その中で、唯一無事に生き残りそうなのが、娘がユーリ・ホウの側近に収まったギュダンヴィエル家だ。それを外さなければ、陰謀の達成は不可能であるというのは六家の総意であった。

「十字軍のことが露見してはならないというのは、私も同意見だ。もう第二軍はないんだからね。やつらがなんとでもできるということを、忘れちゃならない」

ヴィヴィラはキーグル・カースフィットを見ながら言う。

最後に一命を賭してユーリ・ホウを殺害しに行ったのだと自分で言ってはいたが、あまり信じてはいなかった。

「ノザもボフも、露見したら困るのは連中も同じじゃないか。天爵を持ってるてっぺんから下に情報は漏れていないよ。それほど危惧する事態ではないじゃないか」

　グーラ・テンパーが言った。

「たしかにね。これからのことを考えるなら、連中は口をつぐんでいたほうが利口さ。そのくらいの頭はあるだろうよ」

　ヴィヴィラが同意する。

「の、逃れるという案は……？」

　ここで今日はじめて口を開いたのは、ジューラ・ラクラマヌスだった。

　この場にいる誰よりも若い。

　次に若いグーラ・テンパーの半分しか生きていない、ついこのあいだ教養院を卒業したばかりの魔女であった。顔には、刃物で切ったのであろう傷跡が残っている。

「ッチ……」

　と、舌打ちをしたのはシャルン・シャルルヴィルであった。

　歯がいくつか抜けているせいで、吸うような舌打ちになった。

「ボフ家もノザ家も受け容れんじゃろうが。そのくらいのことも分からんのかえ。それともあんた、ユーリ・ホウに頼み込んでアイサ孤島にでも送ってもらうつもりかや」

　アイサ孤島への船便は、今やユーリのホウ社が取り仕切っているので、ホウ家を介してでしか渡ることができなくなっていた。

　天測航法による船便が、伝統的な航法での船便と比べて圧倒的に事故率が低いせいで、たった半年でそれ以外の船は廃れてしまったのだ。遭難の危険がある分船賃が割増しされ、しかも相変わらず命を危険に晒さなければならない船を、わざわざ利用しようとする客は絶無であった。

「で、ですが……ゆ、ユーリ・ホウは……」

「なんじゃい。そのザマは……。まったく、草葉の陰でルジェが泣いておるよ。かわいそうに」

「……すみません」

　ジューラ・ラクラマヌスはうなだれてしまった。

　海千山千の魔女に囲まれて、ジューラはあまりにも弱く、また全学斗棋戦でかいた恥の記憶も冷めやらぬうちのルジェの死、そして当主への就任だったために、夜会では馬鹿にされ続け、萎縮しきってしまっていた。

「あの文書を持ってきた時の威勢はどうしたんじゃ」

「あの時は威勢が良かったねえ。ユーリ・ホウに意趣返しできると、やる気満々だった。今は怖くてたまらないのかい」

　シャルルヴィルとマルマセット、二人の古老に罵倒され、ジューラはさらにうなだれる。頭がどうにかなりそうだった。

「ユーリ・ホウを逃したというのに、死体の安置所にいって両親の腹を刺したらしいね。よっぽど恨みがあったのかい。気持ちはわからないではないが、ユーリ・ホウが遺体を見たらどう思うか……」

　キキ・エンフィレが言う。

　キキは、この面々の中では仲間想いと言える性格で、古参による若手虐めを快く思わず、これまでの夜会ではジューラにたびたび助け舟を出してきた。

　それでも、この件に関しては直接言わずにはいられなかった。

「はあ、そんなことをしたのか……」

　グーラ・テンパーが溜め息をついた。

　これは王城に特に根を張るエンフィレ家だから知り得た情報で、キキがあらかじめ相談していたマルマセットとシャルルヴィル以外の者は、まだ耳にしていない情報だった。

「ユーリ・ホウが逃げた時に、今の状況になるかもしれないとは想像できなかったのかい。あの報（しらせ）を知ってからやったのだとしたら、救いようがないじゃないか」

「うぅ……」

ジューラは頭痛をこらえるように、頭を押さえている。ジューラの頭の中は、既にユーリ・ホウへの恐怖と、魔女家の長たちからかけられるプレッシャーで、はちきれそうになっていた。

ギィィ――。

そこで、おもむろに小屋のドアが開いた。

五人の目線が、ドアに集まる。

そこにいたのは、杖（つえ）をついた老婆。

ルイーダ・ギュダンヴィエルだった。

「おまえ――」

ヴィヴィラ・マルマセットが言う。

「あたしに内緒で、随分と楽しげなことをしているみたいだね。座らせてもらうよ」

ルイーダは血色のよい顔で、一つだけ空いている自らの椅子に座った。一番入り口に近い末席だったので、歩くのは短くて済んだ。

ギュダンヴィエル家が外されていたから、席が詰められたわけではない。

ずっと、その末席がルイーダの定位置なのだ。

ギュダンヴィエル家が、他のどの家よりも家の格が低く、小さな家であるからだった。

「何をしに来たんだい」

ヴィヴィラが言う。

この二人の間には古くからの確執があり、今でも仲が悪い。

「特等席で、愚かな大馬鹿者どもを見物しに来たのさ。溺れる者は藁（わら）をも摑（つか）むとはいうけどね……クックック、商人相手にさんざんやってきたことだったけど、大魔女（おおまじょ）にも通用するんだねえ、アレは」

ルイーダは、今までの鬱憤（うっぷん）を晴らすかのように楽しげに笑った。

ギュダンヴィエル家は、今でこそ格が劣るという扱いを受けているが、昔からそうだったわけではない。

ギュダンヴィエルの家業は、元々は不動産業だった。

九百年前半島に来た祖先は、将来王都が拡張することを見越して、まだ市街地化されていなかった王都郊外の土地を取得した。

当時の世界では、先行きへの不安感が蔓延しており、不動産という流動性の低い資産に投資しようという動きがなかったのだ。

持ち込んだ資産のほとんどをそれに投じてしまったが、次の代になったときには、シビャクの拡張がその地まで達し、そこからは地主として安定した収益を得られるようになった。

ギュダンヴィエル家の繁栄はそこから始まり、次々と王都の物件を買っては売りさばき、あるいは貸し、一時期は栄華を極めた。

それを台無しにしたのは、ルイーダの先代だった。

これからは貿易が儲かると勝手に思い込み、せっかく所有していた金の生る木である一等地を、次々と他の魔女家に売りさばいてしまった。

その金を湯水のように注いで完成させた船団は、ずっと赤字続きだった。特にこれといった見通しもないまま始まった貿易は、何を仕入れ、どこに売るかも決まっておらず、ただひたすらに迷走するだけだった。かといって損切りをして事業をたたむこともせず、ダラダラと事業を続けた結果、ギュダンヴィエルの資産はほとんど全て消えてしまった。

ルイーダの代になったとき残ったのは、王都中にバラまかれた紙片のような細切れの土地と、累代与えられている王城での重役の座くらいのものだった。

ルイーダはそれだけを頼りに金を集め、急速に家を再興していった。

　家長を受け継いだ若い頃は、細切れの土地に目一杯の大きさの看板を立て、広告主を募ったりもした。

　そのうちに重役の職を汚すようになり、ならず者を雇って店主を脅し、無理やり広告を出させるようになった。

　だが、やはり元手が少なく、最後まで他の家に追いつくことはできなかった。ギュダンヴィエルの家は、一時期に比べれば再興はしたが、他の七大魔女家と比べれば格が落ちるのが現実だ。

　そして、次代を託すべき孫は、ルイーダを裏切り、まるで違う方向へ行ってしまった。その時のルイーダの落胆は、言葉では言い表せないほどのものだった。

「ギュダンヴィエルを蚊帳（かや）の外にしたのは悪かった。じゃが、悪いのはあんたのところの娘だよ。儂らも必死だったのじゃ」

　シャルン・シャルルヴィルが言った。

「構やしないよ、シャルン婆（ばば）。うちは無傷で残るからね。むしろお礼を言いたいくらいだ」

　シャルン・シャルルヴィルはルイーダより五歳年上だ。

　この歳（とし）になっては、その程度の年齢の差はないようなものだったが、若い頃は家が隣り合っていたこともあって、仲が良かった。シャルン婆と呼ぶのは、若かりし頃シャルン姐（ねえ）と呼んで慕っていたころの名残だった。

「なにが無傷で残るだい。たいした家でもないくせに」

「おまえのところは取り潰されるねえ。ざまあみやがれってところだ」

「あいにく、取り潰されたりはしないよ。ユーリ・ホウは我々を懐柔しにきたんだ。残念だったね」

　ヴィヴィラ・マルマセットは不快そうに顔を歪（ゆが）

めながら言った。

マルマセットは、市街の商人に根を張り、脅迫などで幅を利かせて成長してきた家だ。

ヴィヴィラはルイーダより十年ほど早く家長になり、ルイーダの先代からは随分と土地を買った。

ルイーダは、家長に就任すると、先代の末期に足元を見て買い叩いた土地があまりにも安すぎたということで、七魔女の盟約（セブンウイッチ・プロミス）に違反していると審議を求めたのだった。その時から、決定的に対立するということはないが、同世代のライバル感情もあり、なんとなく仲が悪い。

「ハァ……よくもまあ、自信満々に言えたもんだ。あんたら、ユーリ・ホウを見たことがあるのかい。あたしゃ、直接話したよ。あんたらは一言も話してないんだろう」

ルイーダはジューラ・ラクラマヌスを見る。

「そこの嬢ちゃんは、とんでもない阿呆（あほう）だが、ユーリ・ホウのことは自分で見て知ってるんだ。だからこうして、まともに怖がってる。あんたらよりなんぼかマシかもしれないよ」

ジューラは、話を振られてビクリと身を竦めた。

自信満々だった往時の彼女はどこにもいない。ルイーダが言った通り、他の五人とは違う何かを見ているのは確かだった。

「なにが言いたいんだい。まどろっこしいことをお言いでないよ」

ヴィヴィラ・マルマセットは苛立（いらだ）ったように言った。

ルイーダが勝ち誇ったような顔をしているのが気に食わなかった。

この七十年少し、ヴィヴィラは常に上で、ルイーダは下だった。上下が逆転したわけではない。ルイーダに見下されるのは我慢ならないことだった。

「あの小僧は、殴られたら殴りかえす男だよ。殴られっぱなしでいるもんかえ」

ルイーダがそう言うと、六人の魔女たちの表情に、緊張の色が差した。

「殴られたら殴りかえす、殺されたら殺しかえす……あたしらがずっとやってきたことだ。それなのに、あんたらこんな所で、都合よくひと固まりになってさ。クックック……」

ルイーダは心底楽しげに笑う。

「右のほっぺた差し出すか、左のほっぺた差し出すか、そんなこと話し合ってるなんてさ。可笑(おか)しいったらありゃしない」

ヴィヴィラの眉が歪み、ルイーダを睨(にら)みつけた。

「ルイーダ、私たちを売ったのかい」

ヴィヴィラがそう言うと、ルイーダは笑いを止めた。

「ふう」と小さく溜め息をつくと、ヴィヴィラをつまらなそうに見つめる。

「あたしゃ魔女の一員だ。どんなことがあっても七魔女の盟約(セブンウイッチ・プロミス)を守るのが、あたしらの誇りだろう……だけど、売るまでもないんだよ。あの小僧には、あたしの秘蔵っ子がついてる。あの子は、魔女の森のことをよーっく知ってるんだ。ここが遊び場だったんだからね」

ルイーダは事実、なにもしていなかった。

誰から何を聞かされたわけでもなく、ただ手駒を使って独自に察知し、ここに来たのだ。ルイーダは、この陰謀から外されていたために、一歩外から誰よりも冷静に事態を観察することができていた。

「嫌……」

ジューラは、そう言って椅子から立ち上がって、窓を見た。

「嫌！　もう来てるの!?」

窓の外には松明(たいまつ)の光は見えなかった。

半月に欠けた月が、森との間の草むらを白く照らしている。

そのわずかな明かりの下でも、森の中に光る異質な金属の輝きは見ることができた。

影たちは、遠巻きに小屋を囲んでいた。

ギィィ――。

小屋のドアが、ゆっくりと開かれた。

Ⅱ

家の半分ほどを使った部屋には、楕円形の大きなテーブルが置いてあり、その周りには椅子が並んでいる。

テーブルは、シャルタでは見たことのない木材を使っていた。長期間の使用で、厚く塗られたニスが黒みを帯びた風合いをだしている。恐らくは南方の産で、これも歴史のある品なのだろう。

「見知った顔がいるな……」

俺は、面々の中にいたジューラ・ラクラマヌスの近くに歩み寄った。

かつての小生意気な表情は消え失せており、今は怯えと恐怖でガチガチと歯を鳴らしている。

俺はジューラの席に近づき、後ろからその細首にそっと触れた。

「ヒ――ッ！」

ビクンと激しく肩が弾んだ。

こいつとは、古い因縁がある。家長に就任したとは聞いていたが、そうか、家長ならばここにいるよな。

「……あんたもいるとは思わなかったよ。ルイーダ・ギュダンヴィエル」

俺は、机の反対側にいるギュダンヴィエルの婆さんに目を向けた。

「ああ、居たよ」

ルイーダは、面白くもなさげな顔で俺を見返している。

「あんたも協力していたのか？　それなら話が変わってくる」

「いいや、今日は面白いものが見られそうだったからね。ちょっと来てみただけさ」

ふうん、まぁいいか。

「……椅子がないな」

俺が言うと、

「たしか、隣の部屋にあったかと」

と、入り口近くに控えていたミャロが言い添えた。

俺は机をぐるりと回って、隣の部屋のドアを開けた。

明かりがないので暗い。

明かりを取りに行こうとすると、ティレトと一緒に付いてきていたエンリケが、わざとらしく跪(ひざまず)いてランプを差し出してきた。

感謝の言葉を述べる気にもならず、無言でそれを取って、部屋を照らす。

そこは、書棚や展示ケースがずらりと並んだ、奇妙な部屋だった。

驚異の部屋(ヴンダーカンマー)とでも言うのだろうか。

ガラス張りの展示ケースの中には、良くわからないものが並んでいる。

大粒の宝石が嵌(は)めてあるブローチがあったかと思えば、その隣には鉄の薄板を繋(つな)げただけの薄汚いネックレスが置いてあったりした。なにか歴史的な価値が認められて置いてあるのだろう。

部屋の中に、座って眺めるためなのか、椅子が一脚置いてあった。俺は片手でそれを持ち、部屋に戻る。

入り口とは反対側の、上座に向かった。

「詰めろ」

俺は、昼間会ったキーグル・カースフィットに言った。

右でも左でも、どっちでも良かったのだが、左手の席には超高齢のシャルン・シャルルヴィルがおり、彼女が動くのを待つのは面倒そうだったからだ。

「ほら、移動しろよ」

俺は、最も目立つ上座に座っていた、ヴィヴィラ・マルマセットに言う。

「あんた、私に命令――」

俺はヴィヴィラの後頭部を掴んで、思い切り机にぶち当てた。

ぐしゃりと、熟れすぎた果物でも潰したような感触が腕に伝わる。

「魔女ってのはそういう信仰でもあるのか……？　自分たちは騎士に害されることはないって？　たしかに、それは正しかったよ。十日前まではな」

俺はヴィヴィラの髪を掴んだまま、机から引き剝がす。

「俺たちがこうしなかったのは、女王陛下がいたからだ。自覚していなかったのかもしれないが、お前らはシモネイ陛下にずっと保護されていたんだよ。それがなくなったんだ。容赦をするとは思うな」

ホウ家は、ずっと王家に槍を捧げ、忠誠を誓い、従ってきた。

だから王都にどれだけ気に食わない奴がいても、進駐して退治したりはしなかった。

大切な次男坊がくだらん言いがかりで使い物にならなくなっても、誰にも文句をつけなかった。

だが、もう王家はない。こいつらを守る法はないのだ。

「ぐっ……」

ヴィヴィラは鼻血を出しながら、椅子に座っている。

「殺すなら、さっさと殺しな」

「そうする前に話があるからこうしてんだろうが。さっさと椅子持って移動しろ、ババア」

俺が放り捨てるように頭を離すと、ヴィヴィラは不承不承を態度で表しながら、自分で椅子を持って移動した。

俺は、ヴィヴィラが居たところに改めて椅子を置き、腰を据える。

「おい、ティレト。ギュダンヴィエルのババア以外を全員縛っておけ。腹を椅子の背に縛りつけるだけでいい」

「はい」

　ティレトは返事をし、縄を持って、まずはキキ・エンフィレの腹を縛りはじめた。

「……やめなよ。こんなことをしなくても、逃げやしないさ」

「──俺は本当に腹が立っている。少しでも苦しくない死に方をしたいなら、黙っていろ」

「……分かったよ」

　キキ・エンフィレは比較的従順なようで、それきり反論をやめた。

「本題に入る前に、一つ聞いておく。俺の両親の遺体を辱めたのは………」

　それを言うと、あまりに感情が昂ぶり、たまらず鼻にツンとした刺激が走った。

　こいつらの前で醜態を晒したくない、という想いが胸によぎり、感情を鎮めようとしたが、涙と鼻水が滲んできてしまった。

　情けない。

　だが、ルークとスズヤのことを思うと、止まらなかった。

「辱めたのは、誰だ……どこかの大魔女が強権を使って、無理を通して遺体安置所に入ってきたと聞いている……」

　俺がそう言うと、五人の魔女たちのうち、三人の目線がぱらぱらとジューラに向かった。

　そうか……やっぱり、こいつか。

　まあ、あんなことわざわざすんのは、こいつくらいしか考えられないよな。

　俺は椅子から立ち上がった。

「ヒッ！　違うわよ、私じゃないッ!!」

「黙れ」

　まだ縛られる順番が来ていなかったジューラは、

俺が歩み寄ると、椅子から転げ落ちた。

「やめてっ！　近づかないでっ!!」

「地べたに這いつくばるな。ほら、立てよ」

俺は服の襟首を摑み、ジューラを無理やり立たせた。

「座れよ。安心しろ。まだ殺しやしない」

「あ……あっ……」

ジューラは、立ったままガタガタと震えていた。

目は像を結んでいないようにどこかを見ていて、頭を守るように顔の前に置いた手は、特に大きく震えている。

現実逃避だろうか。

させねえよ。気絶しようが叩き起こしてやる。

「座れ」

倒れた椅子は、エンリケが起こしてジューラの膝の裏に戻していた。

俺はジューラの肩に手をかけ、力をかけて押し下げる。ジューラは、大人しく椅子に腰掛けた。

「あ……やめて……殺さないでっ」

「殺しやしないって言っただろ」

これはスペシャルサービスのようなもんだ。

メインディッシュが食べられなくなるようでは困る。

「少しばかり、痛いかもしれないがッ、なッ！」

俺は腰に差していた短刀を、ジューラの太ももに突き刺した。

わざと刃こぼれさせてきた二束三文の短刀が、ジューラの太ももを貫通し、椅子に縫い付ける。

「ア、あ――、ああアア――――ッ！！！」

ジューラは絶叫した。

短刀が刺さった傷口を押さえるように両手をやり、痛みをこらえるように背を丸める。

「ほら、机につけよ。そんなところに座ってちゃ、おかしいだろう」

俺はジューラの縫い付けられた椅子の背を持つと、ジューラごと持ち上げ、元々座っていた場所に納めた。

「ァアッ、クウっ――いたッ――!!」

「ティレト。縛って、猿轡(さるぐつわ)でも噛(か)ませておけ」

命令すると、ティレトは順番を飛ばして、ジューラを縛りはじめた。

ジューラの目からは、涙が流れ出ている。まるで、この世で一番不幸な自分を嘆いているかのようだった。

俺は元の席に戻り、椅子に座る。

「さて、野暮用は終わった……本題に入ろう。あらかじめ言っておくが、俺は気が立っている。あいつのようになりたくなければ、口を挟むな」

俺はそう前置きしてから、話しはじめた。

「俺はこれからの統治のことを考えた。俺もお前らと長いこと付き合ってきて……情けねぇことに、あんなことをしでかすとは想像してなかったんだが……分かったことがある。お前らの武器は人脈で、それは王都に張った根だってことだ」

魔女たちを見まわす。

誰も口を開かず、神妙に俺の言葉を聞いている。

「魔女ってのは、何度刈っても根がある限り生えてくる、しつこい草みたいなもんだよな。国に寄生する、厄介な毒草だ。俺は、その厄介さを痛いほど身にしみて理解している。ここで野放しにしたら、お前らは間違いなく、ふたたび根を張るだろう……そうしたら、俺もシモネイ陛下と同じように、手出しするのが難しくなっちまう」

シモネイ女王は、ただ無能だから魔女に手出しできなかったわけではない。

様々な因習、儀式、そして実務……色々なところに魔女の根が入り込み、魔女を抜いては仕組みが動かないようになっていたのだ。

女王がこの国の運営に、魔女を必須のものと考えていたのかというと、それは違う。たぶん、シモネイ女王は必須のものとは考えておらず、やはり害のほうが多いと考えていた。

魔女は必須ではなかったが、必要だったのだ。暫定的に、その時点では、魔女が居なくては国が動かぬという状況が生まれ、その都度必要だったので魔女を使っていた。

それは常態化し、悪習が習慣になっていく。習慣になれば、容認に繋がる。それは、シモネイ女王が生まれる遥(はる)か以前からあった容認だった。

シモネイ女王は、少なくともその容認を疑問視し、やめようとはしていた。だが、折を見て改善し、替わる制度を作ろうとしても、妨害される。抜けられぬ依存症のようなものだったのだろう。

今思えば、シモネイ女王は、ずいぶん板挟みで苦しんで来たのだと思う。

俺は続ける。

「お前らを駆逐するのは、国がひっくり返って根が掘り起こされた、今しかない。裁判なんてチンタラしたもんをやってたら、お前らはまた根を張っちまう。

だから俺は今日、お前らを全員殺す。

残念だが、娘や孫に会わせてからってわけにはいかない。今日、これから、この小屋でお前らは死ぬ。覚悟しておけ。できていなくても殺すがな。

そして、おそらく、お前らは今、疑問に思っただろう。

であれば、なぜこいつは今、長々と話をしているのか。わざわざ宣言するような形で、殺す理由を聞かせたいのかと――。

違う。

それだけなら、俺は何も言わずお前らを甚振(いたぶ)って殺す。両親を殺され、妻を臥(ふ)せらせられた復讐(ふくしゅう)を遂げ、憂さを晴らして帰るだけだ。こんな話はしない」

俺は魔女たちを見回しながら、更に続けた。

「……俺がこの話をしているのは、殺したあとのことを考えてのことだ。

俺は、他の魔女をどうするか、と考えた。

お前らをただ殺しただけなら、あいつらはまた根を張ろうとするだろう。王城で権能を与えなくても、第二、第三の家長が生まれ、同じことになるかもしれない。

だから俺は、後の世で鬼だ畜生だと言われても、捕まえた魔女を全員殺し、根絶やしにするつもりだ。

理解できるか？　想像してみろ。

全員、殺す。王都の郊外に穴を掘って、あるいは魔女自身に掘らせて、良いも悪いも全員殺した上で、穴に放り込んで埋める。

これは空想ではない。俺は明朝に命令を発して、それを実行に移すつもりだ。第二軍の残党狩りと並行して、軍を使って王都を総ざらいに洗う。

第二軍の残党はホウ領の駐屯地へ送り、魔女は墓穴へ送る。どのみち、第二軍の残党狩りはするつもりだったからな。どうせだから一緒にやる。

お前らを暴走させたのが、俺がやりすぎたせいだったとすれば、俺をこの凶行に駆り立てたのは、お前らがやりすぎたからだ。

お前らは、あの陰謀をミャロにも王剣にも悟られず実行してのけた。俺はその手腕を、高く評価している。だからこそ、後顧(こうこ)の憂いは断っておきたい。お前らが今、なんの返事もしなければ、俺は確実に虐殺を実行する。

俺がこうしてお前らに語りかけているのは、それをしないためだ」

本題はここからだ。

「俺は、お前らが十字軍と繋がった売国奴であることを、ほぼ確信している。どんな条件だったのかは知らんがな……」

俺がそれを言うと、魔女たちは多かれ少なかれ、反応を示した。

シャルン・シャルルヴィルなどは眉を僅かに動かしただけだったが、ジューラ・ラクラマヌスは何故(なぜ)知っているという顔をしたし――ルイーダ・

ギュダンヴィエルは初耳だったらしく、目線を目まぐるしく動かし、各々の反応を探っていた。

内心疑っていたが、ルイーダは本当に関与していなかったらしい。

「紙を渡せ。お前ら魔女家が、国を十字軍に売った売国奴の一族だという証明書を、俺に渡せ。そうすれば、皆殺しはやめてやる」

これが今日、俺が言いに来たことだった。

魔女の中には、リーリカ・ククリリソンの家のように、罪はあれど死には値しないような零細の魔女家が数多く存在する。

それを一緒くたにして殺すのは、気が進まないことだった。

「俺は、その証拠が、魔女という寄生植物を枯らす塩のような役割を果たすと考えている。もちろん、俺はそれを広める。そうすれば、魔女の一族は売国奴として迫害されるだろう。都市に根を張るなんてことは、とてもじゃないができない」

国どころか、シャン人という種族自体が危機に置かれた状況下で、自分たちだけ助かるために、国を売った売国奴。

自分たち以外の国民は人を人とも思っていない鬼畜に奴隷にされるというのに。国を守ろうとしていた者たちの足を引っ張り、国を売った売国奴。元から嫌われている連中にくっ付けるには、最悪の悪名だ。

「お前らにとっても、損な話ではないだろう。俺も余計な悪名を広めず、無駄な労力を注がなくても済む……。よく考えて選ぶといい。話はこれで終わりだ」

俺はそう言って、話を閉じた。

「――認めないよ。十字軍がどうだのと、そんなことは知らない」

真っ先に口を開いて、そう言ったのは、グーラ・テンパーだった。

壮年といった年齢で、髪を短く切っている。教養院にいたころは同性からモテたかもしれない。

「よく考えて言っているんだろうな。俺は、お前らのために提案している。それでいいんだな」

「……あ、ああ」

馬鹿め。

「よくないよ。そいつは所詮、沖仲仕の頭なんじゃ。許してやっておくれ」

俺のすぐ左手にいる、シャルン・シャルルヴィルが言った。

格としては俺が頭をぶっ叩いたマルマセットが上なのだろうが、どうもこいつが長老格らしい。

「ユーリさんよ、一つ聞いておきたい。それを渡したら我らが一族、ここにいる六人以外は、皆生かしてくれるんだろうね」

馬鹿なことを言いはじめた。

そんなわけがあるか。

「ここにいる六人だけ殺して、あとは無罪放免か？　眠たいこと言ってんじゃねえよ」

俺がキーグルに調子のいいことを吹き込んだせいもあるが、よっぽど事態を楽観的に捉えてるな。

こいつらにとっては、自分たちがどんなに薄汚い真似をしようが問題なし、お咎めなどないのが当たり前という感覚なのだろう。

だが、それは女王から与えられた特権が機能していれば、という前提があってのことだ。自分たちで女王を殺しておいて、全ての特権を失ったら、誰も守ってくれないとは思っていない。それ以前に、誰かに守られていたという自覚が希薄なのだろう。

寄生虫は、自らを寄生虫だとは思いたくはない。

自分は一人前で、自分の才覚で大事を成したのだと思いたがる。自分自身の才覚と能力、実力で将家と渡り合っていたと勘違いした結果、為す術もなく暴力に屈し、こんな状況に置かれている。

「たとえば、そこにいるカースフィットだ。第二軍は王城を攻め立てた実行犯だよなぁ。軍ぐるみで思いっきり大逆罪やってんじゃねえか。婆さん、法曹人資格持ってないのか。大逆罪は死刑だよな。

そこにいるキーグル以外は全員、女王を助けたい一心でした、とでも弁護してみるか？　随分タイミング良く王城に攻め入ってきたもんだよ……。

カースフィットだけじゃない。お前らの一家、みんな殺人、殺人教唆、殺人幇助、このあたりはやってるよな。殺人を強盗や恐喝に置き換えても構わないが……それらは、訴えを集めて裁判で罰する。

もちろん、裁判官は総取っ替えで、まともな脳が残ってる奴らにする。今までどおりの馬鹿みてぇな裁判は期待するな」

こいつらに犯罪の自覚があるかは分からないが、おそらくは近しい身内のほとんどが死刑になることだろう。

「ギュダンヴィエルの一族も、その裁判にかけます。例外はありません」

ミャロが付け足すように言った。

ルイーダ・ギュダンヴィエルがなにか言うかと思ったが、特に言わなかった。

「……私は反対だね。滅ぶにしたって、魔女の格式まで貶められるのは我慢ならないよ」

ヴィヴィラ・マルマセットは刺繍の入った染め物のハンカチで、血が溢れてくる鼻を押さえながら言った。

籠もった声で聞きとりにくい。

「フグっ……その上、一族の者まで裁かれるんじゃ、話にならないね」

「子無しのあんたには、たしかに分からんかもしれないねぇ」

シャルン・シャルルヴィルが挑発するようなことを言った。

「あんだって？」

ヴィヴィラが不機嫌そうに返した。

「儂は五人子供を産んだ。その五人も皆子供を産んだ。孫や曽孫は両の指じゃ数え切れんほどおるんじゃ。分家にも、数えるのがキリがないほど血の繋がりがある。その中には……まあ、ちっとはミカジメを取ったり予算を掠めたりしたかしらんが、大した悪さをしてないもんも大勢おるわ。その子らを生かすか殺すかというのは、大きな問題じゃ」

まあ、そりゃそうだわな。

「ユーリさんよ、公正な裁判というからには、その子らに過剰な罰は与えんのじゃろうな。それと、本家本元の儂らが死んだからといって、財産は没収したからその子らの罰金や賠償金には充当できん、などとは言わんでくれや」

シャルン・シャルルヴィルの言葉には、どこか縋り付くような何かを感じた。

例えばシャルルヴィルの係累の魔女が莫大な罰金や賠償金を課されたとき、その弁済には既に死んでいる自分たちの財産を充ててくれということだろう。

魔女の財産を全て没収したあとになって、罰金や賠償金だけ課されれば、無一文からではなく、借金からのスタートになる。それでは経済的に潰れてしまうだろう。

「そんなことは言わない。安心しろ」

と俺が言うと、

「ユーリくん。ボクが」

と、ミャロが口を開いた。

「ミャロから話があるようだ」

「基本的に、あなたがた大魔女家の資産は全て没収します」

剣呑なことを言った。

だが、魔女の件の後始末はミャロに一任するということになっている。ここはミャロに任せるべきだ。

「まず最初に確認しておきますが、資産の没収は戦後賠償金の観点から正当なものです。ホウ家軍の損害がほとんどなかったので勘違いされているのかもしれませんが、立派に戦争は起こったのですから、戦後賠償金は当然に発生します。

その上で、シャルンさん、あなたが先程言った内容は、とてもよろしくない。

なぜなら、没収しないのだとすると、それはそれで遺産相続の問題が発生するからです。資産を没収せずに魔女の慣習に従うのであれば、相続権は最も近親等の者に渡るのですから、基本的に財産をどう使うかの裁量はその人が握ることになります。

そうしたら、裁判後に生き残った近親の数人が全ての財産を相続し、自分の罰金、賠償金を支払って、それより下の者には良心の範囲内でしか渡さないという結果になるでしょう。つまり、上の者の財布にはお金が残り、下の者には借金が残るという結末になる。

借金が残るということは、支払われるべき人に、支払われるべきお金が渡らないことを意味しますから、これは社会的公正の立場から言ってもよろしくありません。

ボクは、ユーリくんが許すのであれば、財産をすべて没収したあと、一度基金として貯め、罰金、賠償金を払えない家の者たちには、平等に配分するつもりです。そうすれば、借金が残るにしても全員に平等に同程度の割合で残るでしょう。すべて支払って余るようであれば、国庫に納めます。

資産を没収する範囲についてですが、戦争に全く関与しておらず、罰金、賠償金を支払っても資産が残る家に関しては、全てを没収するのは問題かもしれないので、個別に考えます。

当然、魔女をことごとく殺してしまうことになった場合は、全ての資産を没収することになりますので、この話は無効です。以上です」

そこまで言うと、ミャロはこれで終わりとばかりに一歩退き、壁際に寄った。

「ということらしい。それで納得しろ。常より重い罰を特別に与えるよう指示したりはしない」

「はぁ……まったく……いい懐刀をやっているようだね」

シャルン・シャルルヴィルは、深く溜め息をついた。

「それでいいよ。儂は賛成してやる」

賛成してくれるようだ。これで終わりかな。

「魔女の誇りはどうなるっていうんだい。誹りを受けながら生きていくなんて、死んだほうがマシさ」

ヴィヴィラ・マルマセットが口を挟んだ。

「あんたは、子無しだから自分のことしか考えないだけじゃろ。死んだほうがマシって……じゃあなんだい、交換条件として儂らも殺さないっていったら、それでも渡さないのかい。命惜しさに渡すんじゃろうが。誇りだなんだと言うけどね、あんたは結局、自分以外どうだっていいだけなのさ」

「ファんだって！」

やはり鼻の具合が悪いらしい。

「それに、渡さないで鏖に遭ったら、魔女の名誉は守られるっていうのかい。立派な墓でも建てでしたって十字軍は来たけれど魔女とは関係ありませんて、墓碑に刻んでくれるってのかい。そんなわけなかろうが」

そんなわけはない。

この婆さんは身内の命惜しさで言ってるんだろうが、よいところを突いている。

確とした証拠物がなければ糾弾をし辛いというだけの話で、やることは変わらないのだ。それに、隠し場所によっては普通に見つけてしまうかもしれないしな。

「婆さん、賛成してくれるらしいが、別に俺は全体の合意なんぞ取れなくてもいい。あんたが場所を知ってんなら、吐いてくれればそれで終わりだ。

魔女どもの内輪揉(も)めなんぞ、長々と聞いていたくはない」

「すまないね、これについては決を採らせてもらうよ。七魔女(セブンウイッチ)の盟約(プロミス)でそう決まっているんだ。最後くらいはきちんとさせておくれ」

決を採るらしい。

めんどくさ。

なんなんだこいつら。

「キーグル、ふぁんたはどうするんだい」

ヴィヴィラ・マルマセットが鼻声で言う。

「反対するよ。証拠があるのとないのとじゃ、やっぱり後世での扱われ方が違う。それに、儂のところはどうせ皆処刑されるだろう」

そりゃ、カースフィットはそうだろうな。

生かしておいても、女権軍隊を維持するためだけの女士官なんて何の役にも立たない。

「グーラ。テンパー家は？」

「賛成する。ウチんところは港で堅実に商売してるんだ。あんたのところみたいに、人を殺したり拐(かど)わかしたりしてるような人でなしは多くない」

「ぷっ——アッハッハ」

ルイーダ・ギュダンヴィエルが堪えきれないといった様子で笑いだした。

「くっく……すまない、続けておくれ」

なにやらツボにはまってウケただけらしい。

「……キキ。エンフィレ家はどうする」

さっきからヴィヴィラが順番に聞いているが、やはりこいつが司会進行役というか、議長職なのだろうか。

「賛成だよ……ねえ、ごく普通に考えてみなよ、ヴィヴィラ。誰だって生きたいに決まってるじゃないか。死後の名誉なんてそんなに大事なことかい？　生きたい死にたいなんてその子にしか分からないことだ。私たちが決めることじゃない。だとすれば、生かしてあげるべきなんだよ」

その台詞(せりふ)を聞いた時、衝動的な殺意が湧いて、こいつを殺そうかと一瞬席から腰が浮いた。

どの口が言いやがる。

二度と喋れないようにしてやろうか。

今七人が六人になるのは良くない。どうせこれから殺すのだ。と意識的に考え、殺意を抑えた。

俺は、緊張した筋肉を緩め、ゆっくりと腰を下ろす。

「キキ、あんた今、小僧に殺されるところだったよ。言葉に気をつけることだね」

ルイーダ・ギュダンヴィエルが言う。

お前も黙ってろ。

「ああ、そうだった……すまないね」

キキ・エンフィレは俺に向かって素直に謝り、縛られながら首だけ下げた。

「あんた、偽善がすぎるんじゃないかい。いい人ぶってるが、実行犯の馬鹿王女に城内でつなぎを作ったのは、どうせあんたなんだろう。挙手をしたのかは知らんが」

「挙手してないよ。私とグーラはね……私は陛下に近かったし、グーラは貿易の経験からクラ人は信用できないという意見だった」

四対二だったわけだ。

このキキ・エンフィレというやつは、優しげなことを言ってるが、特許(パテント)制度を潰したやつだ。

人事に強力な圧力をかけ、特許監査室の室長に自分の手先を送り込み、せっかく育ちかけていた特許制度をグチャグチャにした。そのおかげで、芽を出し始めていた市井(しせい)の発明家たちの特許は潰され、俺のホウ紙も偽物が堂々と流通することになり、商売が侵された。

あの一件も、ここで決を採って決められたものだったのだろうか。

害悪どもめ。

「ま、いいだろう……策自体は悪いものじゃなかった」

ルイーダが言った。

「ハッ……」

ミャロが、小馬鹿にしたように笑った。

ミャロがこんな風に笑うのは、見たことがなかった。

「この際言っておきますが、あれは最低の愚策ですよ。どうせ、取引相手は教皇領なんでしょう」

これは、リーリカ・ククリリソンからの報告から推察したのだろう。

俺も同意見だった。

去年終わりから今年に入っての十字軍の招集は、すべて教皇領から発せられている。

教皇領の他に十字軍に熱心なのはティレルメ神帝国だが、この国は今回の十字軍については積極的な動きをしていない。となると、やはりこの陰謀に中心的に関わっているのは教皇領だという推察が成り立つ。

「彼らが約束など守るはずがありません。そんなのはハッキリしている。前の戦争で戦った教皇領軍は、戦死したボクらの仲間の死体を、ズタズタに引き裂いて吊るしていった。リフォルム近辺で行った悪行の数々など、枚挙にいとまがないくらいだ。もしあなた方がキルヒナで戦争を見てきていたら、こんなくだらない企てなど、考えようともしなかったでしょう。そもそも、我々シャン人を人とは思っていない人たちだ。クラ人は皆そうですが、教皇領は特に酷い。

獣と交わした約束を破るのに、良心が痛む人がいますか。

向こうでは密約が露見しても、なんの不名誉でもない。逆に策士として褒めたたえられ、約束を守れば非難されるでしょう。どんな内容の約束だったのか知りませんが、守られる可能性など万に一つもない。そんなことも知らずに、約を契れたとはしゃいで、あんなことをしでかす。あなたたちは世にも稀な無能として、魔女の歴史の最後を汚したただけだ。

国中の少年少女が、同じように引き裂かれるかもしれないというのに、あなたたちは――」

「ミャロ」

俺は言葉を遮った。

「あっ――すみません、勝手な真似を」

「色々思うことがあるんだろうが、どうせこれから死ぬ奴らだ。言っても仕方がない」

ミャロも、魔女にはかなり複雑な感情を持っている。

だが、伝わりもしないものを言い続けても意味がないし、もはや伝える必要もない。

「……はい」

「もういいだろう。おい、さっさと決を採ってくれ」

俺が言うと、ヴィヴィラ・マルマセットが睨んできた。

「なんだ……？　お前の役割じゃないのか。さっさとしろ」

一々不承不承を態度に表すのは腹が立つ。

めんどくさいんだよ。

「……では、夜会の掟に従い決を採る。ユーリ・ホウの提案に賛成し、交渉の書類を提出することに賛成する者は、挙手をせよ」

そうヴィヴィラが言うと、四人の手が挙がった。

シャルン・シャルルヴィル
グーラ・テンパー
キキ・エンフィレ
そしてルイーダ・ギュダンヴィエル。

「賛成多数だな。そうなるか」

手を挙げなかったのは三人になる。

ていうか、順番に意見を聞いていたが、ジューラの話は聞いてなかったな。

まあ、聞くまでもないか。

「書類は儂の家の三階奥の金庫室にある。本当はこの家に置いておくしきたりなんじゃが、ギュダンヴィエルを外したからね……」

シャルルヴィルの家にあるらしい。

本来は、隣の部屋に保管しておくことになっているのだろう。金庫みたいなのもあったからな。

「金庫室の、七番と書かれた棚が隠し扉になっとるんじゃ。中を良く調べるとレバーがあるからね。それを引くと、留め具が外れて扉が開く仕組みになっとる」

また用意周到なことだ。

「そうか。後で探しておく」

嘘(うそ)ではないだろう。

まあ、嘘だったら魔女を皆殺しにするだけだ。

「それで、どうやって私らを殺すつもりだい？　その手で八つ裂きにでもするのかい」

ヴィヴィラ・マルマセットが言った。

それはもう決めてある。

「魔女の処刑は、火炙(ひあぶ)りと相場が決まっている」

俺の中でだが。

「つまり、火刑だ。この家ごと燃やす」

俺がそれを言うと、居並ぶ魔女たちは、ある者は顔をこわばらせ、ある者は平然とし、ある者は恐怖していた。

特に反応が凄(すご)かったのはジューラだが、意外なことに、ヴィヴィラ・マルマセットもまた、恐れを顔に出していた。

「どうしたんだ、ヴィヴィラ。なんでお前が怖がってるんだ」

「――私が怖がっちゃ悪いのかい」

悪いに決まってんだろ。

「マルマセットの家は拷問で有名じゃないか。お前も、火炙りどころじゃない、恐ろしい苦痛を他人に与えてきたはずだ。俺はお前らに苛酷な拷問をされたあと、見せしめに解き放たれ、王都で惨めな生活をしてる人を何人も見たぞ。

……みんな、顔に同じ印の焼きごての痕があった。さすがに笑えねえよ。

本当なら、そいつらを集めて、お前を好きにさせてやりたいところだ。舌を抜かれ、爪を剝がされ、傷を焼かれて止血され、死ぬまで少しずつ苦しむのがお似合いだ。だが、時間がないので火刑で済ましてやる。泣いて喜んで、俺に心から感謝しろ」

マルマセットは特に悪名高いが、他の家だって似たようなことをまったくしていないわけではない。

家族を殺された恨みがなくとも、死んだほうがいい連中ばかりだ。

マルマセットの次にやらかしているのは、シャルルヴィルだ。

シャルルヴィルの伝統的な処刑法は、王都の川に沈めて溺死させるというもので、単純に重しをつけて沈めるだけでなく、腐乱死体になるとガスで浮かび上がるようになっている。そのための重しのつけ方を、よく研究しているのだ。

一家ごと殺された時は、男も女も子供も、一日の誤差もなくぴったり浮かんでくる。そうして浮かび上がれば、シャルルヴィルによる制裁だと一発で知れ渡るわけだ。

それでよくもまあ、家族がどうこうと言えたものだ。殺人鬼にも二面性があるのだと、空恐ろしい気分になる。

「小僧」

ルイーダ・ギュダンヴィエルが口を挟んだ。

「なんだ？　ババア。文句でもあるのか」

この婆も相当あくどいことをやっているのを俺は知っているが、ミャロの手前殺すのは憚られた。

「別に、文句なんかないよ。ただ、この家を燃やすなら、兵に言って、隣の部屋の財物を運び出させな」

またトンチンカンなことを言ってきた。

「なぜだ」

金目の物があるから持っていけという助言だろうか。

「ここには、大皇国の頃からの貴重な財物が保管してあるんだ。物を知らないゴロツキにはガラクタに見えるかもしれないが、どれも歴史の中で役割を担ってきた貴重な品だ。あんたにはそれらを焼く資格はない。それらは、正確にはあたしらの持ち物ともいえない。歴史の中で、あたしらが一時預かっているだけの代物なんだからね」

あー。

「まあ、それはそうかもな。それはやらせよう」

水を差された気分だ。

とはいえ、それはやっておいたほうがいいだろう。文化財保護の観点から。

焼いたら後の時代の学者に文句を言われそうだ。

「ミャロ。あんたが監督するんだ。あんたが魔女を継ぐんだからね」

ルイーダは、座りながらミャロのほうを見て、そう言った。

なにを言い出しやがる。

「気でも狂ったか、ババア」

「狂っちゃいない。この子は骨の髄まで魔女の子さ。ひょっとしたら、ここにいる誰よりも優れた魔女だ。本人の意思とは関係なくね」

「魔女は今日で終わりだ。まだ分かんねえのか。ギュダンヴィエルの家業も、もうやらせねえよ。全部終わりなんだ」

静かに余生を暮らすくらいは許してやろうかと思ったら。

「そういう問題じゃない。騎士の家に生まれ育ったものが、死ぬまで騎士なのと同じさ。魔女の家に生まれ育ったこの子は、死ぬまで魔女なんだよ。それは悪い意味じゃない」

悪い意味でないわけがあるか。

「魔女はおまえ一人でやれ。ミャロを巻き込むな」

　俺が言うと、

「この子の父親は、死ぬまで騎士だったよ」

　と、ルイーダはミャロを見ながら言った。

　父親……？

　なんのことを話してやがる……。

　だが、ミャロの顔を見ると——理由はわからないが、とても感情的な顔をしていて、一心にルイーダを見ていた。

「ミャロ、いいね。あたしらのようになれってんじゃない。魔女の役割は時代とともに変わってきたんだ。次は、あんたの思う魔女をやったらいい」

「わかりました。お婆様（ババさま）」

　なんなんだ、一体。

　おババ様って。普段そう呼んでんのかよ。

「小僧、あたしもここで退場することにするよ。それで、今の魔女は終わりだ」

　退場する？

　あたしも、ってことは、一緒に。

「ババア、あんた死ぬつもりでここに来たのか」

　物見遊山のつもりじゃなかったのか。

　俺の怒りのとばっちりを買いかねないのに、なんて馬鹿な奴だと思っていた。

「そうだよ。あたしも、裁判にかけられたらまずいことになる悪行は山のようにしてきた。そんな女が生き残っていたら、孫の足かせになるだろう」

　まあ、それは確かに……。

「ただ、火炙りは苦しそうだからやめておくれ。剣で斬られるのもぞっとしないよ」

　死に方の注文をつけ始めた。

「鉄砲がいい。一瞬で死ねそうだ」

　鉄砲なら、外にいる連中が持っているはずだ。

「それなら外にあるが……本当にいいのかよ」

「今日が一番キリがいい。若い頃からずうっと目の上にいた連中を、やっと下に見れたんだ。あたしゃもう十分生きたし、悔いもない」

悔いはないらしいが、ミャロはいいのか。

「俺にとっては、そっちのほうが都合がいいが……」

「それは、この子にとっても都合がいいということさ。ギュダンヴィエルの家は栄える」

そう言われると、なんだか思い通りに動かされているようでムカつくな。

「早く兵に言って品物を運び出しな。暇なわけじゃないんだろう」

「ああ、そうさせてもらう」

俺は、外の兵士を呼びに行った。

品物の運び出しが終わると、隣の部屋は棚を除いてなにもなくなった。

それとは逆に、こちら側の部屋には物が増えた。机の下に細く割った薪(まき)が山と置かれ、その間には小枝と、火口となる枯葉が詰まっている。

燃やす準備は万端に整った。

俺は、ジューラ・ラクラマヌスの後ろに寄り、猿轡を外した。最後の機会だ。なにか俺に言いたいことの一つや二つあるだろう。

だが、ジューラは、猿轡をとっても何も言わず、俺を険しい目つきで睨んできた。

なんだ、魔女どもに揉まれすぎてショボくれた奴になっちまったのかと思ったら。威勢がいいじゃねえか。足を刺されて昔の自分を思い出したのかな。

俺はジューラの顎に手をやって、頬を固定し顔をよく見れるようにした。

「こうしていると、昔のことを思い出すな。その頬の傷、きれいに治らなかったのか」

「………」

ジューラは黙っている。

「ユーリさんよ、言い忘れていた」

横からシャルン・シャルルヴィルが口を挟んできた。

「あんたは、儂らから教皇領に話を持っていったと思っているかもしれないが、それは違う。最初に話を持ってきたのは、その娘じゃ。クラ人が話を持ってきたと言っていた」

……そうだったのか。

老婆の言葉を素直に信じればだが、この七人の中から特にジューラを狙ったというのは、偶然とは考えづらい。特に俺に因縁がある、個人的に俺に恨みがありそうな奴を探し、結果ジューラを選んだと考えるのが自然だ。

言うまでもなく、王都の内部事情に相当明るくなければ、そんなことは不可能だ。

「それはいいことを聞いた」

聞き出しておいたほうがいいかもな。

「なあ、そいつとの繋ぎはどうしていたんだ？　そいつはまだ王都に居るのか」

「………」

ジューラは、口をつぐんだまま話さなかった。

「べつに、そいつに義理があるわけじゃないだろ。今話したほうが楽だぞ」

「あんた馬鹿なの？　どうせこれから殺されるんだから、話すわけないでしょ」

「プッ」

思わず吹き出してしまった。

「クッ――ハハハ」

この期に及んで、どんな勘違いをしてるんだ。おめでたいにも程がある。

俺はジューラの椅子を机から引き出し、少し広い所に持っていった。

「ユーリ。私がやる」

横からティレトがしゃしゃり出てきた。

「なにを言ってる。俺の楽しみを奪うな」

ティレトは、俺の耳に口を近づけると、

「太ももの傷だ。お前、動脈は避けたようだが、この女、けっこう血を失っているぞ。血を出さないように責めないと、あっさりと死ぬ。なんなら、持って帰って一度血止めをしたほうがいい」

と小声で言った。

あー。

まあ確かに。

でも、

「大丈夫だって。そんな根性のある女じゃないから」

話したら恋人や家族が殺されてしまうとか、そんな大それた事情があるわけでもない。

単に、ちゃちなプライドで話さないだけのことなのだ。少し痛めつければすぐに吐くだろう。

「なら、これを使え」

ティレトは、小さく折りたたんだ羊皮紙を渡してきた。薬屋が粉薬を包んで渡すものだ。

「本来は目潰しに使うものだが、傷に落とすと激痛を伴う」

なるほど。

「分かった」

俺はその薬を受け取り、折られた紙を開いていった。

これはいい羊皮紙だ。

よく削られていて、ホウ紙よりも薄い。ページの多い本を薄く仕上げたい時などに使われる、最上質の羊皮紙だ。契約書や手紙に使う羊皮紙は、強度を犠牲にしてまで薄くする必要がないので、もう少し分厚くなる。

羊皮紙にはロウが塗ってあり、中には極小の粒剤のようなものが入っていた。微粉末だと飛散して目潰しにならないので、わざと粒にしてあるのだろう。

俺がまじまじと薬物を見ている間に、ティレトはジューラの両腕を後ろ手に縛っていた。

「何やってるの。殺すならさっさと殺しなさいよ。この化け物っ！」

本当に威勢がいい。

全てを失って、魔女からも解き放たれて、ようやく元の自分に戻れたといったところか。人間、どこまでいっても根っこのところの本性は変わらないということだろうな。

だが、そちらのほうがやりやすい。

俺は、ジューラの足の傷口に、トントンと粒を落とした。

「なにしっ、ッツ――――あ、アッあぁ!!」

傷口に激痛が走ったようで、ジューラは絶叫した。

「熱ッ、痛いッ！　あっ、ああアア――!!」

絶叫しながら、半狂乱になって、全身を必死で揺さぶって耐えている。

単に塩をまぶしたような反応ではないので、強酸性か強アルカリ性の何かなのだろう。

どうやって作ったのか気になるところだ。

「やめてっ、取って！　取ってよ!!」

「話せって」

「いいからこれ取りなさいよ!!」

取るって、どうやって取るんだよ。

「じゃあ、次は目だな」

俺は、ジューラの後ろに回って、頭に左腕をまわし、がっしりと抑え込んだ。

右手の人差し指と親指で瞼を無理やり開き、薬の乗った紙を添える。

「やめてえっ！　話す、話すから!!」

なんだ、あっけない。

「さっさと言え」

「七区にいるリューク・モレットって男よ！　亡命者のっ！」

「嘘だな」

俺はジューラの目に薬をかけた。

「ッ!!　ギャアアあぁアア――――!!」

ジューラは、余程痛いのか、腹を縛られた状態で、上半身全部を使って激しく暴れた。手が使えていたら、自分の目をほじくり出したんじゃないかという反応だ。

足の傷に落とした時よりも大分痛いらしく、刺さった短刀が傷をえぐるのも構わず、貧乏ゆすりのように足をガタガタと震わせている。足の痛みなど、どうでもよくなってしまうくらいの激痛なのだろう。

「痛いッ!! 痛い痛い痛い痛い痛いッ〜〜〜!!」

放っておけば椅子ごと倒れるので、ティレトが背もたれを押さえているのだが、それでも椅子の脚が浮くほどに大きく暴れている。

五分ほどすると、大量に溢れた涙で一通り洗い流されたらしく、憔悴しきったように動かなくなった。

「さて、目はもう一個あるよな」

「ヒッ――!」

怯えたように俺を見る。

薬を入れた方の右目は、白い部分を探すほうが難しいほど真っ赤になっていた。

「やめてよっ! 言った! 言ったじゃない!」

「だって、嘘だろ」

「嘘じゃない! 嘘じゃないからっ!」

俺はもう一度、ジューラの頭をがっしりと抱え込んだ。

前回とは比べ物にならない、激しい抵抗がある。

「やめてええええええ!!! やめてよおおおおおおおお!!!!」

まさに必死だ。

「本当のことを言え」

ゆっくりと羊皮紙を傾けてゆく。

不思議なことに、ジューラは今度は目を閉じず、逆に目をかっぴらいて傾いてゆく羊皮紙を見ていた。

パニックになっているのだろうか。あるいは、目を閉じるほうが怖いと思っているのだろうか。

「嘘じゃない嘘じゃない嘘じゃない嘘じゃない!!

嘘じゃないったらァ!! やめてえええええ!!」

俺は、羊皮紙から薬が落ちる寸前で、ジューラの頭から腕を離した。

どうやら、本当に嘘ではないらしい。

「――――あっ、ハ、ハハ……」

ジューラは、解放されると廃人のような乾いた笑いを見せた。

緊張と、降って湧いた安心で、わけが分からなくなっているのだろう。

「どうせこれから殺されるんだから、話すわけないでしょ……だったか。最初から話せば、こんなことにはならなかったのにな」

馬鹿な女だ。

まあ、最初から話していても確認作業はあったけど。

「あんた……地獄に落ちなさい」

面白いことを言う。

俺は、ジューラの顔をもう一度正面から見た。

酷い顔だ。

「そうだな、あとから行く。先に待ってろ」

俺がそう言うと、ジューラはペッと唾を吐いた。

俺の頬に当たる。

「へっ」

一矢(いっし)報いてやった、という顔で、ジューラはニヤリと笑った。

「……はあ」

まったく、変わらないやつだ。

俺は、右の手のひらをまっすぐにして、手刀を作ると、それを思い切りジューラの口にねじ込んだ。

「――アガッ!」

噛む力が加わる前に、もう片方の手も突っ込み、力任せにこじ開ける。

カクン、と抵抗がなくなり、顎が外れた。

口が通常ではありえないほどの大きさに開かれる。

それでもなお力を加え、顎の骨をこじるようにして、ボキボキと顎関節を折った。

そこで、俺はようやく手を離した。

「お前は、もう喋るな」

それから、ジューラは二、三度アーアーと言葉にならぬ声をあげ、自分がもはや言葉を喋れぬ生物になったことを自覚すると、閉じられぬ口で黙った。

◇　◇　◇

「ユーリくん、手が……」

ミャロに言われ、自分の手を確認すると、右の指の背の皮が、歯に当たってめくれてしまっていた。

血がしたたり落ちている。

よほど興奮していたのか、気づかなかった。あとで酒で消毒しておかないと膿(う)みそうだ。

「あとでいい。それより、ミャロ。そろそろ出て行け」

「なぜですか?」

「なんでもだ」

ルイーダ・ギュダンヴィエルを殺すからだ。

もう火縄の付いた銃が部屋の端に立てかけてある。

「なにを言っとるんだね、妙なことを抜かすんじゃないよ」

これから死ぬ婆がなにかを言った。

「ミャロ、あんたが撃つんだよ」

これから死ぬ婆がわけのわからないことを言った。

「とち狂ったか、ババア」

「ミャロ、あんたが撃つんだ。どうせだ、この機会に人を殺しておいたほうがいい」

どんな理屈だ。ギュダンヴィエル家に伝わるスパルタ教育の一種か。

「ユーリくん、やらせてください」

どういうわけか、ミャロはやる気のようだった。

「いや、ダメだ」

「お願いします。身内のけじめなんです」

ミャロは頭を下げた。

身内のケジメ？

うーん……なんだろう、だったら、やらせたほうがいいのかな。

「本当にやるのか？　後悔しないか？」

「後悔しません。お願いします。これが祖母を乗り越えるための試練なんだと思います」

ミャロは頭を下げ続けている。それは、とても重い願いのように思えた。

「わかった……撃ち方は分かるな」

「分かります」

ミャロはとぼとぼと部屋の隅まで歩き、鉄砲を手にした。

銃身を切り詰めてあるタイプではないので、ミャロの体格からすると大きすぎる感じがする。

「さあ、やっておくれ」

ミャロはゆっくりと銃を構えると、脇を締め、ルイーダの後頭部に銃口を添えた。

「お然らばです。お婆様」

ミャロの指が引き金にかかる。

その瞬間、俺は足元から千匹の百足が這い上がってくるような激しい悪寒を感じ、とっさに銃把を握っているミャロの右手を手で制した。

「あっ」

力ずくでミャロの右手を引き剝がすと、ドンと胸を押して、銃を奪い取る。

銃をくるりと返して即座に構え、なにが起こったのかと振り返ろうとするルイーダの脳幹部を狙い、引き金を絞った。

ズドン！

火薬の爆ぜる音がして、ルイーダの頭が殴られたように吹っ飛んだ。

大きな穴が空き、机の上に鮮血が飛び散り、老婆の体は机の上にバタリと倒れた。

「何をするんですかッ！　ユーリくん！」

「……やっぱり駄目だ。やらせらんねぇよ」

やらせられるわけがない。

むしろ、なんで一度はやらせようと思ったのか。

よく考えたら、肉親だぞ。

ルイーダの作った雰囲気にすっかり飲まれていた。俺も、頭がどうかしちまっているらしい。

「なんでですか……」

「こんなことを平然とできるのがお前が望む魔女なら、そんなものは要らん」

ひょっとしたら、一種の呪いのようなものだったんじゃないだろうか。

止めておいてよかった。

殺していたら、ミャロはなにか宿業や怨念のようなものを背負わされていたような気がする。

ミャロは、もうここに居ないほうがいい。明らかに影響されている。

「ティレト。ミャロを連れて行け」

「分かった」

「ちょ、ちょっと、やめてください！　話は終わってません！」

ミャロは、ティレトに無理やり連れて行かれた。

「ユーリくん！」

バタンとドアが閉じられた。

すると、室内は俺と六人の魔女、そして一人分の死体、あとは……エンリケがいたな。それだけになった。

はぁ……なんて疲れる日だ。

「……これで終わりだな。最後の最後に身内の内輪揉めを見せてしまってすまない」

俺は六人に向かって言った。

　俺も頭がおかしくなっているが、こいつらが念を送ったわけじゃないんだろうな。

「この家を焼くことによって、魔女たちは自分たちの時代が終わったことを知る。それを認めようとしない者もまた、出るだろうがな。そう多くはないと思っている」

　家を焼く目的の大部分は、処刑ではなく見せしめのためだ。この家が燃え落ちることで、魔女たちはハッキリと自分たちが滅びることを悟るだろう。

「第二軍の残党狩りが終わり次第、市民にもここを公開する。市民もまた、この場所で魔女の歴史が終わったことを知るわけだ」

「何が言いたいんだい」

　ヴィヴィラ・マルマセットが言った。

　言われて気づいた。俺は、なにを言いたいんだろう。これからこいつらは死ぬのに。

　もう終わらせよう。

「ミャロはああ言っていたが、お前らは魔女の歴史の終わりに大それたことをした。どういう扱いにせよ、歴史に名は残るだろうから、安心して逝け」

　俺はライターで、油の染みた布に火をつけると、足元にある薪の隙間にそっと詰めた。

　多めに混ぜられた枯葉に火が移り、あっという間に火が延びてゆく。

「あのとき酒を飲んでいたら、終わっていたのは俺だった。お前ら、中々手強かったよ」

　俺はそれだけ言い残すと、小屋から出ていった。

「終わりましたな」
　外から小屋を見ていると、作戦を監督していたディミトリ・ダズが傍らに立って、言った。

小屋からは、まだ生きているのだろう。苦悶の悲鳴が聞こえてきていた。小屋の外にも火がかけられ、外壁に張られた杉皮が激しく燃え始めている。

「ああ。これで何もかもが変わるだろう」

「そうですな……閣下は気が晴れないご様子ですが」

やはり見て分かるらしい。

周りを取り囲んでいる兵たちは、素直に狂喜している。

王を弑し、自らの頭領夫婦を殺した怨敵が、今火に焼かれている。それをやったのは自分たちだ。鎧袖一触で軍を蹴散らし、こうして首魁を火炙りにしているのは、自分たちだ。

そんな、青い自負心が猛る声が聞こえてきそうだった。

俺は違う。

「もう少し、気分が良くなると思ったけどな……」

「復讐はつまりませんか」

「あいつらを幾ら苦しめたところで、父上や母上が戻るわけではない。痛めつけてはみたが、苦悶の表情を見ても、なにが癒やされるわけでもなかった……」

俺の心の中で、ルークとスズヤが満たしていた部分は、地下の遺体安置所で二人の遺体を見た時に、ぽっかりと空いた穴になった。

その穴を埋めてくれる何かは、苦悶と悲鳴の中には何一つとしてなかった。埋めてくれるかとも思ったが、ただ穴を素通りしていっただけだった。

「復讐しないほうがよかったと？」

「そんなわけはない。胸にわだかまりを抱えたまま、奴らを放置して生きるなんて、まっぴら御免だ。これは、やらなければいけないことだった」

上手く言葉にはできないが、復讐というのは、楽しいとか嬉しいとかの話とは、また別次元の行為なのだ。

復讐が一つ済んだら、空いてしまった穴が埋まるのかと言えば、別に埋まるわけではない。

ただ虚(むな)しいだけなのに、空いてしまった穴に仇(かたき)の命を投げ込む行為には、重大な意味があるように感じる。ぽっかりと空いた穴を感じるたび、それをせずにはいられなくなるのだ。

ただ虚しいだけの仕事で……だが、それが終わらなければ、なにも始まらない。

まだ復讐は終わっていない。魔女たちを唆(そそのか)したという教皇領の男がいる。

おそらくは、エピタフという名前の男が。

「この国にとっても、です。国を停滞させていた者たちは去り、新しい時代が来ます。良い時代にしなければ」

おそらく、ディミトリが思っている新しい時代は来ない。

騎士もまた、滞(とどこお)っているからだ。

Ⅲ

王都攻略が一段落ついたので、俺は七年ぶりに懐かしい我が家に帰ってきていた。

「この道をまっすぐ行くんだ。一本道だからな。じゃ、頼んだぞ」

「はい、分かりました」

ホウ社の若者は頭を下げると、鞍(くら)にスコップを乗せた馬に跨(またが)り、指示した道を登っていった。護衛を兼任してきたため、腰には長剣を佩(は)いている。

改めて玄関に向かうと、メイド長が玄関の脇に控え、こちらに深々とお辞儀をしてきた。

その隣には、まだまだ育ち盛りといった年齢の少女が立っている。十歳くらいだろうか。

「ご当主様。おかえりなさいませ」

「おっ、おかえりなさいませ、ご当主さま」

「その子は？」

俺は少女を見ながら言う。

少女は、緊張した面持ちで、俺を見上げていた。

「リッチェ、自己紹介をなさい」

「あっ、はい。メイド見習いの、リッチェともうします。あっ、えっと、よろしくおねがいします」

なんというか、見ていて和やかな気分になる少女だ。性格の良さがにじみでているというか、愛くるしい感じがする。

メイド長は、俺に一歩近づくと、耳元で、

「とても気立てのよい子です。キャロル様は、私相手では気が抜けないご様子なので……彼女相手なら気も和むかと思い、本邸から引き抜いてきました」

と言った。

そういうことか。さすがは行き届いている。

「こちらこそ、よろしくな。頑張ってくれ」

俺がその子の肩に軽く手を置きながら言うと、少女は、

「はいっ」

と、二階にいるキャロルに気を遣ってか、小声で返事をした。

玄関のドアを開け、中に入る。

見覚えのある間取り、竈、家具……ずいぶんと久しぶりのはずなのに、見慣れた光景だった。懐かしい過去に、精神がぐいぐいと引き戻されるような思いがする。

強い郷愁が心を満たしてゆく。

そこのドアを開ければ、使われなくなって久しいルークの書斎があるだろう。

そこのドアを開ければ、大きなベッドが据え付けられた、夫婦の寝室があるだろう。

寝室の中には、ルークが日曜大工で作った、脚に皮付きの丸太材が使われた無骨なベッドが置いてあるはずだ。今はメイド長とリッチェが使っているのかもしれない。

入ってすぐ見える台所には、いつもスズヤが使っていた竈がある。排気は煙突に誘導される仕組みになっているのだが、漆喰(しっくい)を塗り込めた接続部分から少しだけ煙が漏れるので、スズヤが料理をしているときは、いつも少しだけ煙の匂いがしたものだ。

二階に上がる階段を踏むと、板が新しくなっていて、所々に真新しい修繕の跡があった。

そういえば、階段を上るときに少し軋(きし)む音がしたような覚えがある。それは問題だということで、直させたのだろう。

元は俺の部屋だったドアを開けると、ベッドに寝たキャロルがこちらを見ていた。

「……よう、なんだか久しぶりに思えるな」

「うん、よく来てくれた」

消え入るような声で言ったキャロルの頬は、この十日余りで少しやつれたように感じた。

それでも、俺の顔を見れて純粋に嬉しいのか、笑顔を見せている。

キャロルは、たっぷりと綿の入った真新しい布団を胸の下までかけ、上半身を少し起こすためのスロープのような寝具に、背中を預けていた。

その体勢だと、窓の外がよく見えるだろう。俺が来たのも見えていたはずだ。

窓の外には、色とりどりの花が咲き誇った何ヘクタールのガーデンというわけにはいかないが、それなりに牧歌的な風景が広がっている。

「……どうだ、体調は」

俺は、背もたれのない丸椅子に座りながら言った。

いつもメイド長や少女が使っているのだろう。座りながら方向を変える仕事をするには、丸椅子が便利だ。

「……悪くない。ここは空気がいいな」

「そりゃよかった」

シビャクは少し海風が入る。

学院にいても、街で発生する臭いが少し混じるし、それと比べればここの空気は清涼そのものだった。

「それに、とても静かだ。ユーリは、ここで育ったんだな」

「ああ。八歳まで俺の部屋だった。少し手を入れさせたけどな」

ただ、懐かしさはない。

床は張り替えられ、壁は塗り替えられ、窓は大きなガラス張りの窓に入れ替えられている。

純白の漆喰、削り出したばかりのような床材。ベッドも、子供用の小さなものから大人用のものへと変わっている。

見覚えがあるのは、柱と天井くらいのものだ。

「気に入ったよ。体を休めるにはぴったりの環境だ」

「そうだろ。俺もカラクモよりいいと思ってさ。あっちはその……気が立ってギスギスしてるからな」

カラクモはホウ家の本拠地だ。やはり、戦時となると殺伐とした空気に飲まれてしまう。

「そうか……気を遣ってくれてありがとう」

そう言って、キャロルは一瞬微笑(ほほえ)んだあと、笑みを消した。

「それで……王都はどうなった？」

それを聞いたキャロルは心配げで、答えを聞くのを恐れているように見えた。

こんなところにいるのだ。ニュースなどは届いていないのだろう。

そもそも、キャロルの居場所は秘密になっている。信用できる配下の一家に遠巻きに周辺を護(まも)らせているが、そこの家長には絶対に情報を漏らさないよう厳命してあるし、つまり探らなければ居場所は摑めない。

今のホウ家領において、俺が知ろうとするな、探るなと言っているものを探ろうとするのは、ちょっとした自殺行為にあたる。

配下の者がそれをすれば、なにをするために調べた、と詰問され、背任罪に問われるだろう。

となればメイド長しか情報の窓口はないが、メイド長はミャロのように情報収集をしているわけではない。キャロルの介護に専念しているわけで、王都の情報など小耳に挟んだ程度しか知らないだろう。

もし小耳に挟んでも、おいそれと口を滑らせたりする人ではない。

「五日前に戦いは終わったよ。ほとんど血を流さず済んだ」

「……嘘は言わないでくれ」

嘘だと思われている。まあ、無血ってのは言い過ぎか。

「嘘じゃないさ。シビャクの南面に大軍を並べて、第二軍を釘付けにした上で、王城島を直接鷲で攻めたんだ。王城島では、第一軍も呼応して戦った。あそこが落ちたら、第二軍は逃げて籠もる場所がない。そしたらもうお手上げだ。正面衝突は起こらなかったよ」

「じゃあ、たった十日で、血を流さずに王都を陥としたっていうのか？」

「第二軍しか居なかったからな」

「ははっ……さすがだな。今まで誰も陥とせなかったものを……たった十日か」

これについては皆が皆、偉業のように言うが、俺はそうとは思っていなかった。

「これまでとは状況が違う。今までの王都には、女王がいた。空になった玉座を、命がけで守ろうとする奴なんていなかったのさ」

今までの反乱では、少なくとも両軍の近衛軍は一致団結して必死に防戦した。今回の戦いだって、第一軍が戦う気満々だったら、こちらの流血は無視できるほどの微少では済まなかっただろう。

今回の戦いでは、ビラを撒いたせいで、カーリャは誰からも女王とは認められていなかった。

即位式はえらい騒ぎで、大量の逮捕者が出た上、カーリャに卵を投げた男が一人公開処刑されたと聞いている。

「あっ、母上は……」

「……亡くなったよ」

「そう……か」

半ば覚悟していたのか、キャロルの声に驚きはなかった。

「十日の間に、国葬は済んでいた。魔女が主導しただけあって、儀式としてはきちんとしたものだったそうだ。もう一度やるのも何だから、とりあえず置いてある」

「うん……それならそれでいい。墓石の碑文なんかに問題があったら直してもらえれば、それで……」

「墓石は作り直すつもりだ。その……死因なんかが事実と違うんでな」


シモネイ女王の墓石は、簡素な仮の墓石だった。

立派なものは数日では彫れないし、まさか暗殺を実行する前に墓石だけ先に作っておくというわけにもいかなかったのだろう。

墓参者が絶えないので、とりあえずは碑文のところだけ削って置いたままにしてある。

「そうか、そうしてくれ……」

やっぱり落ち込むよな。

だから伝えたくなかったんだ。

だが、伝えないわけにもいかない。気にしないで療養に専念しろ、と言ったところで気になって仕方がないだろう。

「そうだ、カーリャは、カーリャはどうなったんだ……?」

あぁ……やっぱり気になるよな。

妹だもん。

言いにくい。

「自害したよ」

俺が言うと、キャロルは、

「そうか……」

と、うつむきながら言った。

「俺が直接出向いて説得した。まあ……あんなことはしでかしたけど、苦しめることもないと思って、安らかに逝ける薬を渡したよ。それほど苦しまなかったと思う」

「……ありがとう、気を遣ってくれて」

「まあな……俺も、知らない仲じゃないしな」

カーリャのことは、なんでああなっちまったんだろうと今でも思う。

最初から優しい言葉をかけてやっていたら、違ったのだろうか。と考えたこともある。

だが、もっと勘違いさせただけで、袖にした時の恨みはより深くなっていただろう。

じゃあ、カーリャと結婚してやればよかったのか。

そんなのは無理だ。

好きでもない女のために人生を捧げて奉仕してやるなんていうことは、俺にはできない。こうすれば良かったという答えは、全然出てこなかった。

「うっ、うぅ……」

見ると、キャロルはシーツを強く握りながら静かに涙を流していた。

妹だもんな。

俺は椅子から腰を上げ、ベッドサイドに座ると、キャロルの肩を優しく抱いた。

「すまない……うっ……なんであいつが……」

「あいつの無邪気さは、王族には罪だったんだ。それを利用した魔女も、もういない。みんな死んだ……みんな終わらせてきた」

それだけ言って、頭を撫でさすっていると、段々と嗚咽の回数が減り、キャロルは泣き止んでいった。

「ごめんな……ユーリこそ、巻き込まれたようなものなのに……ごめん、ご両親を……」

「いいんだ」

あれは俺が悪かったんだ。

俺の幸せとは、大切な人のことだった。それを傷つけたくなくて、新大陸を守ろうとした。

幸せを噛み締めたくて、キャロルを抱いた。俺は、幸せを感じるために生きているんだと。

新大陸という駒では、キャロルは守れそうになかった。だから、今度は戦おうと思った。子供ができて、戦うなら好都合だからと、結婚もしようとして……。

なにも見えてはいなかった。

「まだ希望は残ってる。お前がいてくれれば」

「……ああ、そうだな。元気な子を産まなくちゃ」

キャロルは、ぽっこりと膨れたお腹(なか)をさすりながら、気丈に言った。

そういうことじゃない。俺の希望とは、キャロルのことだ。キャロルさえ生きていてくれれば、キャロルの子供なんて……。

だが、訂正する気は起きなかった。それがキャロルにとって生きるための強い動機になっているなら、否定する必要もない。

気分が落ち着いたようなので、抱いていた肩の手を離した。背中にゆっくりと手のひらを滑らせながら、腕を戻す。

痩せていた。

かつてのキャロルの肩は、騎士院で鍛えたおかげで、弾力のある筋肉に覆われていた。それが少し、細っているように感じた。

「なあ、それじゃあ今、王都はどうなってるんだ？」

やはり王都のことが気になるようだ。

「ミャロが上手くやっているよ。魔女に関してはミャロ以上のやつは居ない」

「そうか……なら良かった」

「忙しくないと言ったら嘘になるんだけどな……今日は一日時間を空けたんだ。ここに泊まるよ」

「そうなのか？　無理しなくても……」

キャロルが気後れしたように言った。

「違うんだ。ホウ家軍は、ほぼ全軍王都にいるだろ。だから葬式は王都で済ませたんだが、埋葬はな」

「……あぁ」

キャロルは察したようだった。

俺の両親のことだ。

この国には火葬の文化はなく、埋葬はいつまでも延期するわけにはいかない。

「昨日、ホウ家の歴代の墓所に埋めたんだけどな。内緒にしてくれよ。それは空の棺で、本当はこの家の近くに埋めるんだ」

「えっ――！」

キャロルはびっくりした顔で大声を出し、

「けほっ、けほっ」

と、軽く咳き込んだ。

驚かせちまったな。

「この家の反対側には、丘があってさ。家族でよくそこに登ったんだ。眺めがよくて、父上の牧場とこの家が両方見える……遠くには麦畑も見えるんだ」

そこは、ルークがスズヤのために作った場所だった。

ルークは鷲に乗っていくらでも絶景を見られるが、家を守るスズヤはそうはいかない。

なので、ルークは牧場を取り囲む丘の中で、家に近く見晴らしのよい一つを選んで、木こりにてっぺんを裸にさせた。通いやすいように道も整備して、行き来できるようにした。

それは、俺が産まれる前の出来事だった。

子供のころは、家族でよくピクニックに行ったものだ。

「父上は結局、騎士章を取らなかったし、母さんも貴族の人じゃなかった……だから、ホウ家の墓所には入れない。そこに埋めるんだ」

そう俺が決めた。

誰の手も借りず、カラクモの棺屋に二人分の棺を注文して、埋葬の儀式の前にこっそりと入れ替えて、空の棺を埋めた。

しれっとした顔で馬車に積ませ、ホウ社の信頼できる男たちと合流し、今日は御者として馬車を操って、ここまで来た。

男たちは、ここを俺の旧家だとは知らず、戦争で死んだ友達の墓穴だという嘘を信じて、今ごろは穴を掘り始めている頃だろう。

「じゃ、あの荷物は……」

「ん……ああ、ちょっと言いにくいけどな」

この窓から見える場所に繋いである馬車には、二人の遺体が乗っていた。

「そうなのか……」

「そういうわけだから、ちょっと行ってくるよ……夕食までには戻ると思う」

今日中に埋葬を終えたかった。

狼(おおかみ)や野犬に掘られない深さの穴を掘るのは、三人がかりでも骨が折れる。

「わかった。じゃあ……その、お義父(とう)さんとお義母(かあ)さんに、よろしく」

「ああ、言っておくよ」

そう言って、俺は部屋を出た。

「ふうっ……こんなもんっすかねえ」

「そうだな」

俺と二人の社員は、汗だらけ泥だらけになりながら、棺桶(かんおけ)が二つ並ぶ大きな穴を掘っていた。

目線の高さに、草の生えた地面が見える。身長ほどの深さになったので、このくらいでいいだろう。

一箇所だけスロープになったところから穴の外に出て、一頭引きの細身の馬車から、三人がかりで棺を下ろした。

「ゆっくりとな。落とさないでくれよ」

ゆっくりと、ルークの棺を穴に横たえた。

次いで、スズヤの棺をその隣に横たえると、穴の外に出た。

「これでいい。穴を埋めよう」

俺はスコップを持って、穴を埋め始めた。

三人がかりでかなり時間をかけて埋め終えると、もう日が暮れ始めていた。

「土がけっこう余りましたね」

「墓の上に少し山にしておこう。どうせ沈むだろう」

埋葬のしきたりはよく分からなかった。

足で踏んで土を締めたほうが良いのかもしれないが、二人の居る上を足で何度も踏むのは抵抗があった。次に来たときに盛り上がっているようだったら、削って平らにすればいいだろう。

「じゃあ、これで終わりですか」

「ああ、もう帰っていいぞ。ご苦労だった」

特別手当を弾んであるので、このあとは適当な宿に入って良い酒でも飲むだろう。

二人は、埋めた土の前で、気持ち程度の祈りを捧げた。

「それじゃ、馬車は持って帰りますんで」

「ああ、よろしく頼む」

あらかじめ決めてあった通り、男たちは馬車と馬一頭に乗って帰っていった。

俺は、夕陽に照らされる美しい風景をじっくりと眺めた。

悪くない。

安らげる光景だ。

「お父さん、どうですか。やっぱりここの方が落ち着くかと思って――。昔来た時は、ちょっと退屈そうでしたけど。あの墓地よりは、ずっと景色がいいでしょう」

俺は、誰にはばかることなく、ルークに語りかけけた。

　ここには、もう三人しかいない。

「お母さんは、あの墓地では堅苦しいですもんね。お父さんが休みを取って、ここにくることになると、とっても機嫌がよくなって……」

　目から自然と涙が溢れてくる。

　誰も見ていない。ここには俺しかいない。

　とめどなく、涙が流れ出てきた。

「僕……あんな父親に育てられて、母親には捨てられて……お二人に育ててもらって、愛情をもらって……初めて、本当の親子ってこういうものなんだなって思ったんです……でも、息子らしいことなんて、なんにもできなくて……。やっとお二人に本当の子供ができると思ったのに、僕のせいでこんなことになっちゃって……お母さん、僕は、なんて謝ったらいいのか……」

　謝る相手は、もう土の中で眠っている。

　なんで、こんなことになってしまったのだろう……。

「ごめんなさい……」

　謝って謝りきれるものではなかった。

　でも、謝らないではいられなかった。

　俺は、涙を流しながら、心の中でずっと謝っていた。

　どれだけ時間が経ったろう。

　日が落ち、空は暗くなろうとしていた。

「……すぐに、また来ます。お墓の石は、その時に持ってきますから」

　俺は墓から離れて、馬に跨った。

　キャロルが待っている。

第四章　次なる戦争

Ⅰ

四月五日、王都陥落から十二日後。

その日、空には灰色の雲が張っており、気分爽快とは言えない天気だった。

俺は、王城の会議室で、ミャロと一緒に茶を飲んでいた。部屋の隅には、ティレトが控えている。

「ユーリくん、やはり読んでしまいましょうよ。あまり意味がありませんし」

ミャロは、机の上の封筒を見ながら言った。封筒には封蠟（ふうろう）がしてある。

「いや。連中とは腹を割って話したい。封蠟をしなおすことはできるが、やっぱり態度に表れるだろ」

そう言っているうちに、扉が開かれた。

現れたのは、キエン・ルベとリャオ・ルベだった。

俺は椅子から立って出迎えた。

「お久しぶりです。キエン殿」

「うむ……この度はなんとも、大変であったな」

キエンは、なんとも難しい顔で言った。

どこからお悔やみを言ったらいいか、どう俺に対したらいいのか、よくわからない様子だ。

リャオのほうは、飄々（ひょうひょう）とした顔でいる。

一瞬、ミャロのほうに目をやったのを、俺は見逃さなかった。

「ええ、なんとか生き延びられました」

俺はキエンに手を差し出す。

キエンは握手に応じて、ギュッと手を握った。油っけのない、カサついた老人の手だった。

次にリャオにも握手を求める。

「上手（うま）くやったたな、ユーリ」

「いいや、失敗ばかりだったさ」

リャオと握手を交わすと、俺は椅子に座った。

リャオは訝(いぶか)しげな顔で俺を見ている。失敗ばかりというのが腑(ふ)に落ちなかったのだろう。

「さ、どうぞ座ってください。話しやすい席に」

俺がそう言うと、キエンとリャオは並んで座った。

上座下座でいうとメチャクチャになるが、俺の左隣にはミャロが座っているので、仕方がない。

「して、手紙に書かれていた内容だったが」

俺は、十字軍の話を手紙に書き、キエンを呼び出していた。

リャオが一緒なのはオマケだ。

「これが、魔女たちが教皇領と交わした誓約書です。すでに街中に写しを貼り出してありますが、その原本です」

俺は、シャルルヴィルの家から持ってきた書類を机の上に置いた。

それは、このような内容だった。

◇

誓約書

教皇領は、十字軍(クルセイダーズ)を主宰する主権者として、シャルタ王国魔女集団に対して以下のことを要求する。

1：シャルタ王国王家をなんらかの方法で絶滅させるか、あるいは魔女集団の傀儡(かいらい)となる王族を立て、政権交代をすること。
2：交代後の政権を、十字軍の到達まで維持し、十字軍に対する防衛体制の整備を妨害し続けること。
3：十字軍によるシャルタ王国への攻撃を支援し、要請があらば王都シビャクの港を開放し、十字軍艦隊を迎え入れること。
4：テルル・トゥニ・シャルトルを始めとした、

金色の髪を持ったシャン人をできるだけ確保すること。ただし1を達成する上で障害となる場合はその限りではない。

5：異端者イーサ・カソリカ・ウィチタを逮捕・収監し、のちに教皇領に引き渡すこと。

上記1～5を達成した場合、教皇領はシャルタ王国魔女集団に対して、以下のことを約束する。

1：魔女集団の人員最大五千名に対するクラ人と同等の権利の付与。
2：魔女集団の人員七名に対する公爵位の付与。
3：魔女集団の財産に関する権利の保護。
4：魔女集団の土地の所有権の永続的保護。

以上

上記を以て十字軍とシャルタ王国魔女集団の間の契約とする。

十字軍代表　エピタフ・パラッツォ

魔女集団代表六名署名

◇　◇　◇

「なるほど」

キエンが言った。

「とんでもない屑どもだな」

リャオも言う。二人共、顔には汚物を見たような強い嫌悪感が滲んでいた。

「さて、キエン殿。ここからは対等に話させていただく」

「……ん？　うむ。ユーリ殿はもはやホウ家の主なのだからな……むろん、構わぬ」

今まで敬語だったからな。とはいえ、これからは恭(うやうや)しくしていてはやりにくい話になる。

「キエン殿、十字軍は来ると思うか？」

「……それは、わからぬ。こうして失敗したのだから来ぬかもしれんし、混乱していると見て来るかもしれぬ。実際、女王が倒れて王都は混乱の極みにあるわけだからな」

実際のところはそうでもない。

元々、女王は俺を英雄視するように民衆に仕向けていた。そして、俺はその人物像が汚(けが)される前にビラを撒(ま)いた。

民衆は、キャロルの不在を不安がりつつも、ホウ家という新しい統治者をおおむね歓迎している。官僚機構は破壊されてしまったから、今年の徴税などのことを考えると頭が痛いが、少なくとも治安については急速に回復しつつある。

「その答えがここにある」

俺は、机の上に置いてある一封の封筒に手のひらを置いた。

封蠟は砕けていない。

「それは……？」

「俺は、暗殺があった翌日、アルビオ共和国への船便に十字軍の動向を調べるよう一報を送った」

それがようやく届いたというわけだ。

「通常、往復に二十日はかかるのだが、風が味方して十四日で往復できた。昨日到着したので、貴殿を呼び出したというわけだ」

十四日での往復というのは、この季節の風の具合だと五回に一回ほどの幸運らしい。間違いなく、運が良かった。

「計算が合わぬ。ユーリ殿が王都を陥落せしめてから、まだ十日余りしか経(た)っていない」

「やつらが十字軍と通じていることは、状況が教えてくれていた」

「ユーリくん。ユーリくんにとっては明明白白な事柄でしょうが、他の人にとってはそう簡単に理解できることではありません」

ミャロが言った。

「あらぬ誤解を受けてもつまらないので、ボクからご説明しましょう」

ミャロは、そう判断した理由と根拠を簡単に説明した。

「……というわけで、ユーリくんはその日のうちに、魔女が十字軍と手を組んでいることを察していたわけです」

「ふむ……」

「ともかく、その返信がここにある。見ての通り、開封していない。開けようじゃないか」

「なぜ、開かずに俺たちを呼んだんだ。自分宛ての手紙なのだから、遠慮なく読めばいいじゃないか」

リャオが言った。

「どのみち、十字軍に関しては、ルベ家の協力がなければ、どうにもならない状況だと俺は見ている。だから、先に結論を得てから話すのではなく、共に考えようという意味で、こうして開封を待った」

「なるほどな」

キエンが言った。

封蠟が砕けていないことがその証拠。ということなのだが、実のところ不確かな話だ。

封蠟など砕けてしまっていても、中の手紙を新たな封筒に入れ、もう一度封蠟を施せば、偽装は簡単にできてしまう。蠟に押されているスタンプはククリリソン家のものだが、印鑑と同じで偽造できてしまうし、確かな証明にはならない。

簡易的な証明ということにはなっているのだが、証明性に関して言えば、封蠟よりもそれを運ぶメッセンジャーの信頼度のほうが重要だ。

「まあ、今日来なかったら開けていたがね。さ、開封しよう」

「うむ」

俺は封蠟を破り、手紙を開封した。

「俺から先に読ませてもらう。これは社の業務連絡も兼ねている。とんでもない極秘事項が入っていたら困る」

「構わぬよ」

暗殺事件について、にわかには信じられません。本土におらず蚊帳の外にいることがもどかしいです。
もし殺害が本当なのであれば、謹んで女王陛下と会長のご家族の御冥福をお祈りいたします。

I：一般報告
印刷聖典書について。新装丁聖典書は好評。裸の聖典書と合わせて注文増です。（別紙参照）
旧版の聖典書の注文は十分の一になりました。
カルルギ派の大司教からの抗議は更に大きくなっている模様。イーサ先生からの書簡に、反論書簡を貰ったので添付しておきます。

II：情報
三度目の十字軍結成の号令が発せられました。

これは海峡を渡って届けられた情報で、緊急の伝書鳩によってアルビオ共和国にもたらされました。確度の高い情報です。

こういった情報を集めるアルビオ共和国のスパイは、仮想敵国であるユーフォス連邦に根を張っています。他の諸国についての情報はまだ集まっていないようですが、少なくともユーフォス連邦は、諸侯会議の結果、参加することを決定しました。

アルビオ共和国の分析官によると、それは同時に、今回の十字軍招集には教皇の公認が間違いなくあることを意味しているそうです。公認がなかった前回の招集では、諸侯会議は裏付けを取るまで参加の決定をしなかったそうです。

つまり、十字軍の結成と侵攻は確定事項です。

今回の件で、アルビオ共和国の大評議会に呼ばれ、議会で話をしました。彼らは十字軍のたびに、シャン人国家ではなく自分たちが攻められる可能性を一応考慮しているようです。陰謀の内容について、手紙にある指示通り包み隠さず話し、情報を共有しました。

Ⅲ：商品
指示通り、金貸しから大金を借り入れして銃砲と火薬を大量に購入しました。
利子は年利８％です。
金貸しにお尻を触られました。腹が立ちました。

Ⅳ：船舶
ホランドＸⅤ号、マミヤＸⅥ号（小型探索船）の引き渡しが完了しました。
商品を積んで送り出します。
新造艦の建造については、建造予算をすべて銃砲購入費に充てたため商談停止中です。

◇◇◇

「ま、そうなるよな……」

と、俺はひとりごちた。

十字軍が中止されていれば、それに越したことはない。しかし、招集が発令されたということは、攻めてくるのは確実だ。

国家が振り上げた腕は、必ず振り下ろされる。振り上げるために人が動き物が動き、大金が動くからだ。間違いでしたと引っ込められるものではない。

紙をキエンのほうにやって、同封されていた別紙のほうを読んでおく。

やっぱり装丁をデザイナーに任せたのは正解だったな。この注文数なら、また儲けが数割増えるだろう。

まあ、もはや儲けがどうこう言っていられる状況でもないが……。

「どうやら、今年中に来るようだな」

読み終わったキエンは、リャオに紙を渡した。

「ああ。そのようだ」

「もちろん、ルベ家は戦う。うちは一万二千の兵を出せる」

「ホウ家軍は一万六千。第二軍が一万千、第一軍が七千。合わせて四万六千。だが、第二軍はクズみたいなものだ。三分の一くらいに見たほうがいい」

「第二軍は、今どうしている」

「一般兵には、内乱罪を押し付けて、一年軍務をしたら特赦をくれてやると言ってある。ホウ家の上級兵たちの下に入れて、ホウ家領や天領の兵舎で死ぬほど扱き上げている最中だ。第一軍も含めて、立場だけで将校をやってた女は全員排除した」

「十字軍が来るまで数ヶ月、訓練をしてものになるかどうか……」

それが問題だな。

「元々、戦争で戦うために兵隊をやってた連中じゃない。魔女の手下をやって、楽して威張って金儲けしたいという奴らだ。とりあえず戦争には駆り出すが、まぁ訓練しても普通の半分くらいの働きしかしないだろう。となると、五千五百減らして、四万飛んで五百くらいの兵力と見たらいい」

「前回の敵の総数は……八万程度だったか。ボフとノザの助けがなければ、戦いにならんな」

「幸いなのは、猶予がまだ二ヶ月から三ヶ月ほどはあるということだ。常識に照らし合わせれば、連中がどんなに大急ぎで支度をしても、それくらいはかかる。各国への根回しに、兵站（へいたん）の準備。すべてこれから始めるのだからな」

「うむ……そうであろうな」

キエンも同意見のようだった。

「まず、その間にボフとノザを取り潰す」

俺は、キエンに紙をやった。

◇　◇　◇

契約書

七大魔女家（セブンウィッチズ）は、ボフ家頭領にして代表者オローン・ボフに対し、以下のように契約をする。

1：王都に変事ありし時、ボフ家は王家天領に軍を進めぬこと。

2：ボフ家は、ルベ家の領地通過を許可せず、進行を妨げること。

3：ルベ家が海洋を使って南下しようとした時、その進行を妨げること。

七大魔女家は、以上3項が守られた場合、以下の条項に記した待遇を約束する。

1：ボフ家の人員最大二千名に対するクラ人と同等の権利の付与。

2：ボフ家頭領の公爵位の授与。

3：十字軍による征服後の、ボフ家の封土の安堵（あんど）。

4：武装自衛権の保有。

以上

上記を以て、ボフ家と七大魔女家との間の契約とする。

ボフ家代表　オローン・ボフ

魔女集団代表六名署名

「あやつら……」

キエンの目は怒りに燃えていた。

魔女の裏切りが分かった時より怒っている。ルベとボフは隣近所だからな。

「見ての通り、あいつらはゴミだ。頭領を王城に呼び出して殺す」

「殺して、軍集団はどうするのだ」

「二、三ヶ月もあれば、なんとか吸収できるだろう。すべてが大急ぎになるがな」

「むう……だが……」

キエンは、将家同士が相撃つことに乗り気ではないようだ。

「こんな約束をして、戦う前から諦めちまうような奴が大将の軍団は、信頼できない。要所に置いて、動くかな、動かないかな、動いてくれないかな、なんて様子窺(うかが)いをしながら八万人の十字軍と戦うのか？」

連中は、前回の戦争でも消極的で、ほとんど戦わなかった。とてもじゃないが、頼りになるとは思えない。

もし勝ったらの話になるが、一度戦争に出したら、今度は裁きの話ではなく、恩賞の話になるのも問題だ。どうせ役に立たないのだから、今のうちに殺してしまったほうがいい。

「だが、戦いになる」

「ビラを大量に撒く。オローン・ボフを王都に招き入れたあとでな。そのあと、ホウ家とルベ家で北と南から挟撃する。さほどの抵抗はあるまい」

「むぅ……」

「ただ、問題はノザ家でな。ボラフラ・ノザは、多少は頭が切れる男だ。同じような紙はあるが、こちらは念書の形式になっている。魔女側からの一方的な約束という体(てい)で、ボラフラ・ノザの署名も押印もない」

ボラフラ・ノザは、魔女にこのような双方向の契約書を渡す危険性を理解していたのだろう。のちのち脅しの道具にされかねないし、こうして露見すれば自らの立場が危うくなる。

自筆の署名のない念書の形式であれば、魔女側ですべてを作ることができる。つまり、事が露見したとしても、そんなものは知らない、魔女が勝手に偽造したのだろう。と言い張ることができるわけだ。あとは自分の持っている念書を焼き捨て、陰謀に巻き込まれた被害者を気取ればよい。

「儂(わし)はあれを良く知っている。心配性な男だ。軍を統べるものとして資質があるわけではない」

「オローン・ボフのほうは召喚に応えてノコノコと現れそうだが、ボラフラのほうは来なさそうだな」

「うむ。あれは頭のいい小心者ゆえ、絶対に来ぬだろう」

やはり、キエンも同意見のようだった。

「まあ、いろいろやりようはある……どちらにせよオローン・ボフを殺してからの話だ。自分以外が全て敵に回ったあとのほうが、ボラフラも曲がりやすくもなるだろう」

同じ穴のムジナであるオローン・ボフを片付けてからのほうが、なにかと都合がよい。

どちらにせよ、圧倒的な戦力差があるのだ。片付ける気になればどうとでもなる。

問題は、そのあとの十字軍の方だ。さて、キエンが乗ってくれるかどうか。

「その後の十字軍だが、俺は確実に勝ちたいと思っている。敵が十万人いようが、十中十勝てる戦いをしたい。今度は、負けたら終わりなのだからな」

国が終わり、ではなく、シャン人という人種が終わるのだ。

新大陸にはわずかに人が残るだろうが、それにはほとんど意味がない。国作りに関わる資源や技術の問題をすべて無視したとしても、現在の二千人強の人口では、十万人を超えるまでに百五十年以上かかる。ずっとベビーブームが続いているような、とんでもなく楽観的な試算ですらそれだ。十万人というのは、シビャク一都市の人口よりずっと少ない。まともな国に育つより先に、クラ人たちは新大陸に到着し、残ったシャン人を蹂躙するだろう。

「将たるもの、誰でもそう考えるものだ。しかし、十中十勝てる戦いというのは難しいぞ。ユーリ殿は、どうなさるおつもりか」

キエンは戦争の指揮経験があるから、現実はそう上手くいかないと思っているのだろう。

実際、俺も行ったキルヒナの防衛戦争でも、当事者たちは皆勝ちたいと思っていたはずだ。そのために頭を捻って、策を凝らしもした。しかし、キルヒナは滅びた。

「決戦地を、王都の北にしたい。そのために、ルベ家には十字軍と戦わず、敵軍に自領を通過させていただきたい」

「――なにっ？」

案の定、キエンは気色ばんだ。

「領民なら、南に避難させればいい。最低でも二ヶ月は猶予があるのだ。それほどの難事業ではない」

「だが……通り道になった村は焼かれるし、都市も略奪を受けよう。ミタルが略奪の憂き目に遭うのを受け容れろというのか」

略奪といっても、人間がいないのだから優しいものだ。表現としては、強盗のほうが正しいだろう。

「なにも、着の身着のまま避難しろと言っているわけではない。貴重品を持っていく程度の余裕はあるはずだ。それに、十字軍とてミタルのような都市を粉々に粉砕していくのは骨が折れる。戻ったあと、修復すればいい。そのための費用は出すつもりだ」

「そんなわけに行くかッ！」

　リャオが口を挟んだ。

「ミタルは我々ルベ家が代々守り継いできた都市だ。それをむざむざと焼かれろというのか」

「なら、勝手にするといい」

　俺は言った。

「ホウ家は手を引かせてもらう。勝手に戦うといい」

「なんだと？」

「なっ……！」

　親子揃って驚いている。当然の反応だろう。

　心理的抵抗が生まれるのは当たり前だ。こんな注文、配下の者たちに説明するのも骨が折れる。

だが、仕方ないのだ。

「現有戦力では、北の国境付近で勝つのは難しい。俺は、そんな賭けには乗らない」

「なにを子供のようなことを言っている。一致団結して戦わねば……」

　キエンが益体もないことを言い出した。

「キエン殿。ならば聞くが、我々の戦力の中で、本当に頼りになる軍団は、どれくらいある？

　ホウ家軍とルベ家軍は戦えるな。近衛の第一軍も、まあ指揮系統の混乱で一つ落ちる状態だが、オマケで入れてやろう。

　総勢三万と五千だ。

　クラ人は、まあ最低でも六万くらいは来るだろう。前回は八万だったな。

　その三万と五千、クラ人の軍に比べて、意気軒昂、男は皆が怪力無双という強兵か？　そんなことはないな。前回の戦いでは、ごく普通に歩兵同士の押し合いで負けていた。キエン殿。ルベ家の軍も同様、歩兵に関しては押されていたと聞く。向こうは銃器を大量に配備していて、こっちは槍を持ったり剣で戦ったりするだけ。そりゃ向こうが勝つに決まっている。

第二軍、一万と千名。ボフ家軍、九千名くらいだな。ノザ家軍は八千名程度だ。あそこは土地が悪いからしょうがない。

総勢二万と八千。そいつらはもう、クラ人の軍より大幅に格が落ちる。数段格の落ちるこいつらを、そのまま兵数に数えたとしても、たった六万と三千にしかならない。逆に聞くが、キエン殿。国家存亡、種族絶滅を賭けた戦いで、この状況で何の策もなく決戦に挑むのか？

頭を使って実行する工夫といえば、全軍に飯をたらふく食わせて、戦いの前に活でもいれるくらいか？

向こうにはない、ご自慢のカケドリと鷲がいるから勝てるはずだ。か？

我々は、毎度毎度それで負けてきた。何度負けても何も学ばず、好き放題やられてきた。そんなに敗戦地に塗れるのが好みなら、勝手にしろ。俺は俺でやらせてもらう」

北の国境線で戦うという案は、俺にとっては検討にも値しない愚行でしかなかった。

そんな賭けに乗るくらいなら、自分たちだけで撤退戦をして、少しでも多く新大陸に逃がしたほうがマシだ。

「では、王都まで下がれば勝てるというのか」

「勝てる。そのために、俺はすでに策を講じている」

確証のないことを断言するのは好みではないが、戦争では必要なことだ。

戦争では、誰かの決断を信頼するという行為が、損得ではなく生死に直結する。己の生死に関わる判断を、人間は冷静に下せない。勝てるか分からなくても勝てると断言しなければ、不安に搦め捕られ行動できなくなってしまう。

「具体的には、どのような?」

「もう実行しているだろう。王都を攻め落とすのに、第二軍を保存したのが、その一環だ。それに、こうした書類が紛失することなく揃っているのも不思議には思わなかったか? 策を弄して魔女を殺す前に取り上げたものだ」

考えなしで第二軍を打ち破っていたら、どうなってたか。包囲殲滅して何千もの兵を殺し、死体の山の前で高笑いしても得るものはなにもない。

魔女を殺す前に話をしていなかったら、ボフ家とノザ家と密通していた証拠も手に入らなかっただろう。一ヶ月もあとになってシャルルヴィルの隠し部屋を見つけたって、もう手遅れだった。

「ユーリ殿、我々がミタルを手放すのであれば」

「親父殿っ、本気かッ!」

リャオがキエンの膝を強く揺すった。

リャオは、ミタルに関してはかなりの思い入れがあるらしいな。

だが、別に壊れたものは直せばよいだけのこと。人命のように、取り返しのつかないものではない。

「リャオ、お前は黙っておれ。ユーリ殿、ミタルを手放すのだとすれば、それなりの理由が要る。なぜ王都でなければ駄目なのか。それを説明してもらわなければ、納得はできかねる」

まあ、そりゃそうかもな。

「では、話そう。聞けばきっと納得してもらえるはずだ」

◇◇◇

俺は、頭の中で組み立てていた戦略の詳細を話し終わった。

それを聞き終えると、

「なるほど。わかった。ミタルは棄てよう」

と、キエンは言った。

「親父殿！　ミタルはルベ家が、先祖代々我が子のように育ててきた街だ！　戦いもせずに捨てて、クラ人の思い通りにさせるのか」

「構わぬ。街など再建すればよい。負ければシャン人は滅ぶのだ。それを考えれば安い」

　その通りだ。物分りの良い爺（じじい）で助かった。

「先祖代々の調度品などは王都に運び込むといい。ちょうど港に、テンパーの倉庫が空いている。ただ、ボフ家を始末してからのほうが安心だろう。陸路が使えるからな。沈没の危険がない」

　王家天領とルベ家との間には、ボフ家が挟まっている。回廊のような細長い領地で接続されているわけでもないので、陸路ではどうしてもボフ家の領土を突っ切る必要があり、現在のような情勢では安心して通行することができない。

　船というのはどうしても沈没の可能性があるし、キエンにとっては信頼の置けない運搬手段だろう。船舶の運行には専門的な技術が必要だし、完全に信頼できる将家の者だけで運ぶということができない。

「俺の社の船を貸してもいいが、家宝のたぐいを出自も分からぬ船員に預けるというのは不安だろう。ましてやボフ家の沿岸を通らなければならないのだから」

「では、オローン・ボフはいつ呼び出す」

「今日にでも使いを送る。王都にはホウ家の軍が一万人残っているからな。キエン殿は、連絡するまで軍を動かさずに静観を貫いてくれ。オローンが来なくなるかもしれない」

「了解した。一報があったら即座に動けるように準備はしておく」

　よし。

　話が早くて助かる。

「それじゃ、今日はこれで終わりだ」

Ⅱ

話が終わると、二人は帰っていった。

小さな会議室には、俺とミャロが二人、取り残された。

「ドッラを呼べ」

「いいんですか？」

「いいさ。話をしないわけにもいかない」

俺が言うと、ミャロは頷いて、人を使って呼びにいかせた。

ドッラは一昨日から営倉に入っているので、呼ぶというよりは釈放すると表現したほうが正しいかもしれない。

ドッラは、聞いた話によると、暗殺と反乱が起こったあと、まず王城に突っ込んでいった。

その時は大手を振って威張っていた第二軍を、さすがに殺したりはしなかったのだが、押し通って王城に入ろうとして何人かぶん殴ったらしい。当然、多勢に無勢でボコボコにされてお縄になった。その頃の時勢を考えれば、その行為は殺されてもおかしくないほどの無茶だったのだが、親が第一軍の幹部であったこともあって、ドッラはひとまず営倉に入れられた。

それから数日して燃え盛るような混乱が下火になると、ガッラに「息子さん営倉に入ってますよ」という報告が来た。

ガッラは息子を営倉から出してやったのだが、そこで「キャロルとユーリは既にホウ家領に逃げたぞ」と伝えられ、ドッラはホウ領に向かった。

当然、第一軍幹部の息子であるドッラがその時期にホウ家領に向かうのは、相当に危険な行為である。良識的なガッラは、絶対行くなと厳命したので、実家から馬やカケドリのたぐいを借りることはできなかった。結局、ドッラはホウ家領までの道のりを走ることにした。

カラクモまでの道中には、キャロルが一時休息をとっていたロッシがある。ドッラが辿り着いたとき、実家はまだ改装中で、キャロルはロッシの宿屋に留まっていた。

当時のロッシは、ホウ家軍が村全体を囲い込むように警備していて、当時は誰も近寄れない状態にあった。まさに戒厳令下というか、厳戒態勢で警備していて、怪しい通行人は問答無用で逮捕していたし、怪しくない通行人は遠回りに迂回させていた。

そこにドッラは来た。

兵に職務質問のようなものをされ、そこでドッラは素直に近衛幹部の息子だと述べた。当時のホウ家の兵からしてみれば、近衛というのは敵の軍でしかない。兵は忠実に職務を遂行し、ドッラはまたもや逮捕された。

今度はカラクモの牢獄に送られる。

その頃俺は王都を攻略すべく北上中だったのだが、ドッラが俺と同期の友人だと牢ごしに言ったので、誰かが俺に知らせをよこした。俺はすぐにそいつは害のある動物じゃないから出してやってくれと命令書を送った。そのおかげでドッラは出獄することができた。

すると、キャロル殿下はどこにいる、と言ったらしい。

そのころには、キャロルは俺の実家に移送されていて、末端はそもそも居場所を知らなかったので、それについては知らないし知っていても教えられない。と正直に伝えた。

ドッラは、これでは埒が明かないということで、まずは俺を探すことにした。

その様子はたいへん血気盛んだったらしい。対応したホウ家の者は、俺が王都に居ると素直に言うとマズいことになると思ったのか、気を利かせてスオミに居ると伝えた。

ドッラはスオミに向かったが、そもそも嘘なので、もちろんスオミに居るわけがない。

　ホウ社の支店に行って聞いてみても、もちろん社員は俺の現在の居場所など知らない。

　ドッラはカラクモに戻り、腰を据えて俺を待つことにしたが、一向に来ないうちに、王都が陥落したという報を受けた。そこで王都に戻ると、色々な行き違いで第二軍の残党と思われたらしく、またもや怪しまれて投獄された。

　それは数日のうちに発覚して、まずはガッラに「すいません手違いで息子さんを投獄してました」と代表者が詫びにいったのだが、ガッラのほうは「そのままにしといてくれ」と言った。

　一月に満たぬ間に三回も投獄されるなんて、息子は正気を失っておる。

　と思ったのか知らんが、俺に対して「君に会いたいそうなので、都合のいい時に出獄させて会ってやって欲しい」と人づてに伝えてきただけだった。


　そして今日、改めて牢から解放されるわけだ。

　しばらく茶を飲みながら待っていると、

「ちょっと、待ってください！　待ちなさいっ！」

という女性の声が廊下から聞こえ、ドアが勢いよく開け放たれた。

「ユーリ、てめえッ……!!」

　ドッラはどうやらお怒りのようだ。

「どうした、ドッラ。座れよ」

「どうしたじゃねえ！　キャロル殿下はどこにいる！」

「俺が保護している」

　イキり立っているが、なにが不満なのか。

「毒を飲まされたと聞いた。あれは嘘だったのか」

「嘘じゃない。毒は飲んだが、生きている」

「なんともないのか？　ただ休んでいるだけなのか？」

　ドッラは、心配そうなご様子だ。

「なんともなくはないな。女王はグラス半分飲んだだけで死んじまったっていう致死毒だ。それをキャロルは一口飲んだ。消化器系がやられていて、粥のようなものしか飲めない。腎臓がまともなのは幸運だがな」

腎臓がやられると血流から不純物を濾し取れなくなる。当然、透析などできるわけもないので、毒素は血液内に溜まりっぱなしになる。

女性の体には、母体に存在する毒素を胎盤にある関門でブロックして、胎児を保護する仕組みが備わっているが、催奇性という毒性が示すとおり、すべての毒素を完全にブロックしてくれるわけではない。

胎児が死んでいれば流産になっているだろうから、生きているのだろうが、毒が胎児に与える影響は心配なところだった。

強烈な催奇性や胎児毒性を発揮する毒物というのは、自然界に存在しない合成化学物質であることが多い。あまり詳しくはないが、やはり自然界に存在する毒は人間が進化の途上で接してきたものなので、胎盤関門でブロックできるよう学習済みということなのかもしれない。

それを考えると、赤のカノッツリアは自然毒を組み合わせた毒なので、影響が少ない可能性はある。

「もっと簡単に言え。ご無事なのか、ご無事でないのか」

消化器系がやられている、と言われても、ドッラは上手く理解できないのだろう。

「臥せっている。ベッドから一歩も出られない状態だ」

「なんだって……？」

「生きるか死ぬかもわからない。粥も大した量を食えない様子だしな」

俺がそう言うと、ドッラは怒りが収まらない様子で、俺のところまで歩いてきた。

拳を振りかぶって、俺の頬をぶん殴る。

頭に強烈な衝撃が走って、俺は体ごと椅子から転げ落ちた。

「お前がついていながら、どうして守ってやれなかった!!」

ドッラが俺を責める。

いろいろあんだよ。と言いたい。

俺は立ち上がって、ドッラの間合いまで寄ると、思い切り股間を蹴り上げた。避けられた攻撃だったはずだが、ドッラは避けなかった。

「ぐっ！」

間髪容れず、腹のところを蹴り飛ばす。

ドッラは、先程までルベ家親子が座っていた椅子を巻き込みながら、けたたましく床に転がった。

「ふざけんなよ。じゃあ、お前はあの騒動で誰を守ってやれた」

「なんだとッ――！」

「誰を守ったかって聞いてんだ。俺はキャロルを……ああなっちまったが、精一杯守った。お前はなにを守った。右往左往してただけじゃねえのか」

「俺はその場に居なかった！　王城に向かおうとした！」

もしその場にいたら、毒を入れられた杯（さかずき）を、危険を察して飲ませないという判断ができたっていうのか。

そんなわけはない。

「テルルはどうした」

「なにっ……？」

テルルのことを言うと、今まで考えもしなかったのか、ドッラは青天（せいてん）の霹靂（へきれき）といった顔をした。

そういえば、どうしてるんだろう。ってな顔だ。

「まだ見てないのか。読んでみろ」

俺は、先程ルベ家に見せた紙を見せた。

魔女と十字軍との間に交わされた誓約書だ。第4項に、テルルのことが名指しで書いてある。連中は、前の戦争で取り逃がした金髪のシャン人の

ことを知っていたのだ。

俺は、ドッラが読み終わるまで長い間待っていた。

「テルル殿はどうしている」

ドッラは深刻な表情で言った。

「今更気になるのか。おめでてえな」

「早く言え」

案の定、気になるらしい。

「もう引き渡されたあとだ。クラ人の間者の手によって海の向こうに連れ去られたよ。今ごろ、どんな目に遭っているだろうな」

「なっ……！　くそっ」

ドッラは、馬鹿なことに、踵を返して、駆け出そうとした。

駆け出してどうなる。

「嘘だよ。この王城にいらっしゃる」

俺は、椅子に座りながら言った。

頬が痛む。歯が浮いている感じがする。

まさか抜けないだろうな。

「……は？」

ドッラが呆けたように言った。

「テルルは、あの日の夜さっそく強襲されて、確保されてからは王城で軟禁されていた。お前がのほほんと捕まっている間にな」

「なぜ嘘をついた」

「お前、駆け出してどうするつもりだった？　キルヒナ領を突破して、クラ人の領域を抜けて、テルルの居場所を突き止めるつもりだったのか？　テロル語も話せないのに」

「なぜ嘘をついたと言っているッ!!」

叫ぶなよ。

「一体、お前に俺に何かをいう資格があるのか」

俺がそう言うと、ドッラは萎縮するように口をつぐんだ。

「駆け出すくらい大切なら、守ってやればよかっただろうが。実際に守ったのは俺だ。それを目的に攻めたわけではないがな」

だが、俺が攻めていなかったらテルルは間違いなく売られていただろう。

ジューラが喋った間者への拷問で聞き出した話では、どうも十字軍が攻めてくる前に引き渡しを済ませる手はずであったらしい。王都を強襲するにしても戦時下ではなにが起こるか分からないし、なるべくならその前に安全に確保しておきたかったのだろう。

特別な手を打たずに放っておいたら、あるいはシビャク攻略が数週間遅れていたら、今ごろは本当に海の向こうに行ってしまっていたかもしれない。

「どうして守ってやれなかった、か。都合のいい言葉だよな。外野はなんとでも言える」

「外野だと……？」

「お前はこう思っているんだろう。あの時点でテルルが襲われることを推察して、キャロルを救いに行ってもどうにもならないと判断し、その場でトリを走らせてテルルを助けに行くことなんて、誰にだって不可能なことだったと」

「……」

ドッラはなにも言わず、言われるままにしていた。

「それでいて、俺にはこう言うわけだ。ユーリ、お前には能力があるのだから、キャロルが毒を飲む前に、なんらかの手段でそれを察知して止められたはずだ、と。お前にはそれができたはずだ。自分の頭では想像もつかないけれど。ってな」

「……」

なにかしら思う所があるのか、ドッラは反論しない。

「お前は良かったな、ドッラ。なんにもしていないのに、テルルは傷一つ負わずに済んだよ。対して、俺の妻は、ベッドから離れられず、粥さえ満足に食えないような状態だ」

言いながら、怒りがこみ上げてきて、机を叩きたくなった。

だが、すんでのところで止めた。幼稚な八つ当たりだからだ。

俺はテルルなんてどうでもよかった。本当にどうでもよかったので、わざわざ手を回して助けようともしなかった。ただ、イーサ先生を助けにいったら、隣の部屋にいたというだけの話だ。

「……すまなかった。確かに、俺にお前を責める資格はないかもしれない」

ドッラは素直に謝った。

背筋から悪寒のような不快感が湧いて来る。

そうじゃないだろ。謝って欲しいわけじゃねえんだよ。

だが、ドッラはそれ以上、なにも言わなかった。もう、俺を責めるつもりはないらしい。

つまんねえな……。

「……もういい。テルルのところに行ってやれ。キャロルの居場所も教えてやる。見舞いにいけ。間違っても食べ物なんかを手土産に持っていくなよ」

「分かった。そうする」

「案内してやれ」

ドッラを連れてきた女性に一言いうと、

「ご、ご案内します」

と怯えたような表情で言いながら、ドッラを案内した。

そして部屋から出ていった。

「ユーリくん、あんな言い方しちゃ、ドッラさんかわいそうですよ……」

ミャロがなんか言ってる。

「……可哀想なもんか。野郎、思い切りぶん殴りやがって」

俺は頬をさすりながら言った。

まだ頬が痛い。

「ユーリくんだって急所を蹴り上げたじゃないですか」

「俺は潰れないよう手加減したからいいんだよ」

しばらく痛いかもしれないけど。

玉は潰れなければ大丈夫だが、歯は折れたら治らないんだ。差し歯はあるが、これは遺体から歯を抜いて加工したものが素材となるので、非常に気分が悪い。

「そうなんですか。よく分かりませんが」

まあ、ついてないからな。ついていなければ分かりようがない。

「それより、輸入した銃器の購入代金をホウ社へ支払わないとな。さもないと、リーリカがまた尻を触られる羽目になりそうだ」

もちろん、軍に充当する銃器はホウ社の奢りではない。船舶の輸送代金をつけて、国費ですべて買い取ることになる。

会計は色々面倒になるが、早くやってやらないとリーリカがちょっと可哀想だ。

「ユーリくんは、女性に甘いですよね……」

ミャロが、俺の考えを見透かしたように言った。

「魔女を焼き殺した男になにを言う」

相手が女でも容赦しない男として、巷では有名なくらいだ。

「本当に、身内の女性には甘いですよね」

ミャロは言い直した。

なにやら責められているような気配を感じる。

「別に甘くはないとおもう……怒ったりする必要がないし、叩いたりしてこないから……」

キャロルには一度頬を叩かれたが。

まあ、あれはずいぶんと昔の話なので、時効だろう。

「キャロルさんと結婚したつもりなのであれば、甘くするのはどうかと思います」

「なんだ、さっき妻とか言ったからか」

「ち、違いますけど……甘くするのはいけませんよ。もしリーリカさんが男の人だったら、そんなこと言わないわけじゃないですか」

リーリカが男だったら？

いや……なに？

男のリーリカが金を借りにいったら、オッサンに尻を触られたって仮定か？

怖い怖い。

逆に洒落で済まされない感じがして怖いわ。

「言うぞ。男が男に迫られるって結構な恐怖だからな。教養院の連中はかなり誤解しているみたいだが」

そこは庇ってやるわ。どんだけ外道だよ。

「いえ、そういうことじゃなくて……相手が男じゃなくて女性だったらとか」

「ああ、ババアに迫られたらってことか……確かに、まあ、それは自分でなんとかしろって感じだな」

「ババアって……そういう意味じゃなかったんですが……でも、そんな対応になるわけじゃないですか」

「なるな」

……うん、なるな。

そこは自分でなんとかしろよ、って感じだ。

「つまり女性には甘いわけですよね」

「まあ……男と女では貞操観念が違うからな」

「そういうことじゃなくて……いえ、もういいです。リーリカさんを例に出したのが間違いでした」

なんのこっちゃ。

「なにが言いたいのか、さっぱり分からん」

「気がないなら優しくしないほうがいいですよってことです。もうっ」

ミャロは、そう言って、ちょっと怒った様子で部屋から出ていった。

ルイーダの件があってから怒りっぽいんだよな……。

なんなんだろう。

幕間　アンダールでの会議

アンジェリカ・サクラメンタは、その日、ティレルメ神帝国の帝都アンダールにいた。

兄、アルフレッド・サクラメンタから呼び出しを食らったからだ。

アンダールにある城の会議室には、今、サクラメンタ王家傘下の貴族たちが勢揃(せいぞろ)いしている。その中に、アンジェリカ・サクラメンタも座っていた。

(兄上……老けたな)

アンジェは、兄を見ながら思った。

年齢は三十歳にすぎないが、国主の重責に耐えかねてか、あるいは王位争奪の際の心労が祟(たた)っているのか、焦げ茶の髪には白髪が目立つ。

白髪の家系ではなく、どちらかといえば禿(はげ)の家系なので、今からこれだと、先は怪しそうだった。

「さて、諸君に今回集まってもらったのは、十字軍の参加について話をするためだ」

アルフレッドがそう言うと、貴族の中で耳ざとくない者たちが、数人ざわめいた。

アンジェは当然、すでに情報を得ていたので、驚いたりはしない。既知の情報が伝えられてゆく中、アンジェはそれを片耳に聞いて答え合わせをしながら、開け放たれた窓の外を見ていた。

アンダール。

目の前にある大河の河畔には、枝分かれするように大きく掘られた港がいくつもある。そこには、大洋に接する港町と変わらぬ大きさの船が幾つも停泊していた。アンダールを流れる大河は、風が良ければ帆で遡上することが可能で、風がないときでも河川横に整備された道を使って馬や牛で船を曳(ひ)くことで、比較的簡単に船を遡上させることができた。内陸であるがゆえに海賊に襲われる危険もなく、交通の要所としてぴったりの都市なのだった。

だが、アンダールは、歴史的に見れば、古くからティレルメ神帝国の帝都であったわけではない。ティレルメ神帝国最初の帝都は、アンジェの所領であるアルティマだった。

ティレルメ地方を統べる現在の王家であるサクラメンタ家は、歴史的に見ればティレルメ地方とはまったく別の場所をルーツとする、外様(とざま)の王家である。

昔、イイスス教の信徒の過半数をカルルギ派が占めていた頃、カルルギ派の首魁(しゅかい)であったカルルギニョン帝国という国が、当時は小国の寄せ集めだったティレルメ地方を攻めた。そのとき、烏合(うごう)の衆であった諸侯はあっという間に敗れ、教皇領の誰かを旗頭(はたがしら)に立てて一個の国として団結しようと考えた。

連れてこられたのは、古(いにしえ)に栄華を極めたクスルクセス神衛帝国の皇帝家だった。神衛帝国は、イイススの聖体を巡る争いを遠因にして滅びてしまったが、皇帝家は皆殺しの憂き目に遭ったわけではなかった。見逃された子孫が、教皇領の海辺の小村で漁師をやっていた。

その漁師が、アンジェリカ・サクラメンタの祖先である、レオン・サクラメンタだった。

レオンはティレルメ地方に連れて来られ、皇帝をはばかって帝王という称号を与えられると、名ばかりの国主となった。つまり、サクラメンタ王家は自ら覇を唱えたわけではない、人造の王家である。諸侯は王家を製造したものの、独自に大きな力を持つことは望まなかった。そのため、世襲を選帝侯による選挙という制度を作り、王家に影響力を持った。

さっそく諸侯と取引をして田舎の小さな都市を手に入れると、レオンはそこに大げさな名前をつけた。それが「至高（アルティマ）」という、現在アンジェが根拠地にしている都市だ。大した産業もなく、交通の利便も悪いが、朝に霧がよく出るという地質的な特徴がある。そのため、貴腐（きふ）ワインという付加価値の高いワインの名産地となっている。

レオンはその後、シャン人との戦いで活躍をし、自らの領土を大きく広げた。歴代の王も領土を拡張してゆき、本土内での帝王領が増えてゆくと、必要に応じて遷都が行われた。その結果、現在はアンダールが帝都とされている。


兄王、アルフレッド・サクラメンタは、アンジェにとって既知の話を延々としていたが、ようやくそれが終わった。

「というわけで、我々もこの第十六回十字軍に参加することにした」

と、アルフレッド・サクラメンタは傘下の諸将を前にして言った。

「時期尚早なのでは……植民団の準備は……？」

参席した貴族の一人が疑問を呈した。

たしかに、疑問に思うのも無理はない。土地は、人が利用してこそ意味を持つ。入植する人間がいなければ、無駄に空き地を持っているのと同じだ。

入植の募集をかけると、たとえば多産の農家の三男坊や四男坊、つまり職がなかったり、職があっても将来的に食べる当てがなかったりする者が応じ、参加しようとする。

必然的に、最初は男所帯になる。生活が軌道に乗ると、結婚仲介人のような者が都市部から出張してきて、都市部で婚期を逃した女性を植民地に送り込んでゆく。

植民地には、そうやって人間が定着する。

そういった人々は、十字軍と十字軍の間の戦間期に増え、社会の中に潜在的に貯まっていくものであって、前回から二年しか経っていないのでは、それほど集まらないだろうということは容易に想像できた。

十字軍の開催に合間が設けられているのは、そのような事情にも因る。

しかも、植民の条件は徐々に悪化しているのが現状だった。南部の比較的暖かい地域が攻略されてからは、残り物は酒すらも凍りつくような厳寒の地域ばかりである。

南部のペニンスラ王国あたりでは、人間は裸一つで海に潜って魚を獲るだけでも暮らしていける。だが、厳寒の北部ではそうではない。ただ生きるだけでも工夫が必要であり、道具が必要なのだ。

木を切り倒す斧がなければ薪も作れないし、薪がなければ人間は冬を越すことができない。そういった土地だ。

耕した土地に麦を蒔いておけば勝手に生えてくる、といった肥沃さもない。生活を安定させるためには、地域の性質をよく理解して、森に棲む獣などを知り、気候と付き合っていかねばならない。

入植するものは、無学で無一文の者が多いのだから、投資分は借金にしてあとで回収するにしても、当座の世話は国家で見てやる必要があった。

「植民は後回しにする。それでも仕方ないと判断した。なにせ教皇領は乗り気なのだからな。ここで傍観していては、先を越されてしまう。乗り遅れるわけにはいかない」

「それもそうですな。みすみす機を逸するのも損でしかない」

　アルフレッドの腰巾着をやっている貴族の一人が言った。

　しかし、確かにそれはそうだ。

　空き地だろうがなんだろうが、手に入れられるなら手に入れておいたほうがいい。手に入れておかなければ、後で入植することもできない。土地は使わなければ意味がないが、放っておいて腐るものでもない。

「だが、今回は急な出陣となる。至急、補給の計画を立てなければならない。各自、すみやかに穀物庫や兵糧庫などの在庫を報告するように。ことによっては、全部引っ張り出すことになるかもしれない」

「ハッ！　了解致しました」

　アンジェ以外の全員が、同様に声を上げた。

　アンジェは、それに紛れるように口だけ開いただけだった。

「おそらく、この十字軍は最後の十字軍になる。急ぎのことだから、足並みの揃わぬこともあるかもしれないが、それは他の国も同じこと。むしろ、我が国は最も有利な位置を占めている。必ず成功させよう」

「これが終われば、平和な時代が訪れますな。いまのうちに土地を奪っておかねば」

　とある貴族の一人が言った。

　本当にそうだろうか。

　人間の国家というものは、常に敵を探している。内に存在するならば内に、外に存在するならば、外に。

　十字軍が終われば、イイスス教圏にとって共通する敵はいなくなる。

最寄りの異教徒となるとクルルアーン龍帝国になるが、彼らは強大な軍隊を備えた巨大国家なので、今まで戦ってきたシャン人国家のように、ただ奪われるだけの脆弱(ぜいじゃく)な国家とは違う。実入りのよい商売をするように出かけていき、草刈場で草を刈るように勝ちを収められる相手ではない。

共通する敵を見つけられなければ、イイスス教国同士で戦い合うことになるだろう。

そもそも、イイスス都市国家地帯などと言われている、あのモザイク状の飛び地群は、長い間共通した敵がいて、お互い争い合うことがなかったから形成されたものだ。

あんな地域は、外圧が加われば、たちまち弾(はじ)けて混ざり合ってしまう。外圧が一切加わらない異常期間が長く続いたため、かろうじて安定しているだけだ。

実際、一度外圧が加わった結果、あっという間にガリラヤ連合(ユニオン)などというものができ、現在に至ってはティレルメ神帝国と比肩するほどの大国家になってしまっている。

十字軍が終われば、次はイイスス教国同士で戦い合う時代になる。

アンジェは、そんな感覚を抱いていた。

「アンジェリカ、何か言いたいことがあるのか」

末席に座るアンジェに、アルフレッドは遠くから声をかけた。

「ハッ――あえて申し上げれば、教皇領が扇動したと主張している魔女の反乱。これについてはもう一度調べるのが妥当かと。教皇領からの一度目、二度目の召集令状では、王都に直接乗り込むことになっていました。しかし、今回の書状では真っ向から戦うことになっております。なにかしら不手際があったのは間違いないかと」

アンジェは、無駄だと分かっていながらも、発言をした。

「ふっ……まさか、そのような弱腰の発言が出るとはな。前回、二国で戦って惨敗したものが、一国で勝てるようになるとでもいうのか」

案の定、アルフレッドは聞く耳を持たず、アンジェの発言を貶した。

発言を貶したというより、アンジェの能力を貶めたのだった。

こうして、万が一にもアンジェが支持を集めないよう仕組んでいく。見せしめのためにここに連れてこられたようなものだった。

「これは失礼。兄上の慧眼には恐れ入ります」

アンジェは、変に楯突くこともなく、そう言って喋るのをやめた。

アルフレッドは、不機嫌そうに顔を歪める。元より気が合わない兄妹なのだった。

「それでは、今日は解散だ。アンジェリカ、君は執務室に来るように」

アルフレッドは、そう言って会議を終えた。


「どうも、兄様」

侮られぬよう男装をしているアンジェリカは、言われた通りアルフレッドの執務室に出向いていた。

胸は潰していないが、下はスカートではなくスラックスを穿いている。

「貴様、先程の発言はなんだ」

アルフレッドは苛立っている。

いつものことだった。アンジェの存在自体が気に入らないのだろう。

暗殺しようにも、アンジェはこの城では一切の飲み物、食べ物に手をつけないし、アルフレッドも公然と斬り殺すというわけにはいかない。

アルフレッドにとっては、十歳も年下の妹を恐れ、暗殺したなどという噂は困るのだ。

どれだけ腰抜けかと思われるし、妹を殺す兄というのは単純にイメージが悪い。暗殺をするならば、あくまで自分とはなんら関係がないと言い訳が立つ死に方でなければならない。

そういう意味で、先の十字軍は最良の機会だった。現場は母国から離れており、戦場ではなにが起こるかわからない。

だが、結局事は成せなかった。

「事実ですが。工作をして内乱を起こしたというのは確かでしょうが、どこまで成功したかは疑わしいと考えます」

「それが大した問題か？　いや、問題ではない」

兵力で圧倒しているというご自慢の理屈だろうか。

だが、諸侯時代のティレルメ地方はどうだったか。

国境を侵犯してきたカルルギニョン帝国軍に対し、諸侯は連合を組み七割増しの兵力差で当たったが、それでもあっけなく粉砕された。それも一度や二度ではない。五度までも粉砕され、全土が征服される寸前になってようやく、教皇領が動いた。後背を突かれたカルルギニョン帝国は、雑魚(ざこ)に構っている暇はなくなったとばかりに、軍を引いていった。

兵力差というのは魔法の言葉だ。戦争を知らぬ愚者を惑わせ、油断させる。

人をよく観察してみれば分かる。

朝飯をたくさん食べた壮健な労働者は、木を倒すにしても重い斧を力強く打つ。だが、食べるものもない飢えた労働者は、斧を振るうだけでフラフラしている。

二人共、人数の上では同じ一人なのだ。

兵数と戦力は、単純な比例関係で表せるものではない。人数とは数字であって、戦力とは目には見えない概念である。

「問題でしょう。向こうには少なくとも一人、抜きん出た人物がいます。そういった人物は、国が荒れれば浮かんでくるものです。愚かな頭がすげ替わるかもしれない。脆弱化しているとは言い切れません」

シヤルタには、ユーリ・ホウという男がいる。前の戦争で戦ってから、アンジェは彼のことをよく調べていた。

カソリカ派諸国の中で、ユーリ・ホウのことを一番良く知っているのは、ユーフォス連邦である。ユーリ・ホウは、ホウ家と無関係（？）な独自の貿易船団を持っており、これを使ってアルビオ共和国と交易している。

ユーフォス連邦は、アルビオ共和国と敵対関係にあるため、当然何人もの間諜(かんちょう)を彼の国に忍ばせている。アルビオ共和国経由で、ユーリ・ホウの人物像は伝わってくるのだ。

アンジェは、ワイン貿易の関係で、良くユーフォス連邦に赴き、社交の席に出ては情報を交換していた。

アルティマからの税収では、独自に間諜を放ち諜報網を作るのは不可能なので、社交によって情報を得ているわけであった。

「抜きん出て優れた人物など、どこの国にでも存在する。所詮は遅れたシャン人の軍隊ではないか。幾ら工夫をしたとて、十字軍が負ける要素はない」

「どうでしょう。先の十字軍では、その人物にしてやられました。教皇領の補給物資を根こそぎ焼き、竜(ドラゴン)を殺したのは彼ですよ」

「だからっ……！」

アルフレッドは苛立ったように言った。

怒鳴りつけようと思ったのか、椅子から腰を浮かせたが、すんでのところで座り直した。

「女の悪い癖だ。一つの事柄に執着して、全体を見ようとしない。そういった者がいたとして、内乱を制して覇を唱える素養を持っていたとしよう。だが十字軍はそれを悠長には待たない。半年も経たぬうちに戦争を仕掛けるだろう。お前の言っていることは、大した問題ではないのだ」

それはそうかもしれない。

アンジェは、敗戦を気にして、ユーリ・ホウを意識しすぎているのかもしれなかった。

だが、アルフレッドは、ユーリ・ホウと戦ったことはない。エピタフ・パラッツォがあの戦いに赴き、そして散々な敗戦を味わい、遅々とした撤退戦を演じた結果、アルフレッドは王都リフォルムを手に入れ、考えうる限り最大の成果を得ることができた。

それは素晴らしい成功だ。

だが、ユーリ・ホウとは戦わなかった。あの魔術的な兵法を目の当たりにしていれば、アンジェと同じように考えが変わっただろう。

「気をつけておいたほうがいい、というだけです」

だが、その疑念を誠心誠意伝える義理もない。

アルフレッドの言う通り、ユーリ・ホウが台頭しているというのは、アンジェが勝手に考えた仮定の一つにしかすぎない。

どれだけ優秀だろうが、天才だろうが、人間は万能ではない。死ぬ時はあっけなく死ぬ。父の死に様が教えてくれた、アンジェの人生教訓の一つだった。

エピタフ・パラッツォが陰謀を主導したのなら、彼はユーリ・ホウを憎んでいるわけで、もちろん優先的に排除しようとするだろう。既に亡き者になっているかもしれない。

「貴様がいう、その抜きん出た者というのは、何歳なのだ」

「せいぜい、二十歳くらいかと」

「ハッ、たった二十の若造に何ができる。残念だが、産まれるのが遅すぎたな」

アンジェは、それを自分への当てつけなのかと思った。

生まれが遅く若すぎたために、アンジェは王位争奪戦の蚊帳の外に置かれた。そして年の差がたった十歳では、アルフレッドの老衰をもって王位を得るといった願望も叶わない。

「そうかもしれませんね。まあ、臣下の責としてご忠告申し上げたまでのことですので、お気にならさらず」

「最初から言うな。貴様の意見など求めておらぬ」

先程の会議で「アンジェリカ、何か言いたいことがあるのか」と言ったのはどの口か。

アンジェは一言一句覚えていた。

「それは失礼」

だが、口答えしても意味はない。

アンジェは殊勝な態度で頭を下げた。

「お前にユーフォス連邦から縁談がきている。また、だ。さっさと嫁にいけ」

これが、情報を得る代償であった。

アンジェは、自分で言うのも何だが、見た目がよい。社交の席で、勘違いした若者が求婚してくるのはよくあることだ。

「お断りします」

「チッ……では、さっさと消え去れ。目障りだ」

「それでは、失礼」

アンジェはぺこりと頭を下げて、踵を返した。

「待て」

背中から声がかかる。

振り向くと、アルフレッドが執務机の向こうから、一枚の紙を投げてきた。

空中でぱらりとめくれ、近距離に落ちる。

「断りの返事はお前が書いておけ。煩わしい」

「はい、そういたしましょう」

アンジェは屈みこみ、羊皮紙の紙を拾う。

立ち上がる途中、肩になにかが触れた。

横にした剣が、肩に乗っている。

「兄様、お戯れを」

アンジェは、肩に剣の腹を乗せながら、立ち上がった。

兄王が、抜いた剣を伸ばしている。

「……」

アルフレッドが剣を横に滑らせれば、鋭い剣はアンジェの首筋を切り裂くだろう。

そうしたら、一巻の終わりだ。

だが、アンジェは、アルフレッドはそうしないと読んでいた。

アルフレッドは、王位争奪戦のときの汚名で、既に十分に悪名高い。

次兄の暗殺は、まだ理解が得られた。王位争奪戦の好敵手(ライバル)だったからだ。

だが、まだ年端もいかない弟を殺したのはまずかった。弟は、アンジェより五歳も年下で、殺された時は十二歳だった。当然、野心があるはずもなく、玉座を狙っているとは誰も思っていなかった。

臆病故に弟を殺した卑劣な王という汚名は、未(いま)だに拭えていない。

それに加えて、アンジェは、自画自賛になるが善政を敷く領主として名が高く、民衆からの人気もある。牙を隠しているので、玉座を狙っているという評判も立っていない。

少なくとも、執務室で殺すわけにはいかないはずだ。

「……ふんっ」

結局、アルフレッドは剣を引いた。

「それでは、失礼」

アンジェは、踵を返して部屋をあとにした。

扉を閉め、護衛の騎士の横を通り、しばらく廊下を歩く。

すると、少し離れたところで控えていた、腹心の部下であるギュスターヴが横についた。

「アンジェ様、ご無事でしたか」

心配そうに聞いてくる。

彼にとって、ここは敵の巣窟に近い。

「大丈夫だ。威嚇はされたがな」

アンジェは、アルフレッドは心の病を持っていると見ていた。

それは、家族を謀殺してまで王の座に座った者に特有の病なのだろう。簡単に言えば、アルフレッドはアンジェにいつ殺されるか、気が気ではないのだ。

自分がしてきたから、アンジェリカも同じことをするだろう、と思っている。

アンジェはアルフレッドに刺客など送ったことはないが、アルフレッドの主観からすれば、暗殺と謀略の応酬が続いていることになっているのだ。

詳細な症状は知らないが、食事に毒を盛られていないか、異様に心配しているのは確からしい。もう何年も冷めた食事しか口に入れていないそうだ。

アルフレッドが即位してからもうすぐ三年になるが、毒見役が毒に倒れたなどという事件は一度も起こっていない。にもかかわらず、アルフレッドは毒を盛られていないか気が気でないのだ。

「いかが致します。帰りますか」

「街を回って帰ろう。ここは居心地が悪いからな」

さっさとここを離れたかった。

街を回るといっても、たいして用事があるわけではない。

領地の産業がワインなので、酒屋に行っていくつか評判のワインを購入し、馬車に積んだ。

アルティマには王族に相応(ふさわ)しい正装を仕立てられる服店がないので、その必要がある場合は仕立て屋(テーラー)に寄る必要があったが、今回は必要なかった。

あとは、行きつけの本屋に顔を出すくらいの用事しかない。本屋に顔を出すと、ヒビの入った老眼鏡をかけた店主が出迎えてくれた。

「やあ、アンジェリカさん、しばらくぶりですな」

老爺のしわがれ声でそう言われると、気が緩んだ。

この店主は、アンジェの生まれを知ってか知らずか、単なる客の一人として接客してくる。アンジェにとっては、それが気楽だった。

「ご無沙汰でした。なにか良い本は？」

「シャン語の本ですな。流れものを取っておきましたよ」

そう言って、店主は奥の部屋に入って行った。すぐに戻ってくる。

「これと、これです」

五冊ずつ紐で束ねられた本が、二束カウンターの前に置かれた。

背表紙の題名を読むと、それなりに興味深いものが並んでいた。

「金一枚でいいかな」

「ええ、いいですとも」

アンジェは、カウンターに金貨一枚を置いた。

シャン語の本は、通常、専門の業者の手に渡り、そこで解体されてしまう。

羊皮紙は文字を削ると再利用できるので、指が器用な貧民を集め、削らせる業者があるのだ。元の文字が薄く見えてしまうので聖典には使えないが、商人の書き付け帳くらいにはなる。

本十冊で金一枚というのはテロル語の本と比べれば格安の価格だが、業者が一山いくらで買い付ける値段と比べれば、やはり高いのだろう。

「ありがとう。また頼む」

手を挙げて部下を呼ぶと、店舗の外で待っていた騎士が二束の本をひょいと持っていった。

「他に良い本はあるか？」

「ああ、アンジェリカさんの家には聖典はありますかな」

「もちろんあるが」

アルティマがいくら貧しくても、城に聖典の一冊くらいはある。

腐っても地方領主なのだ。

「それでは、あまりお勧めできないのですが……最近はこういった本がありまして」

店主がカウンターから取り出したのは、一冊の本だった。

飾り気のない本で、落ち着いた色の表紙に大きく〝聖典書〟と書いてあり、その下に〝テロル語翻訳・解説付き〟と付いている。

「植物紙でできているのですが、安くお売りできるのでお勧めしておるのですよ」

「ふうん」

飾り気がないから安いのだろうか。

アンジェは聖典のコレクターではないし、ここまで飾り気がないと本棚に入れても映えないので、あまり購買意欲が湧かなかった。

ただ、聖典を自宅に置くというのは信仰の現れでもあるので、庶民の家に常備できる価格で流通するのは、単純によいことのように思える。

「いくらだ？」

「銀貨七枚でご提供しております」

銀貨七枚。

羊皮紙の聖典書が、銀貨でいえば百枚することも珍しくないことを考えれば、格安の値段と言えた。

「安すぎはしないか？　中古なのか」

「いえ、新品でございます。ほら」

店主は、ぺらりと本の中頃をめくってみせた。

確かに、色あせもしていなければ、手垢(てあか)もついていない。新品だった。

ページ最初の頭文字だけ豪華に飾られ、あとは整然と文字が並んでいる。普通の聖典と比べれば、かなり地味な装丁だった。

ただ、頭文字以外の文字が異様で、判で押したように同じ形をしている。

どうも労力削減で版画を刷るような工程で作っているらしいが、それにしては文字の形が均等すぎる。汚くはないし、むしろ滲(にじ)みもなく読みやすいが、判で押したように同じ文字が並んでいるのは、どこか不気味だった。

ページは、下の三分の一ほどで一本の線により区切られていて、その下に解説が載っている。

解説付きの聖典というのは、見たことがない。聖典の解説は聖職者の専売特許で、教会で口頭で行うのが普通だ。

これも新しい試みである。

「少し読んでいいだろうか」

「もちろん、構いませんよ」

アンジェは、カウンターに本を置いたまま、紙面に目を滑らせた。

すぐに、書庫にある聖典とは、訳がまったく違うことに気づく。

アルティマにある羊皮紙の聖典は、もちろん欽(きん)定訳(ていやく)聖典なので、それも訳が悪いわけではない。

だが、この翻訳は、とても美しかった。

詩のようでありながら、意味が散っている感じもなく、韻を踏みつつ独特のリズムで文章が進んでゆく。

いかめしさがなく、情景や説話の魅力を意味を崩すことなく表現している。

欽定訳聖典と内容は違わないのに、朗読をしたらこのまま歌にできるようななめらかさがあった。

女性が翻訳したものだろうか?

「これは……欽定訳ではないな」

「そうなのですよ。まあ、欽定訳は修道院でしか作れないことになっていますから、そういった決まりから逃れようと思ったのでしょう」

そうかもしれない。

世に出回る聖典のほとんど全ては、修道士が務めの一環として作ったものだ。

修道士の務めの一つとして、聖典の写本というものがある。

読みながら写本するわけだから、学びつつ働けもするわけで、それでいて修道院の収入にもなる、一石三鳥の仕事というわけだ。

田舎の修道院ならば、ワインやリキュールを作る畑仕事の務めもできるが、都市部の修道院には畑がないので、写本くらいしかすることがない。

修道士の中には、巧みな作り手として評判が立つ者もいて、そのような聖典は修道士の名によって価値が上がる。そこまでの物になると装いも豪華で、ページの頭の文字には金箔が張られたりするし、余白に絢爛な絵が描かれていたりする。

「ううん、だが、これは……そこらの闇業者が訳したものとは思えん。相当な教養がなければ、こんな翻訳はできぬぞ」

「評判は良いようですな。トット語は分からないので、翻訳の出来は何とも分かりかねますが」

「私もトット語など分からん」

トット語というのは、聖典の原典に使われている古代言語で、非常に文法が煩雑で分かりにくい。

一昔前から、あまりに負担が大きいという理由で、聖職者の間でも修得は推奨されなくなった。それくらい難しい言語なのだ。

「まあ、この解説も勉強になりますので、ご予算に余裕があれば買ってみても損はないかと。教会の説法よりよほど分かりやすいですよ」

「なるほど……。まあ、銀貨七枚程度ならいただいて帰ろうか」

アンジェは、財布の中から銀貨七枚を取り出して、カウンターの上に置いた。

「毎度あり」

店主が言う。

アンジェは、なんとなく表書きを確かめておこうと思い、一度閉じた本の表紙をめくった。

いきなり目次があり、製本された年や場所がどこにも書いてない。

ご丁寧にも、目次の下に「盗本者の呪い」と書かれた欄が用意されていたので、クスッと笑ってしまった。

盗本者の呪い(ブックカース)は、本を盗んだ者に呪いをかける目的で、通常は表紙をめくった次のページに書かれる嫌がらせの文章だ。童話のような本になると、初っ端(しょっぱな)からそれがあると殺伐とした気分になってしまうので、奥付のほうに書かれる。

普通は、〝本書を盗んだもの、借りて返さない者、盗品と知りながら買った者は呪われるべし。千度釘(くぎ)を打たれ、千の穴から血を流して死すべし〟などと書いてある。

たしかに、版で押された文章では、呪いも効果が出ないだろう。

やはり呪いは手で書くものであるから、必要なら自分で書け、ということだ。しかし、それ用にわざわざ枠が設けてあるのは面白い。

表面に書いてないなら、裏面か、と思いめくってみると、そこにあった。

出版年　２０２０年
出版所　ラルゴランコ島ヘレット修道院
翻訳責任者　カソリカ・パテラ・ウィチタ

と、最後のページに書いてある。

これも可笑(おか)しかった。

脱法の出版物だから正直に書けるわけもないのだろうが、これは皮肉が効いている。

ラルゴランコといえば、カソリカ・ウィチタに関係が深い地だ。

古くはラルゴランコ僧院という学校のようなものがあったが、現在では聖人にゆかりのある地として、ラルゴランコ教会という有名な教会が建っている。

普通にクスル半島北部に存在する教会で、島に存在しているわけではない。

カソリカ・ウィチタの洗礼名がパテラだったとは知らなかったが、これも面白い。

　聖南征者パテラは、高弟漂流期において船に乗って南方大陸に宣教しようとした聖人で、船乗りと政治的迫害者の守護聖人とされている。幼児洗礼を受けた多くの人間に当てはまるが、カソリカ・ウィチタの人生を考えれば似つかわしくない洗礼名だった。彼はイイススの聖体を探すために旅はしたが、政治的に迫害されたというイメージはない。

「面白い読み物になりそうだ。それじゃ、またシャン語の本があったら取っておいてくれ」

　アンジェは本を閉じ、脇に抱えた。

　もう用事はない。アルティマに帰ろう。

「はい、承りましたよ。またおいでください」

　店主は椅子に座りながらのんびりと言った。

第五章　死す者、残る者

I

ボフ家は、将家としては比較的新しい家柄である。

現在ボフ家領に当たる土地は、約二百年前に確定したもので、それ以前はムーラン家という将家が支配していた。

当時のムーラン家の頭領は、アーロン・ムーランという男で、少しばかり血気盛んで、豪放磊落を自負する男だった。

そして、その時の女王は、少しばかり魔女寄りで、男性的な文化に嫌悪感を抱く、狭量な女だった。

王城で開催された夜会で、二人は口喧嘩になった。伝承では、アーロン・ムーランは、その日たまたま呼ばれた吟遊詩人の歌謡を大層気に入り、大酒し我を忘れ、女王は彼の態度を諫めたが、その言葉も行き過ぎた侮辱であったという。

それから、二人は夜会の参加者が顔面を蒼白にするような口喧嘩を始めた。

当時の王家には、それを仲裁する立場の者もおらず、アーロン・ムーランは憤慨しながら北の自領へと帰っていった。

その後、女王はムーラン家に対して王剣を差し向け、頭領を暗殺しようとした。

それが失敗すると、アーロン・ムーランは軍を起こし、南下し、野戦で近衛軍を撃破した。電撃的な侵攻であったが、王城島を攻めあぐね、そこに時間を取られていると、いち早く反応したノザ家の軍が峠を越えてやってきた。

ムーラン軍は近衛軍との戦いで消耗していたので、アーロン・ムーランは決戦を回避し、王鷲攻めを企てた。

王城を攻めとらんと鷲を飛ばしたが、王城島に大量の兵が籠もり厳戒態勢を敷いている下では、成功する見込みはなかった。

結局失敗し、島内で近衛軍に討ち取られる。

ムーラン家は取り潰しとなり、ノザ家はその功績で太星勲章を賜った。

ムーラン家は最後こそ舵取りを誤ったものの、領地では概ね善政を敷いており、名望も高かった。戦に負けたといっても、それはあっという間の話で、領内は少しも戦火に焼かれることがなかったので、ムーラン家を慕う住民の中には、王家を恨む者が大勢現れた。

様々なやり取りの結果、大功あったノザ家当主の弟が、分家を立ててムーラン領を継ぐことになった。

領民感情に配慮して、その初代当主はムーラン家の末女と姻戚を結び、結婚によってムーラン家の血を半分継ぐことになった。

そうして新たに興ったのがボフ家である。


ムーラン家の領地は、北と南を少しずつルベ家と王家天領に削り取られたが、大方はボフ家の領地として残った。

ただ、それがノザ家の利益になったのかというと、微妙なところであった。

ノザ家の間には、代々ボフ家を分家として見下す風潮が残り、三代の後にそれが爆発してしまう。両家の間に深刻な対立が起き、関係が最悪になると、三代続いていた姻戚を結び合う風習も途絶し、両家はまったく別の家として分かれた。

だが、現在ではそれも昔のこととなっている。

Ⅱ

ボフ家の現在の頭領、オローン・ボフは、王城に入っていた。

数日前、キャロル・フル・シャルトルの名で書面が届き、それが〝カーリャ・フル・シャルトルに槍を捧げたのでないなら、改めて臣従の誓いをしに来い〟という内容であったため、来ざるを得なかったのだ。

ただし、王都に到着する時刻をわざと夜間に調整し、別邸で一泊して、翌日登城した。それにはホウ家側の出方を窺う意図があったのだが、使いの一人も寄越して来なかったので、空振りに終わった。

王城では、五人の護衛を付けたまま入ることが許された。

「この部屋でございます。護衛の騎士さまはここまでに願います」

案内のメイドにそう言われると、オローンは怖気づく思いがした。

「なぜっ――」

「中には、ユーリ・ホウ閣下と秘書の方、お二人しかおりませんので」

オローンの言葉を遮りながら、メイドはそう言ってドアを開けた。

ドアの向こうには、机が見えただけで、人影は見えない。

「分かった」

オローンは、部屋に入った。

パタン、と背中でドアが閉まる。

小さい部屋には、四つ足をした真四角の大きな机があり、その向こうにユーリ・ホウは座っていた。

相変わらず、若い。それもそのはずで、ユーリ・ホウは、厳密に言えばまだ騎士院生なのだった。

その横には、髪を短く切った、男とも女ともつかぬ、あえて言えば少年のような秘書が立っていた。

「ユーリ殿、御機嫌いかがかな」

オローンは言った。

ユーリ・ホウがどういった立場なのか分からな

かった。

王配なのか、天爵なのか。

確実なのは、ホウ家を率いる立場にあり、いまだ学生の立場でもある。ということだけだ。

「座りたまえ」

ユーリ・ホウは厳(おごそ)かに言う。

「う、うむ。そうしよう」

オローンは、言われた通り、椅子に座った。

年齢差を考えれば非礼とも取れる態度に、オローンは怒りを覚えなかった。

負い目があったせいかもしれない。

「まずは、これを読め」

ユーリ・ホウは短く言うと、隣にいた秘書から一枚の紙を受け取り、オローンの方に滑らせた。

その紙は、オローンの負い目、そのものだった。

オローンが署名をした、魔女との密約書であった。

混乱の中で闇に消えたことを祈っていたが、すでに魔女の手を離れ、ホウ家に渡ってしまっていたようだ。

「身に覚えがございませんな」

オローンは、あらかじめ用意していた答えを言った。

傍(かたわ)らに立つ秘書が、するするとドアの方に向かい、茶でも持ってくるのかと思えば、鍵をかけて戻っていった。

「そうか……まあいい」

「うむ。身に覚えがないからな。このオローン・ボフと我が将家は、引き続き王家に槍を捧げる所存だ」

こういった展開を、オローンが予見していなかったわけではなかった。

自分で署名したのだから、当然予見はしており、オローンは側近の中でも頭の切れる者たちを集めて、起こりうる展開を相談していた。

そこで出た結論は、ホウ家がボフ家を敵にするはずがない、というものだった。オローンも、それに賛同した。なにしろ、これから十字軍が来るのだから。

　ボフ家の戦力は、どう考えても必要なはず。敵にして、得をすることなどありはしない。

「それはない。ボフ家には、絶えてもらう」

　ユーリ・ホウは冷徹に言った。

「ど、どういう意味だ」

「こういった密約を魔女と結んでいた者に、騎士の長たる資格があるか。俺はそうは思わない」

「なにを言うっ！」

　オローンは、思わず机を叩き、立ち上がった。

　実際に激高したわけではない。

　こういった時、憤りを表して立ち上がるのは、オローンに染み付いた習性だった。ボフ家の当主になって三十年、オローンはいつもこうしてきたし、それで事態を解決してきた。

「黙れ。座るんだ」

　ユーリ・ホウが言う。

「こんなっ」

　オローンは、机に置かれた紙を手のひらで握り込んだ。

　拳の中で、ぐしゃりと紙が潰れる。

「こんな紙は知らん！　私を誰だと思っている！　ホウ家はボフ家をないがしろにするか！」

　オローンは、拳をユーリ・ホウに見せつけるように突き出し、立ったまま叫んだ。

「黙れ。俺の言う話を聞け」

「こんな紙はっ」

　オローンは、ぐしゃぐしゃになった紙をビリビリと四つに切り裂いて、口に入れた。

　唾液をまぶし、喉を使って無理やりに嚥下する。

　ごくん、とオローンの喉が鳴った。

「存在すらしていなかった。これで話は終わりだ」

「馬鹿か、お前は……」

ユーリ・ホウは、傍らの秘書に目配せをすると、紙をもう一枚貰(もら)った。

机の上に置く。

先程飲み込んだ密約書と、そっくり同じものだった。

オローンは、ぽかんと口を開くしかなかった。

「原本を渡すわけがないだろう。頭が悪いのか」

ユーリ・ホウは、呆(あき)れたように言った。

オローンは何か反論をしようと口を開くが、喉から言葉が出てこなかった。

「グッ……」

編めなかった言葉を飲み込む。

「まあ、聞け」

ユーリ・ホウの顔は、先程から一つも変化をしない。

ごみでも見るかのような目で、オローンを見ていた。

「自ら天爵の爵位を返上し、王家から預かっていた領を返すというのなら、ちょっとした地主(じぬし)として家を存続してやろう。直近の三家族を養える程度の土地をくれてやる」

何十歳も年下の、騎士院生から提示された条件は、オローンにとっては話にならないものであった。

「ふざけるなっ！」

「分かった。面倒だから座ってくれ」

「貴様、誰に口を利いているのか分かっているのかっ！」

オローン・ボフは、いつも家臣を叱る時の口調で、そう言った。

オローンは、意に沿わぬ他人を従わせようとするとき、いつもそうしてきた。それで誰しもが萎縮したし、素直に言うことを聞いた。人生で一番手慣れた方法を、自然に取っていた。

「俺はボフ家のっ――」

「もういい」

　ユーリ・ホウの手は、片手が机の上から無くなっていた。少し右肩を下げるようにして、右手を机の下に入れている。

　カチンッ、という音が聞こえると、シュッという音がそれに続き、鼓膜が破れるような強烈な炸裂音（れつおん）とともに、オローンは下腹部を強く蹴られたような衝撃を感じた。

「ぐっ」

　急に足に力が入らなくなり、その場に崩れ落ちる。

　肥満で垂れた腹のすぐ下あたりから、おびただしく血が流れて、遅れて奇妙な熱さを感じた。

　触れると、そこに穴が空いている。

「だから、座れって言ったんだ」

　席を立って近寄ってきたユーリ・ホウは、その手に短刀を握っていた。

「まっ――まてっ！　待ってくれ！」

　オローン・ボフは下腹部の傷口を押さえながら懇願するが、ユーリ・ホウは顔色一つ変えず、動きを止めることもなかった。

　熟練の料理人が台所の鶏をさばくような気軽さで、オローンの髪を摑（つか）んで顎を上げると、ぴゃ、っと喉に刃を滑らせた。

「ゴボッ！」

　気管が鮮血で満たされ、オローンは喉を押さえる。

　ほとばしる己の血潮の熱さを手で感じながら、すぐにオローンの意識は途絶えた。

Ⅲ

　剣戟（けんげき）の音が収まり、解錠してドアを開けると、そこには二人の騎士の骸（むくろ）が横たわっていた。

「二人か」

「はい、閣下。三人は投降いたしました」

ホウ家の騎士が言う。

「あれでも人望があったのだな」

部屋の中で銃声が聞こえた後、護衛の五人は大量のホウ家の兵に囲まれ、投降を促される手はずになっていた。

投降を呼びかける声は部屋の中からでも聞こえたが、二人は受け容れず、こうして死んでいるわけだ。少なくともこいつらは、命を賭して忠義を尽くそうとした。

「ユーリくん、いくらなんでも、二人くらいは戦うでしょう。腐っても将家の腹心の部下ですよ」

「言われてみれば、そうかな」

ここに連れてきたということは、手勢の中で最高の五人ということだろうからな。

だが、やっぱり死ぬまで戦うというのは凄いことのように思える。普通の戦争のように、何割かで生き残るという状況ではなく、ほぼ確実に死ぬという状況で、誰かを守るために死ぬというのは、なかなかできることではない。

「おい、ディミトリに軍を起こすように伝えろ」

「ハッ！」

「そっちは、待機している鷲便に、ルベ領に向かって飛んでいいと伝えろ」

「ハッ！　了解しました！」

伝令の騎士たちが、ビシッと敬礼をしたのち、走っていく。

ミャロが言う。

「上手く降伏するでしょうか」

「たぶんな」

ビラを持った天騎士は、既に飛び立っている。

オローンがどちらの選択をするにせよ、ボフ家の権威を失墜させる必要はあるからだ。魔女との密約を暴露し、ボフ家の売国を非難するビラは、各都市に散布する必要がある。

オローンの登城と同時に出発させたので、近い街ではすでに撒かれているかもしれない。

「内容を変えたのは良かったと思います」

ビラに書かれた密約の暴露には、少しばかりの嘘が混じっている。

魔女は、ボフ家との密約の中で、ボフ家の家臣を二千名に限ってクラ人と同等の権利を与えると約束していた。もちろん、魔女は最初からそんな約束など守る気はなかったわけで、その数字は二万だろうが二百万だろうが構わなかったわけだが、二千名という数字は少し多すぎる。ボフ家の中核を成す連中は、大体助けられる計算になり、彼らはそれを知っても主家に対して反感は抱かないだろう。

なので、ここの数字は二百名に書き換えておいた。終わったあとに騙されたことに気づいても、もう遅い。

「あれで士気を下げれば、大軍で囲めばあっさり降伏するだろう。ボフ家領には要塞にできるような都市はないからな。問題なのは、コツラハくらいだ」

コツラハは、ボフ家の領都だ。

空から見ると、丘もなにもない平野部にポツンと建っている都市なのだが、全周を高い城壁で囲んでいる。

都市には川が一つもないのだが、どうも地下水脈に恵まれているらしく、井戸を掘ると割と簡単に水が出るので、水には苦労しないのだという。

城壁の外に堀がないのが弱点といえば弱点で、城門に王城島のような跳ね橋が作れない。その代わり、城門の両脇に、城壁から半分に割った円柱が突き出るような形の塔が建っていて、そこが両脇からの攻撃拠点になっている。

城門の門扉も観音開きではなく吊り下げ式で、俺は降りている所を見たことがないのだが、攻略するに当たって王城にあった絵付きの資料に目を通した。

昔、ボフ家の前身であるムーラン家というのが無茶な反乱をしたので、王城は一時期ボフ家を警戒しており、コツラハの城門を撤去させた。十年ほど経ってほとぼりが冷めると、やっと直させたのだが、その時に城門は新しくなり、当時最新のものになったらしい。

絵図を見ると、ブ厚い木材が主材で、それに念入りに格子状の鉄を張ったものらしい。実際の耐久性はわからないが、破壊するのはかなり骨が折れそうだ。

「そうですね。あの門は立派です。けっこう犠牲がでるかもしれません」

ミャロが言った。

そう言いたくなるのが分かるくらい、上空から見ても立派な城門なのだ。

どうするか。

そりゃ、城攻めなんてまともにしたら、犠牲者の千人くらいは出るよな。降伏するったって、兵がいくら降伏したくても、最終的な決定はボフ家の残った連中が決めることだ。

士気は低下していても、城壁に守られた場所にいたら、やっぱり兵は戦うだろう。平野で包囲され、槍を突きつけられているわけではないのだから。

「十字軍が来るまで二ヶ月か三ヶ月……そうか」

名案を思いついた。

「それなら、攻める必要もないな」

よく考えたら、ボフ家の中枢にいる腹心の連中なんて死んでもいいしな。

俺が攻めるのに難儀する都市なら、十字軍だって難儀するはずだ。要塞をブッ壊した大砲みたいなのをまた作ってくれるなら、こちらとしては大助かりだ。持ってくるにしてもその場で鋳造するにしても、とんでもなく時間がかかる。

「そうだな。そうしよう」

「えっ」

「わざわざ戦う必要ないもんな。門だけ閉じさせて、あとは十字軍に任せよう。それがいい」

「兵糧(ひょうろう)攻めですか。兵糧攻めじゃないけど……」

「降伏しなかったら、十字軍が来るまで待って、あいつらを置いて王都まで下がろう」

決まりだ。

ボフ家はまだ兵を召集していないから、兵の大部分はコツラハとは離れたところにいる。

コツラハに入っているのは、せいぜい二千人かそこらだろう。包囲するなら二箇所ある城門を見ていればいいのだから、そこまでの人数は必要ない。二ヶ月かそこら、出てこないよう押さえつけておくのは難しくない。

「あ、ミャロは北に来なくていいからな。今回は、ディミトリと俺でやる。お前は、王都で魔女の後始末を続けてくれ」

「分かりました」

ミャロが頷(うなず)く。

こうしているが、ミャロは超多忙だ。魔女は、どんどん刑が決まっている。三審制なんていう制度はないので、裁判は一回で迅速に終わるのだ。

市中の情報屋や、耳ざといが金はないホームレスのような連中を雇って、魔女の名前を告げて被害者を集める。被害を受けた証人が罪状を告発して、弁護人が抗弁をして、判決が出ると、それで裁判は終わりだ。

おそらく微罪であろうという人間の中で、ミャロが有能さを認めたものは、保釈されて王城に戻って働いていたりもする。官僚機構がメチャクチャになってしまったので、今年の王都の徴税や予算管理などはまともにできないだろうが、それはもう仕方がない。

「それじゃ、俺は王都で用事を済ませたあと北に向かうから。よろしくな」

ディミトリあたりは分かっているが、ホウ家の中には「敵は殺せ。殺すが功名じゃ」的な物分りの悪いやつが大勢いるからな。

指導してやらないと、コツラハ以外のところでボフ家の残党を闇雲に殺しかねない。

「用事ってなんですか？」

「先生のところに顔を出してくる」

イーサ先生のところに、まだ顔を出していない。さすがに、顔も出さないのは不義理だ。

「ああ……気をつけてくださいね。先生は今、ずいぶんと人気者のようですから」

人気者？

「人気者ってなんだ」

「うーん……説明するより、行けば分かると思いますよ」

「ふうん。わかった。そうするよ」

よく分からないが、行ってみよう。

Ⅳ

俺は別邸に行くと、服を制服に着替え、帽子と大げさなマフラーで顔を隠し、学院まで歩いていった。

街はそう混乱してはいない。

大通りには武装したホウ家の衛兵が等間隔に立っており、小道も警邏班が巡回している。そいつらは教育が行き届いている部隊を選んだから、市民に金をせびったり威張り散らしたりすることもない。

市民は普通に歩いている。治安も一定以上に保たれている。ただ、新しい支配者にどう接していいのか分からず、ビクビクしているような不安感だけが漂っていた。

俺は学院の門をくぐると、学舎に向かう。

騎士院は通常通りやっているはずだが、教養院のほうは休校になっているはずだ。そもそも、学長のイザボー・マルマセットからして、こいつはヴィヴィラ・マルマセットの姉なのだが、一連の騒乱のドサクサで殺されてしまっている。

騎士院のほうも、中にはボフ家やノザ家の係累が沢山いるだろう。

学院が、これからどうなるかは誰にも分からない。騎士院のカリキュラムも、古めかしいものは変え、新しくしなければならない。急激な変化は混乱をもたらすが、もう騎士院も槍振りと古い戦略ばかり教える時期は過ぎ去ってしまったのだ。

一般課程の学舎に入り、イーサ先生の準備室に向かった。

すると、準備室の前には教養院生が六人も立っていた。

なんだろう。

部屋の前に並んでいるのなら分かるが、てんでバラバラに立って、丸っきり不審者の格好をした俺を、訝しげに見ている。

「すまないが、君たちはなにをしているんだ？　質問待ちか？」

「イーサ・ヴィーノ先生を待ってるのよ」

待ってる？

「じゃあ、イーサ先生はいないのか。どこにいる？」

「どこにいますか、でしょ。居丈高に言わないで」

トゲトゲしいな。

なにか騎士院と教養院に軋轢でも生じたのだろうか。まあ、軋轢自体はずっと昔から絶えたことがないので、今更の話なんだが。

俺が魔女の権威を地の底まで叩き落とすようなことを熱心にやったせいで、パワーバランスに変化があったのだろう。

まあ、どうも俺とタメか少し年上くらいに見えるし、ここは敬語を使っておこう。

「イーサ先生はどこにいるんですか？」

「分からないわ。だからここで待っているんでしょう」

そりゃそうか。

「そうなんですか。では、あなた方はなんの用があって待っているんですか？」

テロル語の質問か？

まあ、それ以外ないんだけど。

「イーサ・ヴィーノ先生は、ユーリ・ホウの恩師でしょう。口添えを頼みに来たのよ」

「ハ？」

思わず声が出てしまった。

俺？

口添え……？

まあ、恩師というのは間違っていないが……。

「なんの口添えを頼むんですか？　ちなみに、僕はユーリ・ホウと知り合いです」

というか本人ですが。

「お祖母様の助命嘆願よ。他の子は……まあ色々だけれど」

その女が、目を他の子に向けると、

「私は……お母様に言われて、お家の仕事を……」

などと、勝手に喋りだした。

なんか色々あるんだな。

イーサ先生も逃げたくなるほどか。待ちだけで六人だもんな。

『あなた方は、テロル語の講義は受けているのですか？』

俺はテロル語で言った。

『受けてますっ』

と答えたのは、後ろにいた子一人だけだった。

他のは、なにを言い出しとんだ、とポカンとしている。

一人だけかよ……。

そもそもイーサ先生は講師なのだから、講義を取っていないなら、まったくなんの関係もないんだが。

イーサ先生だって、講義で見たこともない顔が押しかけてきて、ユーリとの繋ぎになってくれと言われても困るだろう。

教養院関係で俺と関わりがある人が少なすぎて、イーサ先生にまでお鉢が回ってきてるんだろうか。騎士院には遠征関係で俺と関わりがあった者が腐るほどいるはずだが、そっちに行くのは気が引けるのかもしれない。

イーサ先生以外だと、リリー先輩とシャムは南に逃げてしまっているから、あとは印刷関係の二人しかいない。

この調子だと、あっちも大変なはずだ。ピニャは……話が通じないだろうから、コミミに行くんだろうな。思えば、あいつは本当に苦労の星の下に生まれてきたような女だ。

『あなたはテロル語の質問をしにきたのですか?』

『はい。なのになぜか並ぶはめに……』

かなり流暢じゃないか。

カタコトのレベルを踏み越えて、普通に会話できるレベルに到達してる。

『どんな質問ですか?』

『この文章です』

彼女は、一冊のテロル語の本を持っていた。

イーサ先生に借りたのだろう。俺も読んだことのある本だった。これなら答えられそうだ。

『……されば戒には反すれど、情を忘るるは御宸襟に沿わぬものとぞ……』

『この戒ってなんですか?』

『ああ、これは十戒の歌のことを指しているんですよ。知ってます?』

『ああ、托鉢僧の』

『そうそう、托鉢修道会の教歌です。まあ、ここもいきなり出してくるので混乱しますよね』

不親切なんだよな。

イイスス教の話をコミカルに纏めた説話集のような本なのだが、けっこうコアな知識も知ってる前提で書いてあるから、初見だと困ってしまう。

『なるほどです……あと、これは？』

『サヨゴロモ……あー……これはイーサ先生に聞いたほうがいいかも』

『分かりませんか？』

『分かりますが……ちょっとこれは説明しにくいですね』

『大丈夫です。お願いします』

あー。

まあ、俺に説明したときはイーサ先生も大分言いにくそうだったからな。

バトンタッチするのもどうなんだろう。

いっそインクで消してしまったらいいのに……。

『小夜衣（さよごろも）、これは隠語で……ええと、その、売春婦の方が性病を防止するために、あそこに綿を詰め込むんです。それのことですね』

「えっ！」

少女は驚いたように言って、バタンと勢いよく本を閉じた。

屈辱を受けたように、顔を赤面させる。

セクハラになったか……。

『すみません。やっぱりイーサ先生にお任せしたほうがよかったですね……』

『い、いえ……聞いた私が、悪いので』

顔を真っ赤にして、肩をプルプル震わせている。

なにやら背徳感があるなこれ。

『それじゃ、僕はイーサ先生を探しに行きます。テロル語、頑張ってください』

このままだとヤバい感じの変態になってしまうので、俺はこの場を離れることにした。

イーサ先生は、使われていない教室の板張りの床に、半畳ほどの敷物を広げて、その上に座って祈っていた。
ここはいつもテロル語の講義をしている教室の

近くにある、小講義室だ。

クラ語講座は、最近になって一つの大教室を独占できるようになったが、昔はそうではなかった。その頃は、講義が終わって次のコマが始まると、休憩時間の後も質問を受け付けるために、この部屋に移動していた。

扉の開く音を聞くと、イーサ先生は祈りをやめて振り向いた。

「えっと……?」

イーサ先生は、敷物から立ち上がり、俺から離れるように後ずさった。

「俺ですよ」

帽子とマフラーを取る。

「えっ、ユーリさん?」

「はい。ご挨拶に伺いました」

「はあ、そうですか……」

まさか俺が来るとは思わなかったのか、イーサ先生はなにやら呆気にとられている様子だった。

「イーサ先生、その節はご不便をおかけしたようで」

俺はぺこりと頭を下げる。

「あっ、いえいえ、全然……全然、大丈夫でしたので」

イーサ先生は、暗殺があった夜に第二軍に拘束され、テルルと一緒に軟禁されていた。

俺はティレトと接触したあと、イーサ先生の居場所を調べさせていた。十字軍が絡んでくるなら、必ずイーサ先生を狙ってくるはずだからだ。

王都を諜報させると、案の定イーサ先生は拘束されていた。だが、警備が厳重だったので、その場で助け出すより、移送のため王都から離れたところを強襲して救出したほうが安全だということになり、奪還作戦は保留になった。魔女たちはイーサ先生を丁重に扱うだろうし、危険を押してまで急ぐ必要はなかったからだ。

だが、移送が始まる前に王都は陥落してしまった。

「それより、お一人で来たのですか？　お立場を考えると、いささか不用心ですよ」

　イーサ先生には言われたくない……。

「それは言いっこなしということで……教養院の様子も見ておきたかったのですよ。彼女たちが虐（しいた）げられていたら問題なので」

　俺はそう言いながら、イーサ先生の近くの椅子に座った。ほとんど使われていない教室だからか、少し埃（ほこり）っぽい。

　イーサ先生も、床に敷いていた敷物を長椅子に掛けると、そこに座った。

「先生、連れて行かれたときは大丈夫でしたか？　怪我（けが）などは……」

「はい、全然もう、まったく……。軟禁先も、なんだかとても良い部屋でしたし……」

　まあ……イーサ先生は王城に捕らわれていたわけで、王城の客室といえばイーサ先生の個室より作りがよかっただろうな。

　聖典の売上から3％は翻訳料として渡しているから、望めばあのくらいの部屋には住めるはずなんだけど……。

「そうですか。それなら、よかったです」

「ユーリさんも、大変だったようですね……ご両親のこと、本当に……なんと言ったらいいのか……」

　イーサ先生は、本当に悲しそうな顔をしている。悼（いた）んでくれているのだろう。

「ええ、まあ……ところで、準備室のほうを見てきましたよ。六人も待っていました」

　俺は話題を変えた。あまり湿っぽくなってもいけない。

「……そうですね。ちょっと、今はバタバタしておりまして」

「なんだか、俺のことでご迷惑をかけてしまっているようで……すみません」

「いえいえ。でも、すべてお断りしているのに、なんでああなってしまうのか……」

イーサ先生は、やはり頭を悩ませている様子で、髪に手をやった。メガネにかかって邪魔なのだろう。

「中には本当に質問をしに来ている子もいるので、こうしているのは不本意なのですが……応対してしまうと、何十人も列になってしまうので……」

「テロル語が上手にできる子を雇って、あそこで代理をさせてみては？」

そしたら質問者だけ残るだろう。その子は俺と面識がないのだから。

「でも、それもその子に申し訳ありませんし……」

「お金を渡せば、なにも悪いことはないんですよ。魔女家はみんな失業みたいなものなんですから、お仕事をあげるのはむしろ良いことです」

「……考えてみれば、そうですね。確かに、ユーリさんのおっしゃるとおりかもしれません」

よかった。納得してくれたようだ。

「お金は学校から出させます。いっそ教師になるだけの力量がある生徒は全員教師になってもらって、暇な教養院生にテロル語を教えることにしましょう」

どうせ休校中なわけだし、そういう職業訓練的なことをさせるのも悪くない。イーサ先生の準備室に詰めかけて、廊下で時間を浪費するよりはよっぽど有益だろう。

「え？　いえ、でも……」

「いいんです。これは本当に必要ですから」

テロル語話者は多くて困ることはない。いればいるほど、クラ人との軋轢は減るのだから。

「もう決めました。テキストはあの聖典がいいです」

向こうの文化も学べるし、イイスス教についての知識も得られる。一石二鳥だ。

「うーん……でも、いいのでしょうか」

「いいんですよ。古代シャン語なんて勉強しても、もう役に立たないんですから」

「あぁ……そうですね、ごめんなさい」

イーサ先生は、なぜか頭を下げた。

「十字軍が来るんですものね……元はと言えば私たちのせいで、ご両親も……」

皮肉に聞こえてしまったか。

「イーサ先生、それ以上は言わないでください。そういう話ではないはずですよ」

「でも……」

あー……。

なんか、誰かから糞くだらない話を吹き込まれたような気配がするな。

先生はクラ人だから、誰かにそういう風に責められるのも、仕方ないと言えば仕方ない……と思ってしまう自分が嫌だけど。

けど、クラ人は友達！　みたいに誘導するのも、それはそれで戦意に水を差す結果に繋がるから、問題大アリだしな……。

「イーサ先生の立場柄、誰かにそんなことを言われたのかもしれませんが、気にしなくていいんです。戦争となればお互い様ですから」

「……でも、同胞が裏切っていたようで……リューク・モレットという方なのですが」

「ああ、あいつですか」

あれには役に立ってもらった。

「すみません……王国に亡命者として匿ってもらっておきながら」

俺もこのあいだ知ったのだが、亡命時の契約書にシャン人国家への背信行為はしないという条項があって、彼はその条項に違反していた。

まあ、その条項がなくても外患誘致的な罪で死刑なのだが、契約書というのは信義の取り交わしなので、イーサ先生は気にしているのだろう。

「先生は、リューク・モレットとは別の人間じゃないですか。気にする必要はないですよ」

「……あの方は、教皇領の出身なんです。私のようにこちらに馴染むことができず、いつも故郷のアホルナカトに帰りたいと言っていました。根は悪い人ではなく……」

「そうなんですか……まあ、ちょっと手遅れなんですが」

うーん……。

まあ、手遅れだな。

「今、彼はどうなっていますか?」

「端的に言えば、イーサ先生が聞かない方がよいたぐいのことになっています」

「教えてください。私も酷い物、醜い物は見飽きるほど見てきました。大丈夫です」

そうは言ってもな。

「まあ、これから人生を楽しむことは、いかなる意味でも難しい体になってしまっていますね」

王剣の拷問たるや凄まじいものがあり、俺でも感心したほどだ。相当の人体の知識がなければ、ここまで責め苛むのは難しいだろうと思わせるほどの拷問の痕だった。

あれでは、たとえ生き残っても、殺してやったほうが慈悲になるだろう。

「ああ……」

イーサ先生は、世界に不幸が跋扈していることを嘆くように息を吐いた。

「大した情報は知りませんでした。本当に繋ぎになっていただけのようですね。ただ、王都の情勢や大物の個人名などは、事細かに伝えたことでしょう」

もちろん、イーサ先生が亡命していて、生きて教鞭をとっているということも、彼が伝えたはずだ。

「……罪を免れないことは分かっているのです。でも……本当に悲しいです。彼は……悪意があったわけではありません。普通の人だったのです」

「俺もたくさんの人を殺しましたが、根っからの悪人なんていうのは、ほんの少ししかいなかったんだと思います。リューク・モレットさんもいい人なのかもしれませんが、殺します。その代わり、俺も殺される時は文句を言いません。お互い様なんですよ」

人が人からものを奪う時、説得なんてしない。言葉で説得されて全財産を捧げようとする人がいるだろうか？　どのみち、奪おうとする者は他人にそれを強制する力を持っている。説得する努力を払うなら、殺したほうが楽だ。

そして人間は、一般的に作るより奪うほうが効率がいい。他人と戦って殺せる能力のある者にとっては、十年稼いで家を建てるよりも、他人を殺して家を奪うほうがずっと楽である。

もちろん、国の中でそれをすれば、すぐさま逮捕され投獄される。場合によっては死刑になるだろう。だが、人間は人をまとめる国家という枠組みは持っていても、国家をまとめる大国家という枠組みを持っていない。国家と国家の間は、法治社会ではない。無政府状態（アナーキー）である。

そこには、他人から奪った土地に植民をしても誰も咎（とが）めるものはいない。罰せられることもない。そんな世界では、殺すのも殺されるのもお互い様という、自然に立ち戻った理屈しか通用しない。

「そうですか……でも、ユーリさんは悲しそうな顔をしています。それは、人の心が傷ついている証拠ですよ」

「どうでしょうね」

「ユーリさんは、戦争でも、犠牲者を最小限に収めようと努力したではないですか」

それは、十字軍が来るからだ。

俺は、教養院の生徒でさえ、魔女出身の者は皆殺しにしようとしていた。結果的にそれは回避できたが、あの時は本気でやるつもりだったし、もし大魔女（おおまじょ）たちが決断していなかったら実行に移していただろう。

「まぁ……戦争なんてするのは、人でなしですよ。実際、俺が十字軍にやろうとしていることを知れば、イーサ先生は俺に失望すると思います」

俺のやろうとしていることは、イーサ先生のような人には、発想すらできないものだろう。

連中が俺のことを悪魔と呼ぶのなら、それはたしかにそうだろう。俺は鬼畜どもの軍団を滅するために、悪魔にしかできない所業をしている。

「失望しませんよ。ユーリさんには、私を失望させることなどできません」

イーサ先生は、不思議なことを言った。

「どうでしょう」

「なら、教えてください。誰にも漏らしたりはしません。神に誓います」

「なぜ知りたいのですか？　たとえ知っても不快な思いをするだけなのに」

べつに、イーサ先生を犠牲にするわけではない。

イーサ先生は、俺が敷いた平和の上で暮らし、平穏を享受していればよい立場だ。それは、全然悪いことではない。

「ユーリさんが何をしようとしているのか、知りたいからです。場合によっては、助言ができるかもしれません」

「まあ、いずれ知れることだとは思いますし、構いませんが……」

さっき神に誓いますって言ったしな。イーサ先生が神に誓うといったら、それは絶対のことだ。

「なら、お話ししましょう」

◇◇◇

「そんなっ……」

イーサ先生は、案の定、口を押さえて言葉を失っていた。

「だから、イーサ先生は加害者の一味のように心を痛める必要はないのですよ。こちらも似たようなことをするのですから」

お互い様なのだ。

それで文句を言われる筋合いはない。

「ユーリさん……それはいいのです。私は、ユーリさんの心がどうかしてしまわないか、そちらのほうが心配です」

「……なぜですか？　へっちゃらですよ」

実際、人一人の首を搔(か)っ切って人生を終わらせたあと、こうして平然と次の用事を済まそうとしているわけだし。

時代が時代ならサイコパスと言われてもしゃーないわな。

「ユーリさんは、他人の痛みが想像できる人です。それに目を背けようともしないでしょう。だから心配なのです」

「大丈夫ですよ……そんなに繊細な人間ではないですから」

「もし入信していただければ、幾らでも罪を赦(ゆる)してさしあげるのですが……ユーリさんには気休めにもなりませんね」

斜め上の発想だ。

はい、あなたは罪を償い、神は許しました。なので、あなたにはもう罪はありません。それはそれで便利な話だが、俺には茶番としか思えない。

「残念ですが、そんなのは御免です」

「そうですよね。なら、せめて……」

イーサ先生は、椅子から立つと、俺の前に跪(ひざまず)いて、両手で手を包んだ。

体温の高い、温かい手に包まれる。

イーサ先生を見下ろすような格好になったので、なんだか落ち着かなかった。

いかなる意味があるのか、イーサ先生は手元を見ながら何か祝詞(のりと)のようなものを小声で唱えていたが、すぐに止(や)んだ。

見上げるように俺を見た。

「ユーリさん……一人で抱え込まないでください。ユーリさんの周りには、たくさんの人がいるのですから」

「俺の罪は俺の物ですよ」

「私は許します。失望もしませんよ。罪を犯しながら罪を直視し、苦しみながら生きていくのが人なのですから。ユーリさんは、ただの人です。罪を犯していない人などいないのです」

なんだか、今日のイーサ先生は、今までで一番宗教者っぽい。

「それでは、殺された人たちが浮かばれないでしょう」

俺に焼き殺された魔女たちだって、まあクズではあったが、家庭では厳しいながらも良い母親だったんじゃないのか。

少なくとも、数人はそんな感じのがいた。

「私は許します。イイスス様は関係ありません。私がユーリさんを許します。どうか、心に留めておいてください」

俺の手を握ったイーサ先生にそう言われると、ふいに心が安らいだ気がした。

そうなった自分に、嫌悪感が湧く。

それは違う。

「……そうですか。分かりました、覚えておきます」

奇妙な気分になりながら、少し手を引くと、イーサ先生は俺の手を離した。

「それでは、少し用事があるので、これで失礼します」

まだ少し時間があったが、俺は椅子から立った。これから北に行って、また戦争をしなければならない。

「ご武運をお祈りしています」

イーサ先生は立ち上がって、ぺこりと頭を下げた。

V

ボフ家の屋敷は、盛り土をして作った高台の上にある。

五百年前、ムーラン家は本家の建て替えの際に、シビャクの王城のように威風堂々と都市を見下ろし、敵が迫ってきたら遠く見渡せる屋敷を作りたいと考えた。

まず井戸を掘り、その井戸穴を延ばしながら五メートルの盛り土をし、その上に四階建ての建物を建てた。

しかし、当時のシヤルタ王国の建築技術は程度が低かった。より正確にいえば、退化していた。シャンティラ大皇国の時代には存在していた多くの技術は戦乱で失われ、屋敷を建てた大工は盛り土が沈下することすらよく理解していなかった。

沈下によって、建物は完成後四年で全体がひずみ、廊下は歪み扉は閉まらなくなった。屋根の平坦が維持できなくなったことで雨漏りが発生し、最終的には作り直しを余儀なくされた。

現在のボフ家の屋敷は、年数経過により締まって安定した盛り土の上に建っている。ただし石垣はなく、盛り土は樹木の根で支えられていた。

四階建てといっても、四階は一つの部屋で、部屋の一辺は階段になっている。いうなれば、物見台が大きくなったような部屋だ。ただし、その部屋は城壁よりも高く、設計通り都市の四方が良く見渡せた。

そこに今、オローン・ボフの妻であるクラリーヌ・ボフをはじめとした三人が集まっている。

「クラリーヌ様、いかがなさるおつもりか」

ティグリス・ハモンが言った。

ハモン家は、ボフ家の分家筋で、代々藩爵を賜る家柄だ。ボフ家領のなかでも屈指の名家で、山あいに位置するメスティナという都市を自領としている。メスティナは金鉱山で栄えた鉱山都市で、金の産出では国内第二の規模を誇っていた。

宣戦布告と電撃的な侵攻を受けたボフ家の諸都市と支城は、次々と降伏してしまった。

それを受けたクラリーヌは、各都市に触れを出し、急遽軍を起こしコツラハに集まるよう命令をした。ティグリス・ハモンは、そうしてコツラハに集った一人であった。

「今、考えております」

「エイノラ様、なにかご意見は？」

エイノラ・ボフは、オローン・ボフのたった一人の嫡男だ。

オローン・ボフには数多く子がいるが、正妻であるクラリーヌが産んだのはエイノラただ一人だった。他は庶子として、他家に押し付けられたり、市井で暮らしていたりする。

クラリーヌは旧姓をアツトという。アツト家は分家筋では中くらいの家格を持った家にすぎないが、その見た目の麗しさをオローンに気に入られ、ボフ家に嫁いできた。

「分からぬ。考えている……」

と、エイノラは巨大な体で腕を組み、まるで呆けたように言った。

オローン・ボフは、生きているとも死んでいるとも伝えられていない。つまりは生死不明の状態で、エイノラは暫定的に当主という扱いになっていた。

「考えている、ではないのです！　住民は今や、爆発寸前だ！　なぜ城門を開き、逃がしてやらないのですか！」

敵軍は、北側の門にルベ家軍が三千、南側の門にホウ家軍が三千、門を抑えるように展開している。

コツラハに残っているボフ家軍は四千いるが、北か南、どちらかに兵を集め攻撃をしかければ、反対側の門が破られてしまうだろう。

こちら側の攻撃を誘うような戦力配分をしてきている。

コツラハは、今や完全な孤城と化していた。救援の見込みもない。

そして、ホウ家の現当主であるユーリ・ホウは、この攻城戦を十字軍が来るまで続けると公式に伝えてきた。

それまでは攻めない、と。どうせ戦って死ぬなら、十字軍と戦って死ね。というわけだ。

ただし、それでは民が犠牲になるので、南門から出して逃がせ、と付け加えた。民に対しては決して悪いようにはしないいし、門を開いている間にボフ家軍を攻撃したりもしない。

厄介なことに、その内容は小さな紙に書かれ、ボフ家が国を売った魔女の一味と共謀していたという内容とともに、街中にバラまかれてしまっている。

民衆が、さっさと門を開けて出してくれと怒るのは当然であった。

「機を待つのです」

クラリーヌ・ボフが言った。

そもそも、クラリーヌが軍事に口を出すこと自体がおかしい。

若いとはいえ、エイノラはもう三十二歳だった。ユーリ・ホウと比べれば十歳以上年上だ。なぜ、母親に口を出させておくのか。

「機とはなんです。まさか、十字軍が助けに来てくれるとでも？」

ティグリスは、あざ笑うかのように言った。

「馬鹿にするでないッ!!」

クラリーヌは、その細身からは考えられぬほどの大喝をした。

ティグリスは、一瞬身が竦む思いがした。

「では、なんなのです。私にも分かるように指針をご教示願いたい」

「……兵糧の備蓄はまだ十分にあります。ホウ家からの会談の申し込みがあってからでも、遅くはないのです」

「交渉をするおつもりですか」

ティグリスは、窓の外を見た。

ホウ家軍は、門から矢の届かない位置にギッチリと馬防柵を張り巡らし、三分の一をそこに張り付け、三分の二は練兵をしている。

市壁を迂回するようにして、ルベ家領から逃れる民が、列になって移動していた。

明らかに兵数に対して量の多い天幕は、彼らに貸し出されているようで、市壁の上から見るに、どうやら炊き出しも行っているようだ。

「そうです。焦ることはないのです。まだ包囲が始まって一週間にもならぬ。まずは、一ヶ月ほど様子を見ましょう」

ユーリ・ホウから会談の申し出があったのは、二日後だった。

◇　◇　◇

天幕に入ると、そこには打ち合わせ通り、護衛を含め八人の男たちがいた。

こちらの対面の長机に座っているのは、ユーリ・ホウとキエン・ルベだ。

ティグリスは、ユーリ・ホウを初めて見たが、驚くほどに若かった。騎士院出の新兵を見ているようだ。

ユーリ・ホウは、傲岸か不遜か、太星勲章を賜ったキエン・ルベを差し置いて、上座に座り平然としている。

「遅いな。待ちくたびれた」

天幕に入ってきたボフ家の面々を見て、ユーリ・ホウが口を開いた。

その言葉の通り、ボフ家側はクラリーヌの着付けに手間取り、三十分ほど遅刻していた。

「それは失礼」

クラリーヌは淑女の礼儀に則って、楚々とした所作で椅子に座る。上座はエイノラに譲った。

椅子は二脚しかなく、ティグリスは立っているしかなかった。

向こう側重役と思われる二人も立っている。その他に、鎧を着込んだ護衛が二人ずつ、四人で机の両脇を固めていた。

こちら側の護衛四人が両脇に分かれ、机の横で対峙する。

ここは南側の城門から少し離れており、双方の合意に基づき天幕が設営されていた。殺そうと思っても、屈強な護衛を一瞬で殺すのは難しく、暗殺は難しいことのように思える。そして殺してしまえば、殺された側からは矢を射掛けられるので、無事に戻れる保証はない。

「まずは、こちらの要求を端的に言おう。民を解き放て。一家で降伏したいのなら、受け容れる用意もある」

「では、交換条件を申しましょう。ボフ家を今までどおりの待遇で存続させること」

クラリーヌが言うと、ユーリ・ホウは、はぁ……と、うんざりしたように溜め息をついた。

「あのな……。いや……いいや」

そうつぶやくと、ユーリ・ホウは再び、はぁ……と、溜め息をついた。

「……なんでこう、もっと小ざっぱりと話ができねえのかなぁ……キエン殿、なんでだか分かるか？」

「……さあ、分かりかねますな」

「教養院の教育の影響なのかなぁ……交渉学みたいな講義ってあったっけ？　ほんと、どこが悪いんだろ」

ユーリ・ホウは、悩ましげに頭を指先で掻いた。

「あのさぁ……もっと腹を割って話そうや。民衆を解放しろ。単純な要求だろ？　食い扶持が減るんだから、お前らにとっても得をする話だ。その対価が、なんで〝ボフ家をそのまま存続させる〟になるんだよ」

「だって、あなたは、その市民が欲しいのでしょう？　ならば、ただで買おうというのは都合の良すぎる話ですわ」

「盛るにしても限度があるだろ。あんたの亭主には、自ら天爵の爵位を返上して、領を返すのなら地主として家を存続させてやると言った。それでどうだ？」

「受け容れかねます」

　クラリーヌは、ニッコリと微笑んだ。

「ビスレフトの譲渡、そして今後百年の自治権の保障と、独立した軍権の認可。これで手を打ちますわ」

「分かった。もういいや。帰ってくれ」

　ユーリ・ホウは、しっし、と手を振った。

「帰って、とは？」

　クラリーヌが眉根を寄せ、疑問の声を出した。

「交渉決裂だよ。仕方ない、面倒だがコツラハは攻略する。その時はもちろん容赦しないからな。そうだな……準備に一週間ってとこか。あんた」

　ユーリ・ホウは、クラリーヌをじっと見据えた。

「あと一週間、楽しんで暮らせよ。必ず殺してやる」

「減らず口を……」

　クラリーヌは、ユーリ・ホウの大言壮語に不快そうに顔を歪ませた。

「おい、さっきから一言も喋らない、そこの木偶の坊。あんたエイノラって言ったか。お前、かーちゃんの背中に隠れていれば生きていられるなんて思うな。どこに逃げようと、必ず殺す」

　ユーリ・ホウが不機嫌を隠さずに言った。ティグリスには、エイノラの顔が不安に歪むのがよく見えた。

　ガンッ！　という音がして、机が一瞬浮く。

　ユーリ・ホウが、椅子に座ったまま、机を蹴り上げたのだった。護衛が剣の柄に手をかけるが、ユーリ・ホウは気にもしなかった。

「……俺は、余生を穏やかに暮らせる生活をさせてやるって言ってんのにな。わかんねえよ、国を売るような真似をしといて、それ以上を望むとは……最後にもう一度だけ聞く。これが最後の質問だ」

ユーリ・ホウは、しんと静まった天幕の中で、ゆっくりと言った。

「生活するに十分な年金を貰って、余生を穏やかに暮らすか、無駄な抵抗をして、一週間後無残に殺されて死ぬか。どちらにする。選べ」

ティグリスは、背筋を凍らせていた。

この男は、必ずそうするだろう。

子供の戯言とは思えぬ何かがあった。開戦から十日でシビャクを陥としめたのは、他の誰かではない。この男なのだ。

「どちらも選ばない。あなたは、私の都市を攻撃すれば無傷の市民が手に入ると思っているのでしょう。ならば、私は軍に市民を攻撃するよう命令を出します」

馬鹿な。

ティグリスは、耳を疑った。

「馬鹿なッ！」

キエン・ルベが怒号を発し、机を叩いた。

「騎士とは民を守るもの！　それを、民の尻に隠れるだけでは飽き足らず、刃を向けるとは！　ボフ家の名が――」

「キエン殿」

ユーリ・ホウがキエンの言葉を遮るように言った。

「んなこと、この馬鹿女に言ったたって通じやしねえよ。やらせてみたらいいじゃねえか」

「だがっ――！」

キエン・ルベは、興奮を抑えきれない様子でユーリ・ホウを見た。

「考えてもみろよ、キエン殿。もし仮に、この馬鹿女がさっき言ったような命令を部下に出したとして、兵が素直に実行するか？」

ユーリ・ホウがそう言うと、キエン・ルベはさすがの思考力で、それが難しいことをすぐに悟ったようだった。

「キエン殿のような人望厚い将軍なら、まあやってやれないことはないだろうが、この馬鹿女にはとてもじゃないが無理だろうよ。あんた、クラリーヌっていったっけ？　てめーが今言った命令は、昨日まで一緒に暮らしてた家族を、今日刺し殺せって言ってんのと同じなんだよ」

兵士たちは、強盗を刺し殺す覚悟はできていても、家族を刺し殺そうとは思っていない。もし仮に、ゴロツキの寄せ集めのような傭兵部隊であったら、むしろ実行しやすかっただろう。だが、コツラハに集っている兵には無理だ。聞かせられる種類の命令ではない。

「それでもやると言うなら、手っ取り早え。こないだやったのと同じ方法で、空からビラを撒いてやる。一人でも市民を殺した兵は虱潰しに探し出して全員処刑するってな。それでも実行できると思うなら、やってみるがいい。兵に反乱でも起こされて、吊るされるのがオチだ」

それは実際にそうなるだろう、とティグリスは直感的に思った。

もう、ボフ家はどうにもならない。降伏する他ないだろう。クラリーヌは、一体どうするつもりなのか。

「ならば、腹心の者のみを使って井戸に毒を投げ込むことにしますわ」

とんでもないことを言い出した。

「……はあ、そう来るか」

「兵にはボフ家の屋敷の水のみを飲ませます。そうすれば――」

「クラリーヌ様」

ティグリスは、ここで初めて発言をした。

「お前は口を利くでない」

「いいえ、言わせていただきます。一体それをして、どうなさるおつもりですか？　事ここに至っては、ホウ家が提示している条件は悪いものとは思えません。地主として、それなりに裕福な暮らしができるのですから」

「黙りなさい」

「これ以上条件に拘ってても、断言しますが、地主の条件を受け容れるより良いことにはなりません。ここは、つまらない意地を捨て、降伏されるのが最善かと」

「怖気づいたか。ティグリス・ハモン。傑物であると娘を評し、無理を通して家を継がせた先代に恥ずかしいとは思わないのですか」

駄目だ。

ティグリスは思った。この女と話しても、仕方がない。

毒を入れる？　本人は一種のブラフ、脅しのつもりなのだろうが、自滅を武器にするまで追い詰められてしまったら、もはや交渉になってはいないのだ。小指の先程の譲歩は得られるかもしれないが、クラリーヌは大きな都市を一つくれといっている。受け容れられるわけがない。

「エイノラ様。あなたもなにか意見はないのですか？　あなたのお母様は、井戸に毒を入れて民衆を虐殺すると言っているのですよ」

「ンッ!?　むう……」

エイノラは、奇妙な声をあげたきり黙ってしまった。

これでは……。

「面白くなってきたじゃねえか。いっそ、ここで一戦やらかすか？　ホウ家とルベ家の最精鋭相手に、どこまでやれるか見ものだぜ」

「その必要はありません」

ティグリスはそう言うと、腰に佩いた短刀というには長すぎる刀を抜いた。

抜き打ちにエイノラの首を半ばまで断ち切ると、ティグリスの右手に分厚い肉と硬い骨を断つ感触が伝わった。

それを見ていたクラリーヌの目が見開かれる。

「なっ――気でも狂ったか！」

返す刀が、椅子を蹴って立ち上がったクラリーヌの細首に吸い込まれた。

枝を断つような手応えが過ぎると、胴体と泣き別れとなったクラリーヌの首は地面にぽとりと落ちた。

二太刀で二人の生命を屠ると、ティグリスは刀を鞘に納めた。

両脇から、ボフ家側の五名の護衛が槍を突きつけている。刺されても構わなかった。自分はボフ家の最後に、するべきことをしたのだ。

護衛の槍が動き出し、刺されるかと思った瞬間、

「やめろッ！」

鋭い声が響いた。

「ここでその槍を突けば、俺は貴様らを殺さねばならなくなる。この期に及んで主君の敵もないだろう。貴様らはコツラハに戻り、降伏の準備をしろ。そこの女はこちらで捕らえておく」

身内の裏切り者を刺したところで、なぜユーリ・ホウが護衛を殺さなければならないのか。意味不明な理屈であったが、護衛は一瞬で戦意を喪失したようだった。

ティグリスは、腰帯から鞘ごと刀を抜くと、机に置いた。

Ⅵ

オローンの妻と息子が殺された翌日、コツラハに入城した俺は、屋敷の会議室にいた。

そこには、キエンを始めとする面々が揃っている。末席には、昨日の威勢のいいねーちゃんが

座っていた。

ティグリス・ハモンだ。立て襟の付いた服をきっちりと着込み、長い髪を頭の後ろで纏めて、ポニーテールのような髪型に垂らしている。

年の頃は、三十歳くらいだろうか。

なぜ、こんなねーちゃんが藩爵なんていう大きな家の当主をやっているのだろうか。事情を調べてみると、先代のハモン家には男の跡取りがまったく産まれなかった。そこで婿を取ろうという話になったらしいのだが、ティグリスが「いや私が騎士院に行って跡を継ぎます」と断言したために、女だてらに領主となったらしい。

藩爵というのは、下に幾つもの騎士家を抱える大きな家で、領都から離れた地方に行くにつれ、辺境伯のような性質を帯びることになる。

統治という行為にとって距離というのは重要な要素で、やはり遠くなるにつれ抑えが利かなくなる。地方に独立した小領がバラバラにあると、中央の目が届かず、好き勝手やらかしはじめる。そこをしっかりと統治するためには緻密な官僚機構が必要になるが、政治に疎い騎士家にそんなものはない。なので、信用できる者を地方領主にして、地方をまるっと任せてしまおう。というのが、辺境伯の成立背景といえる。

女だてらに騎士というのはなくもないが、それが藩爵というのは珍しい。就任する過程で周囲が横槍を入れてくるし、婿になって藩爵になりたいという輩は大抵の場合星の数ほどいるからだ。

騎士号を貰っていれば立派な騎士なので、悪いことはなんにもないが、やっぱり女権国家において騎士というのは男の圏域なので、就任するにも維持をするにも相当な努力が必要だったろう。

だが、事情を聞いてみると、ティグリスはその辺を完全に実力で黙らせてきたらしい。メスティナという金鉱山で有名な都市を、鉱山からの金の産出量が減ってきているにもかかわらず、様々な新規事業を立ち上げて良好な統治成績を維持している。領民からの信望も厚い。

「ボフ家領の攻略に、二週間もかかってしまったな。残りはノザ家だ」

俺は言った。

二週間。アルビオ共和国からの船便を首を長くして待っているが、今度は十四日では無理なのか、続報はまだ来ていない。

「ユーリ殿の考えは？」

キエン・ルベが尋ねてきた。

リャオは、この場に居なかった。すでに軍を任され、ノザ家の抑えに向かっている。

「今回は難しくなる。ボフ家は、オローン・ボフを殺害してから即座に攻め上(のぼ)ったから、そもそも諸侯を招集する時間がなかった。しかし、ノザ家のほうはそうはいかない。もう十分な時間を与えてしまったし、その気になれば一致団結した防戦ができる。キエン殿の領境には、もう兵が集まっているんだろ？」

「うむ。鷲で調べてみたところ、三千名ほど籠もっているらしい。領境には都市といえるような都市はないのだが」

ノザ家とルベ家の領境は、かなり北のほうにある。そこは凍(い)てついたフィヨルドに村々が点在しているだけのような土地で、村々を巡る道は一応あるらしいが、都市らしい都市が自然と形成されるような肥沃さはない。

それでも防衛したいのなら砦(とりで)でも作っておけばいいのだが、それはそれで維持に金がかかるので、戦時にしか役に立たない防衛施設は作ってこなかった。

「領境に一番近い村の住民を退避させて、逆茂木(さかもぎ)を張り巡らせたりして防備を整えているようだ」

「ディミトリ、こちらの領境の様子を話してくれ」

領境付近は、ディミトリが領主を務めるダズ家の封土となっている。

「南側にも、そういった応急築城的な動きはありますが、兵は大して配備されていません。五百名がせいぜいといったところです。南に関しては、最初からオレガノまで引く心算なのでしょう」

　オレガノからホウ家の領境までは、けっこうな距離があるのだが、その間にはロクな町がない。

　非情なことを言うようだが、見捨てるのは正解かもしれない。

　そういえば、リリー先輩の実家はオレガノから少し北に行った場所にあるんだった。預家なので父親が出兵することはないが、保護してやらないといけないな。

「山脈を通り抜ける道は、ユタン峠だったか。あれが一番太いそうだが、守るに易い地形だから難しいようだな」

　ユタン峠は、ノザ家の領都オレガノとシビャクとを結ぶ交易路の要所で、山脈の起伏の都合で北のほうに逸れるのだが、他の峠と比べれば整備されている。

　ただ、狭くて防衛する側に有利な地形になっている。

　ここから攻めるとなると、戦うのも難しいが、補給線の問題も出てくる。補給線は長さだけがその制約になるわけではなく、途中の険しさも当然影響してくるからだ。

　狭く、急峻な山道というのは、補給が難儀する環境の最たるものだ。仮に峠を突破できたところで、その向こうで大軍団が活動をするには、糧食その他の補給を続けなければならない。当然だが、補給段列が険しい峠道を延々と行ったり来たりすることで、山脈の向こうで切った張ったをする軍団の活動を支えることになる。馬車がすれ違える道幅さえあるかどうか疑わしい峠道を、延々と馬車が走って補給をするのだから、軍団自体の規模もそう大きくはできない。

峠越えで有名などこかの雷光さんのように、峠の向こうで略奪をすることで糧食を補給できるならいいが、そんなことはできるはずもない。

そもそも、ノザ家の領地は枯れた土地なので、仮に略奪をしても補えるかどうかわからない。

戦略的に有利なら行っても構わないが、別にノザ家領は入り口が全部山脈に塞がれているわけではなく、北と南は普通にガバガバに開いているわけだから、わざわざ峠を越すのはどうなのだろう、となる。

少なくとも、俺はちょっと気が進まなかった。

「警戒されているなら、わざわざ峠を使う必要もないでしょう。どのみち、南北で挟めばノザ領は一巻の終わりです。問題は倒し方なのですから」

「王都陥落からこっちの死傷者数は、三百ほどだったな」

「そうです。戦闘になった街が二つありましたので」

「ノザ家には八千名の兵がいて、今度はガッチリ臨戦態勢を取っている。面倒だな」

ディミトリの言うように、やろうとすればあらゆる戦局で敵を圧倒できるだろう。だけれども、こちらも千か二千の兵は失ってしまう。

「まずは、降伏を勧めてみましょう」

ディミトリが、俺が言おうとしていたことを言った。

「儂もそれは考えていた。彼奴とは長い付き合いだが、本当に小心者でな。存外、あっさりと飲むかもしれぬ。将家の頭領として偉ぶってはいるが、はじめから戦いを好む気質ではないのだ」

キエンが言うボラフラ・ノザへの人物評は厳しいが、昔なにかあったのだろうか……。

「ですな。前回の十字軍の時は、兵を全く動かさず、終始逃げ腰であったと聞きました」

ディミトリが同意した。

「陣地を交換しておいて正解よ。彼奴らがティレルメの正面におったから、危険を冒してでも交代させたのだ。あのまま置いていたら、抜かれておったろうよ」

　十字軍でも色々あったらしい。

「じゃあ、とりあえず会談を申し込む方向でいこう。文書を送るだけならタダだし、どうせ兵を北と南に動かす時間は必要だからな」

「うむ。会談場所はユタン峠がよかろうが……警戒させぬよう、条件は向こうに決めさせたほうがよい。彼奴(きゃつ)は本当に小心者ゆえ、怯(おび)えが出たら会談自体がなくなるかもしれぬ。向こうに決めさせても、どうせユタン峠と言ってくるだろう」

　それはどうなんだろう。

　キエンは大柄ながら鷲に乗れるが、ボラフラ・ノザが乗れるかどうかは分からない。鷲に乗れないのなら、ノザ家と他領の東の境界線は、山脈の頂上を繋いでいった稜線(りょうせん)上ということになっているので、会談場所に辿(たど)り着くまでが大変だ。

　たとえ天騎士の称号を持っていたとしても、本当に乗れるとは限らない。鷲での飛行というのは、どうしても死の危険が伴うわけで、経験に長いブランクがある人の中には、昔は乗ってたけどもう乗るのはやめたから……というのが大勢いる。

「では、そういうことで……どうせだから、いま文(ふみ)を作るか。ちょうど全員集まっているしな」

「構わぬよ」

「それじゃ、ティレト、誰か詳しそうなメイドさんを呼んできてくれ」

　部屋の隅で立っているティレトに言うと、

「私はお前の召使いではないぞ……」

と不満げに言いながら、部屋を出ていった。

　メイドさんを呼びに行ったのだろう。文句を言いながらも命令には従うんだよな。

「あれは王剣ですか？」

　ディミトリが言った。

「ああ。一応、連れてきていた。破壊工作に使うかもしれないからな」

「なるほど」

　ガチャリと扉が開き、年老いたメイドが現れた。

　早い。

「連れてきたぞ」

　部屋のすぐ外にいたのだろう。年老いたメイドは、どうも怯えているようで、誰とも目を合わせぬように俯(うつむ)いていた。

「……なんの御用でしょうか」

「すみません。申し訳ないのですが、便箋と封筒を一つ、持ってきては頂けないでしょうか。書き物と封蝋(ふうろう)の準備も」

「あ、あの……封筒はすべて、我が家の印章入りのものになってしまいますが……」

「ええ、どれでも構いません」

　俺はメイドの緊張を和らげるため、ニッコリと微笑んだ。

「し、失礼します……」

　老メイドは、そう言って部屋を後にした。

「ずいぶんと丁寧に頼むのだな。私には横柄(おうへい)な口を利くくせに」

　ティレトは不服らしい。

「すまないな、心の中では常に敬っているんだが、口に出すと違う言葉になってしまうんだ。心の中では敬語だから、気にしないでくれ」

「お前なあ……」

　ティレトが呆れたように言った。

「ブフッ」

　誰かが吹き出した。

「ハッハッハ――いや、失礼」

　笑ったのはキエンだった。さっきの冗談がツボにハマったのか。

　そこで、部屋の扉がガチャリと開いた。

「お持ちしました……」

　老メイドが、一式が乗ったお盆を机の上に置いた。

「ありがとうございます」
「いえ……それでは」
頭を下げて、部屋を退出していった。
「さ、書くか」

◇　◇　◇

会談申出書

ノザ家の処遇を含め、一度話し合いの場を設けたく、ここに会談を申し込む。

1：会談場所
ノザ家にて指定すること。ただし場所は貴領領域内ではなく、領境にあたる地域のどこかを指定すること。
こちらが小勢にて領域内に深く侵入せねばならない場所等、危険が及びうる場所での開催は受け容れられない。
また、峻険（しゅんけん）な山岳の頂上などは避け、常識的な場所を指定すること。

2：返答期限
当方十字軍に対抗するため準備を急いでいる状態ゆえ、四月内にはホウ家に鷲を差し向け、返答すること。
書文の伝達の時間を考慮し、五月三日までに返答が届かなかった場合は、この書文を宣戦布告状に代え、侵攻を開始するものとする。
返答が届いた場合は、開戦は会談の開催日まで延期する。

3：会談時期
ノザ家にて指定すること。四月二十五日から五月七日までの間を指定するように。
当方十字軍に対抗するための準備を急いでいる

状態ゆえ、指定した期間の延長などには応じられない。

いちいち期限が短いことに関しては、失敬かとは存ずるがご理解いただきたい。


4：魔女家所有の念書とノザ家の処遇について
当方、魔女家の隠匿していた念書を所有しており、貴家と魔女家との密約は認知している。その上で、ノザ家の天爵座としての存続についてはこれを認めず、廃止するものと考えている。

ただし、降伏するのであればボラフラ・ノザを頭とするノザ家に罪を問うつもりはない。

あくまで天爵位の剝奪と封土の返還を求めるものである。

我々は、侵攻によってかかる人命の損失、費用の消費、そして何より時間の浪費を惜しむものである。

なぜ惜しむのか。貴家が降伏するならば、喪（うしな）われるはずのそれらは全て、十字軍に差し向けることができるからである。

迅速な解決が行われ、武装解除と領の引き渡しが済むのであれば、罪の赦免に加えて、相応の礼と処遇を貴家に与えたい。

以上

連座署名

◇◇◇

連座署名の筆頭に、自分のサインを入れた。

「こんなものでどうだろう」

キエンの方に紙をやる。

キエンは内容に目を通し、読み終わるとサインをして、返してきた。

「さすがであるな。騎士院で近年稀（まれ）に見る秀才と呼ばれていたのも頷ける」

「ティグリス。あんたもどうだ」

俺が声をかけると、ティグリスがこちらを見た。

「私は……」

「べつに、あんたにボフ家の代表になれってんじゃない。まあ、あんたの署名があったら多少ハクが付くって程度のことだ。一応読んでみろ。気に入らなかったら署名しなくていい」

「……わかりました」

席が余った長机で、一人離れた末席に座っていたティグリスは、書面を受け取りに俺のところまで来た。

ティレトは彼女を信用していないのか、壁際から俺の傍らまで来て、妙な動きをしたら即座に斬るといった構えを見せた。

俺も信用はしていないが、エイノラを殺った抜刀であれば、俺が短刀を抜いて防ぐほうが早い。

ティグリスは何事もなく受け取ると、末席に戻って書面を読み始めた。

「それで、誰がそんなことを？」

俺は話を戻して、キエンのほうを向いて言った。

「儂の従兄弟が騎士院の院長をしておってな」

「ああ……ラベロ・ルベか。そんなに話したことはないが」

従兄弟だったのか。

「免除された単位は歴史上最多だったそうだな」

「そうだったのか。知らなかった」

いやまじで。最多だったのか。

「それでは、入学早々暇を持て余すことになったろう」

「ホウ社を作れたのは、その暇のおかげだ。免除の仕組みがなかったら、どうなっていたかな」

普通に忙しかったら、普通にホウ社を作ろうなんて思わなかったかもしれない。

そしたら、船も持っていないし、天測航法もなければ、新大陸もなく、火炎瓶もなく、印刷技術もなかった。

「あれは、ホウ家とは別にやっていたというのは本当かね」

「いや、商売が大きくなるにつれ、魔女の妨害が激しくなってきてな。結局、ホウ家の傘の下に入ったような有様になってしまった。それまでは親の手を借りずやってきたのに、不本意だったよ」

　悔しかったな。

　税金は払うのだし、警備の費用も出すのだから、フェアーなのだと心の中で言い訳しつつも、やっぱり親に頼ることになったのは嫌だった。

「ふうむ……金を親に頼らぬだけでも、凄いことのように思えるが」

「まあ、おかげでビラを撒けたし、火炎瓶も作れた。あの時始めた金儲け（かねもう）が戦争の役に立っている。本当に、なにが役立つかというのは、分からないものだよ」

　キエンと雑談をしているうちに、ティグリスが読み終わったようで、席を立ってこちらにやってきた。

　机の上に紙を置くと、羽ペンを取り、キエンの名の下にサインをした。

「書きました」

　ついっ、と紙が押される。

「ありがとう」

　俺はそれを三つ折りにして、ボフ家の空押し印（エンボス）の入った封筒に入れた。

　お盆の上には、倒れないよう土台が重くなった燭台（しょくだい）もあり、そこには蠟燭（ろうそく）が灯（とも）っている。

　蠟燭の蠟と封蠟は作り方が違うので、代用することはできない。一度蠟燭を傾けて、上に溜まっている蠟を壺（つぼ）に棄（す）てると、封蠟の棒を火に近づけて、炙（あぶ）りながら溶かして封筒に上手く垂らした。

　固まってしまう前に、ギュウ、っとスタンプを押す。ボフ家の紋章がついた封筒ができた。

「ユーリ閣下、私が急使に渡しておきます」

ディミトリが言った。

「ああ。頼んだ」

パタパタと軽く封筒を振って、少し封蠟を固めてから渡した。

「それでは、儂も兵を北に動かすとするか」

「ルベ家のほうで、程度の良い部隊を一つ、ここに置いてってくれないか。住民避難上、コツラハが手中にあったほうがやりやすいだろう」

コツラハはルベ家と王都を結ぶ大街道を塞ぐように存在していて、ずっと関税を取ってきた都市だ。

避難民は当然、ここを通ることになる。ホウ家が管理していたら、どうしても連携は行き届かない。どうせなら身内が治めていたほうがやりやすいはずだ。

「それは助かるが、よろしいのか?」

信頼してくれていいのか？　ということだろう。

「構わない。ホウ家のほうも兵が余っているわけではない。王都の治安も担当して、第二軍の調練にも兵を割いている。むしろ助かる」

「それでは、お言葉に甘えるとしよう」

「戦後、ルベ家に与えるという意味ではないからな」

「ハハ、分かっておる」

キエンは、笑いながらそう言って、部屋から出ていった。

「ユーリ殿」
会議が解散したあと、俺はティグリスに声をかけられた。
ディミトリも急使を立てるため行ってしまい、他の者も去り、残っているのはティレトを含めて三人だけだった。

「なんだ？」

「一つ聞いておきたいことがあるのです。昨日、コツラハを一週間で陥とすと言っていましたが。あれは、どうやるつもりだったのですか」

　なんだ、そのことか。

「うーん……」

　どうしようか。

「こちらを騙すための嘘だったのですか？」

「いや、一週間で陥とす自信はあった。ただ、話していいものか迷ってな」

「なるほど。私は未だ槍を預けてはいない身。無理からぬことです」

「いや、話す。今となっては話してしまっても構わぬことだからな」

　十字軍の後のことなんて考える必要はないし、あと数年もすれば他の方法も実現可能になる。

「ならば、教えてください」

「この都市は、城門ばかり立派だが、壁がいささか薄すぎる」

「壁を壊すつもりだったのですか？」

　ティグリスは眉を寄せた。

　コツラハの市壁は、丘や盛り土を城に仕立てたような形ではなく、ただ平坦な土地にある都市を壁で囲っただけのものだ。これは柵を丈夫にしただけの構造といってよく、最も弱い形の壁となる。

　見た目は同じ壁でも、石垣のような形で、裏にも土石が詰まったものになると、これは格段に破壊が難しくなる。大砲をぶっ放しても壊れるのは表面だけだし、即座に全部が崩れることはない。同地点に何十発もブチ込めば壁が崩れてスロープ状になってしまったりもするだろうが、現在の大砲にそこまで集弾させる技術はないし、そこまでやってもまだ坂という防衛に有利な地形は残る。

　コツラハの市壁はそれとは違い、単なる柵で、厚みも薄い。

　城壁や要塞壁ではなく、都市を囲む市壁なのだから仕方がないのだが、弱いことには違いない。山賊や夜盗のような輩の侵入を防ぐには十分すぎるほどの代物なわけだが、それ以上は役目が違うとも言える。

「どうも気づいていなかったようだが、北側に修理が行き届いていない箇所がある。低い位置で石が抜けていたぞ」

「……それが？」

「そこに穴を掘って、城壁内部に細い穴を開ける。穴全体に火薬を詰めて、その上に更に爆破装置を取り付け、爆破する。実際やってみなきゃ分からないが、たぶんそれで城壁は崩れただろう。あとは軍勢をなだれ込ませて終わりだ」

「それで城壁が崩れるとして、どうやって設置するつもりだったのですか」

「俺は数日、壁の上を観察していた。城門ばかり警戒していたが、城壁のほうの警備はお粗末だったな。真夜中に壁の下で何をやってるかなんて、見張りの兵に分かるのか？」

「……なるほど」

納得したようだ。

「言っておくが、もし機会があっても壁を修復しようなんて思うなよ。あれは時代遅れの代物だ。これからなんの役にも立たなくなる。金の無駄だ」

「……はい」

「お前の処分はノザ家が片付いてから決めよう。それまでは、自領に戻って兵を練っておくといい」

「そうさせて頂きます」

いくら評判がよくても、主君殺しの騎士だからな。

いつかボフ家の軍を任せるにしても、ほとぼりが冷めるまで期間を置いたほうがいい。

Ⅶ

「……引っ越すことになるかもしれぬ」

ボラフラ・ノザは、家族に対して言った。

その目は、これから去ることになる、オレガノを見ていた。

フィヨルド地形の末端に形成されたオレガノは、ノザ家領で最も裕福な港町である。

ノザ家領の南端にあるのは、より北と比べれば、まだ温暖で住みやすいからという理由がある。

オレガノはノザ家領の交易中心地であり、港湾都市でもある。北方の各都市で造られた干し鱈を始めとする産業品が、小型帆船による沿岸航法でこの都市まで運ばれ、それから各地に送られてゆく。

ノザ家領の至宝とも言うべき都市で、領内では抜群の繁栄を見せている。

防衛面でも優秀で、オレガノを囲む山々の稜線には薄い壁が敷かれ、長い壁の所々には石造りの小砦が立ち、容易に侵入できないようになっている。


ボラフラ・ノザは、それら全てを捨てようとしていた。

「降伏するのですか」

妻である、オーレス・ノザが言う。

「そうすることにした。降伏すれば、それなりの待遇を約束するそうだ。ただ、騎士家として存続することは叶わぬだろう」

「では、これからどうするのですか？」

「アイサ孤島に土地を貰い、財産を持って移住するのだ。それくらいの譲歩なら、あの男も受け容れるだろう」

「そんな……」

今までの生活を棄てることに、妻には抵抗があるようだった。

「それほど悪い条件ではない。どのみち、これから十字軍が来る……彼らが勝つ可能性は、五分五分以下と見るのがよいだろう。それを考えれば、ホウ家の手配でアイサ孤島に逃れる機会を得たのは、奇貨（きか）とも言える」

「父上、それはあまりにも……」

ボラフラの息子、トーマ・ノザが言った。彼は三十二歳になったばかりの若者で、騎士としての理想を胸に抱いていた。

「……お前は、自ら兵を率いて戦いたいのだろう。しかし、その必要はないのだ。おそらくは、ユーリ・ホウが兵を使ったほうがうまくいく」

「父上が、あのような密約を交わさなければ……」

「言うな、トーマ。もはや何もかも手遅れなのだ」

ボラフラの心の中には、前の戦争があった。二国で対抗できなかったものが、一国で対抗できるはずはない。それはボラフラにとって、当然の論理の帰結だった。

だが、ユーリ・ホウは一ヶ月と少しの間に、王都を陥とし、ボフ家すらも滅ぼした。

五分五分以下と言ったが、そう考えたのはユーリ・ホウの底知れぬ手腕ならば何かをしでかす可能性がある。という、いわば理解の及ばぬ未知数に対しての評価であり、やはり勝ち目が薄いとは思っている。

「とにかく、降伏することに決めた」

「父上……しかし、ホウ家からしてみれば、約束を守る必要はないのでは」

「いや、キエン・ルベも来るのだ。奴（やつ）は義理堅い男よ。それに、彼らにとっては重い約束ではない。破ったことで落ちる世間の評判のほうが重要だ」

それは、ボラフラの頭の中で歪められた理屈だった。

自分の正常性を保つため、分析において都合の悪い側面を見ない悪習が、この場でも出ていた。魔女の囁（ささや）きを実現可能性のあるものと解釈し、合意してしまったときと同じプロセスが、ボラフラの頭の中で発生していた。

「お父様、私は残りますわ」

そう言ったのは、一人娘であるメヌエット・ノザであった。

　ボラフラには一男一女の子供がおり、彼女のほうが年少で、去年教養院を卒業した二十五歳の娘だった。

「なぜだ。というか、そんなことは許さん」

「許嫁(いいなずけ)がおりますもの、ヴィラン・トミン様が」

「そういった状況ではないのだ。我らはこの国を去るのだから」

　そもそも、将家ではなくなるのだから、許嫁などという話は根本から消える。もう政略結婚などという話をしている場合ではない。

「私とヴィラン様は、心から愛し合っております。お願いですから放っておいてくださいませ」

「ならん」

「……そうですか。分かりました、それでは仕方がありません。諦めますわ」

　メヌエットは、至極あっさりと諦めた。

「うむ。言うまでもないことだが、ここで話した内容は他言せぬように。国を想(おも)ってのこととはいえ、我が家だけが特別扱いを受けるというのは批判が降り掛かって来ぬとも限らぬ」

「分かっております。お父様に従いますわ」


「メヌエットはまだ来ぬのか」

　燭台の明かり灯る食卓で、メヌエットを除いたノザ家の面々は、食事を摂(と)っていた。

「お別れを言いに行っているのでは？」

　オーレスが言った。

　ノザ家の生活は簡素で、食卓には少しの食事しか並んでいない。今日の夕食は、鹿肉を焼いたものであった。

　机は、大きな節目が浮いた素朴な作りのもので、ニスが剥がれたままになっている。天井にはシャンデリアも吊られていない。民や諸侯が貧しいため、あまり豪華にするとやっかみの元になるのだった。

「あいつは分別なき気質ゆえ、少し心配です」

トーマ・ノザが言う。

「そう言うな。年頃の娘にあまり自制を求めるのも酷というものだ」

「しかし、あいつは王都での生活に毒されすぎております。アイサ孤島での暮らしになど耐えられぬのでは？」

「アイサ孤島も近頃は活気がでていると聞く。湯が吹き出る風光明媚な土地というし、それほどの退屈はなかろうよ」

小さく切った鹿の腿肉を口に運びながら、ボラフラは言う。

アイサ孤島を統べるエット家については、ボラフラもほとんど知らなかったので、不安はあった。だが、世の中の物事は大抵金で解決できるというのも事実だ。

土地の恒久的支配権などというものは、中々金では購えないものだが、統治者ではなく裕福な庶民の暮らしをする上では、大抵のことは金で解決できる。

「湯ですか……あまり好みませぬ。それより、私はここに残って、一兵としてでも戦い、名を残すべきではないでしょうか」

「ならぬ……おまえはノザ家の跡取り息子なのだ。大皇国の時代より続くノザ家を途絶えさせてはならぬ」

そう言いながらも、ボラフラは騎士としての心を持つ息子を嬉しく思った。

そのような騎士の感覚は、ボラフラの胸からは消え去って久しい。

武断の家を統べるのはなにかにつけ億劫で、強者どもを集めて戦に乗り出すよりも、治世者として日々の務めを行い、民の尊敬を集めるような生活がボラフラにとっては理想であった。

戦争など辟易する。

対十字軍に乗り出したときは、移動しながら天幕で暮らす日々の生活で、体を壊してしまったくらいであった。

「これからは、槍を捨てて生きていくのだ。おまえにとっては辛いことかもしれないが、切り替えなくてはいけないよ」

　ボラフラが、そう言った時だった。

　食堂の扉が勢いよく開いた。

「おう、一家団欒の最中だったかな？」

　そう言って現れたのは、ヴィラン・トミンであった。

　藩爵のドラ息子だ。

　傍らには、泥酔したメヌエットを抱いている。

「ヴィラン・トミン。一体何の用かね」

「いやぁ～～～ッ！」

　強く、長く言いながら、ヴィランは扉を叩きつけるようにして閉めた。

　バタンッ！　と強い音がする。

「ヒッ！」

　妻オーレスが短い悲鳴をあげる。

「ボラフラ様、降伏ってのはいかんでしょ」

　ボラフラは頭を抱えたくなった。

　早速、言ってしまったようだ。家族の情などかけずに、軟禁してしまえばよかった。

「貴様、ここはノザ家の本邸なるぞ。礼を失した行いは慎みたまえっ！」

　トーマ・ノザが言った。

「ハア？　もう騎士やめたんじゃなかったのか？　そんなら、もうここはあんたの家じゃないよな」

　ヴィランが理屈を返した。

「せっ、正式に爵位をお返しするまでは騎士であろうっ！」

「はー、もう黙ってろって。お坊ちゃまは」

「黙るのはお前だっ！」

「はぁ～～っ」

　ヴィランは、傍らに抱いたメヌエットを離すと、トーマの下へ歩いて来た。

「なっ、なんだっ！」

「黙れっつってんだよ!!」

「グッ」

　トーマの顔面に拳が炸裂し、椅子から転げ落ちた。

「キャアアアアッ！」

　オーレスの甲高い叫び声が部屋に響く。

「貴様！　なにをするかっ！」

　ボラフラが椅子から立ち上がりながら、一喝した。

　トーマを見ると、頭を強打され、床に伸びてしまっているようだ。

「そりゃこっちの台詞だぜ。ボラフラ様よぉ。自分だけ小遣いもらってケツ捲って逃げるってさ、そりゃない話っしょ。オレらはどうするわけよ」

「そっ、それはっ――」

「ユーリ・ホウにナシつけてくれんのか？　オレらが今までどーりやってけるようにさ――話によると、そうじゃねえらしいじゃん」

「おいっ、衛兵！　誰か居ないのか！」

　ボラフラは大声で衛兵を呼んだ。

「来ねえって。ウチで一番つええ大男が通せんぼしてんだ。あんたのところの軟弱な兵じゃ抜けやしねえよ」

「ぐっ……」

「ボラフラさん、あんたオレに天爵譲りなよ。そうすりゃ命だきゃ助けてやる」

「馬鹿なっ！　天爵とは女王に授けられる物、譲るようなものではないッ！」

　実際には、天爵の授与は女王が決めることではなく、将家が会議によって決めるもので、たしかに叙勲式が終わっての天爵ではあるが、女王は事後承諾するだけである。

　だが、ボラフラの中での天爵を渡したくないという思いがそれを言わせた。

「ちげーって。頭領降りてオレに譲るって言ってほしいわけ。その知らせを全土に送りなよ」

「たとえそれをしたところで、誰が貴様に従う！　皆こぞってホウ家に降伏するだけよ！」

「あー、やっぱ、そうだよな」

ヴィランは頭を掻いた。

そして、後ろ腰に下げていた手斧を取ると、無造作に投げた。

「ウあッ！」

床で気絶していたトーマが、奇妙な声を上げた。手斧が頭蓋を割っている。

「やっぱ、力を示して従わせるしかないよな。そんなら、こうしたほうが早いか」

「いやぁああああぁぁぁああ!!」

一瞬遅れて、母親の悲痛な叫びが、食堂に響き渡った。

「トーマ！　トーマっ！」

オーレスがトーマの体に走り寄り、床に跪くと、触れるのを恐れるように頭蓋に深く侵入している手斧に手をやった。

「うるせぇ！」

足元で跪いているオーレスの首を、ヴィランが力いっぱい踏みつけた。

「うギッ」

脊椎を踏み折られたオーレスの首が、不自然な方向に曲がる。オーレスはトーマの遺体に折り重なるように倒れ、少しも動かなくなった。

ヴィランは親子の死体に手をやると、トーマの頭蓋に刺さっていた手斧を引き抜き、腰の後ろに戻した。

「ハッ！　お兄様、いいザマ。いっつも偉そうにしているバチが当たったのよ」

メヌエットが、ボラフラが今まで見たこともない表情で家族の遺体を見下ろしていた。

何が起こっているのか、ボラフラの頭は追いつかない。愛娘は、家にいるときとは人が変わったように、ヴィランに媚びた視線を送っていた。

「お父様もぉ、さっさとヴィラン様に家督を譲っちゃったらよかったのにね。そしたら生きていられたのにサァ」

　メヌエットは、しなを作ってヴィランに寄り添った。

「離せや、豚」

　そして、ヴィランに突き放された。

「えっ――」

「肉が付きすぎなんだよお前。全身ブヨブヨで気持ち悪ぃったら。ノザ家の娘だから抱いてやってたけどよ、それがなくなったらお前なんざ豚だ豚」

「ちょっと、冗談よしてよ。ヴィラン様、嘘でしょ？」

「嘘じゃねえってのッ」

　ヴィランは、メヌエットの腹を蹴飛ばした。

「ず――っとウザかったんだわ！　きっしょく悪い声あげて、ブヨブヨの腹ァ押し付けてきやがってよぉ」

「やめてよ、何いってんのッ!?　ね、太ってるのが気に入らなかったの!?　なら痩せるから！」

「いやもう全部がキモチわりぃ。ほら、さっさと死ね」

　ヴィランは、机の上にあった肉切りナイフを取り、メヌエットのところに投げやった。

　板張りの床に跳ねたナイフが転がり、メヌエットの膝下で止まる。

「それで首切ったら死ねるから、今ここで死ね。俺を愛してるなら頼むから死んでくれ、豚」

「嘘……」

「嘘じゃねえったら。死ねったら死ねよ、愚図がッ！」

　ヴィランがメヌエットを見下ろす瞳は、もはや婚約者を見るそれではなかった。腐った肉にたかる太った蛆でも見るような目だった。

「やだっ、やだやだやだっ！　嘘でしょ!?　嘘って言ってよ！」

「はぁ～～ほんとウッザ――」

目に暴力の色を宿したヴィランが、メヌエットに近づく。

「やめいっ！」

我に返ったボラフラが、ようやく声を張り上げた。

ヴィランが一瞬そちらを向くと、

「うわあああああああ!!!!」

メヌエットは叫びながら、食卓に置いてあったナイフを摑むと、腰だめに構えて突進した。

ヴィランは避けようともせず、ナイフが腹にもぐりこむ。

「バァカ。先の丸まったナイフで突いてどうすんだ」

ヴィランは、ナイフを握っていたメヌエットの腕を取ると、肘と腕を持って、曲がらない方向に曲げた。

「イッ――！」

関節が決められ、激痛の予感が走るが、一瞬にして予感が飛び去り、ブチブチと肘の腱が千切れる感触がした。

「アッ、アアあぁ!! 痛い!!」

肘を力任せに壊すと、ヴィランはメヌエットが着た厚手の服の胸元を取った。

「これからもっと痛えぞ」

腕を振りかぶり、力いっぱい殴る。

「あぐッ！」

一発だけに止まらず、むちゃくちゃに連打しはじめた。

「あっ、ぐっ、うぅ、やっ、やべっ、やべてっ」

「豚を抱かされてきたこれまでの精神的苦痛だよ。死ねッ！」

五分ほど殴り続けていただろうか。

ヴィランが腕の疲れを感じ、殴るのをやめたとき、メヌエットの顔は肌色をした部分を見つけるのが難しいほどの有り様となっていた。

ヴィランの右腕から殴りやすい場所にあった顔面の左側は、特に念入りに殴打され、頬骨から鼻骨にかけてが骨折し腫れ上がっている。

「う、あ——」

「あんたさぁ……」

ヴィランは、ボラフラを見た。

「嫁さんと息子殺されて、娘をこんだけボコられて何もしてこねえの？　本当にチンコついてんのかよ……」

心底呆れたように言うと、ヴィランは飽きたように許嫁であった女を見た。襟元を摑んだまま、後ろ髪をひっつかむと、握った両拳を合わせるように、力任せにグルンと回した。

「カぎッ——」

首がありえない方向に曲がり、メヌエットの頭が背中を向く。体から力が抜けると、ヴィランはこれみよがしに襟から手を離した。

ぐしゃり、と地面に落ちる。

ボラフラは、その様子を見ても、動けなかった。行為の最中は身が竦んで動けず、終わったあとは全てを失った虚脱感で、椅子に座ってしまった。

これで終わりなのか。

「信じられねえな。こんなのが将家の頭領だったのかよ……やってらんねえわ」

ヴィランは自嘲するように言った。

ボラフラには言い返す気力もない。懐に忍ばせていた短刀を握る気も起こらなかった。

「死んどけ、ジジイ」

ヴィランが手斧を振りかぶり、そしてボラフラの意識は消えた。

終章　少女の日々

Ｉ

私、リッチェ・ルーアンは、カラクモにあるホウ家のお屋敷で、物心ついたころからメイド見習いの仕事をしていた。

今年で十歳になる。

この職場は、いいところだった。ルーク様とスズヤ様は若い奉公人に優しく、望んだ者は引退した学者のおじいちゃんから、読み書きを習うこともできた。

ルーク様は人々からの信望が厚く、スズヤ様は優しく穏やかな方だった。武人の男の人たちにとっては異論があるようだったが、少なくともカラクモの民たちにとっては、ルーク様は紛れもない名君のようで、その治世になってから暮らし向きがよくなった、金回りが良くなったと評判だった。

そんな穏やかな都で、私は日々を過ごしていた。

年が変わってからしばらくして、ようやく冬が明けかけ、春が顔を覗(のぞ)かせた三月のある日。

その穏やかな日常は、突然終わりを告げた。

夜明けと同時に一人の伝令がやってきて、館の中で刀自(とじ)と呼ばれているサツキ様を起こし、緊急の要件を伝えた。サツキ様はすぐに屋敷にいる全員を起床させ、偉い人たちを集めた。

大騒ぎの喧騒(けんそう)のなか、漏れ出た噂(うわさ)が屋敷の中に伝わっていった。それを聞いた屋敷の人たちは皆殺気立ち、なんだか世界が一変してしまったようだった。

その日の夕方には、噂に尾ひれがつく前にと、サツキ様が館にいる全ての人たちを集めてお話をされた。そこで私は、ルーク様とスズヤ様が毒殺されたことを改めて知らされた。

私は、信じたくなかった噂の内容は事実なのだと知らされ、その場でしゃがみこんで号泣してしまった。あんなお優しいご夫婦が、よりにもよって殺されてしまうなんて。

サツキ様は、それが起こった理由についてつらつらと述べていたけれど、私には難しすぎてよく理解できなかった。私は、ただただ嗚咽を漏らしながら、次から次へと流れ出てくる涙を拭いていた。

あんなに優しい、人々に慕われるご夫婦が、毒によって苦しんで血を吐き殺される。そんなことが起こっていい理由は、私の生きているこの世界にはないはずだった。なぜ、間違ったことが起こってしまったのだろう。なぜ、その間違いがよりにもよってあのご夫婦に降り掛かったのだろう。私にはそれが、許されざるこの世の不条理のように感じられ、そんな不条理が世界に存在することが受け容れられず、悲しくて悲しくて仕方がなかった。

私はずっとしゃがみこんで泣いていたが、肩を叩いて叱る人はいなかった。泣き腫らした目で周りを見ると、大人も子供もみんなが泣いていた。ある人は憎しみに取り憑かれたような顔で涙を流し、ある人は慕っていた夫妻を悼んで泣いていた。

皆が涙に暮れ、思い思いの夜を過ごした翌日、一人の青年が屋敷を訪れた。

トリカゴに一羽の鷲が飛来して、その青年が来たことを一人が大声で告げると、大人たちは一斉に仕事を放り出し、窓際に駆け寄った。私も釣られて駆け寄った。

トリカゴに鷲を預けた青年が、屋敷に向かって歩いてくる。たまたま隣にいた仲のいいメイドの先輩が、

「リッチェ、よく見ておきなさい。あの御方が、私たちがこれからお仕えするご当主様よ」

と言った。

「そうなんですか。どんな方なんでしょう」

　私は、ユーリ・ホウという名の青年を初めて見た。ご夫婦に息子さんがいることは知っていたが、私が勤めはじめたころには、もう王都に行ってしまっていた。何度か、「来ていたのよ」という形で来訪を知らされたことはあるが、いつもすぐに出ていってしまうので、その姿を見たことはない。

「彼は、これから英雄になられる方よ。きっと、そうなるに違いないわ」

　想像もしていなかった答えが返ってきて、私は思わず先輩の横顔を見た。少し怖い、今まで見たことのない表情をして、先輩は一心に彼の姿を見ていた。

◇　◇　◇

　それから数日して、私はサツキ様の部屋に呼び出された。

　ノックをして「入りなさい」という返事を聞き、ドアを開けて入ってみると、そこにはサツキ様以外に、上品なメイド服を着た女性がいた。

「お召しにより参りました。リッチェ・ルーアンでございます」

　そう挨拶をすると、

「ご苦労様。そこのソファに座りなさい」

と言われた。私は、応接用のソファに許可を得て座るのは初めてだった。自分一人で掃除しているとき、こっそり座ってみたことはあるけれど……先輩が見ていたら、不躾だと咎められる行為だ。

　でも、座ってと言われているのに謙遜するのも変だろう。

　私は、おそるおそる黒い革張りのソファに腰を下ろした。張りのあるクッションが、私の小さなお尻を受け止めた。

上品なメイド服を着た女性は対面のソファに座り、

「私は、カフェティ・ロッティといいます。本来、あなたの同僚なのですが、ずっと王都の別邸に勤めておりました」

と言った。

ああ、なるほど。という思いがした。さすがというか、雰囲気が都会的で、すごく洗練されている。

王都別邸のメイドは、本邸勤めのメイドたちからすると、一段格上というか、ちょっとした憧れの存在だ。

綺麗な制服を支給されるし、なにより王都に住めるので転勤を希望する人は多いのだが、仕事が完璧にできないと配属されないのだと聞いていた。

王都別邸では、身内ばかりを相手にする本邸と違って、他の将家の皆様、魔女と呼ばれる人々、ことによるとお姫様や女王様まで接遇する機会がある。そんなお客様にわずかでも失礼があったら、ホウ家は田舎者と笑われてしまう。なので完璧な作法が求められるし、服装も常に整えておかなければならない。

目の前にいるお姉さんも、バッチリ綺麗だった。髪も服装も、完璧に整えられている。なに一つ、文句の付け所がない。

「はじめまして。これから、よろしくお願いします」

リッチェは頭を下げた。カフェティさんは、王都別邸から逃げてきたのだろう。少なくともこれからしばらくの間は、本邸でお仕事をするのだ。

なぜ、私を呼んだのかは分からないけれど。

「礼儀作法は及第点ですね」

「よかったわ。それじゃ、この子でいいかしら」

「はい。それでは、少し彼女をお借りして、審査させていただきます」

「よろしくね」

カフェティさんは、すっくとソファから立つと、ドアのほうに向かった。

「来なさい。リッチェ」

「あ、はい」

私はソファから立って、サツキ様に一礼をすると、カフェティさんについていった。

審査。なにか、作法や家事の能力でも確かめられるのだろうか。

「今日は、私と遊びましょう」

廊下に出るなり、カフェティさんは言った。私は最初、それを聞き間違いかと思った。

「遊ぶ、ですか?」

カフェティさんは、休日の遊び相手が欲しくて私を呼び出したのだろうか。実際、仲のいい先輩に休日連れ出されることは多かったので、それは珍しいことではなかった。

「はい。今回のお仕事には、それがとても重要なことなのです」

「えっ、遊ぶのがですか?」

「そうです。リッチェ、服を私服に着替えて、門のところで待っていなさい。私も着替えて参ります」

「わっ、分かりました。それでは、ちょっと失礼させていただきます」

私は、カフェティさんから離れて自室に戻った。

それからカフェティさんとお昼ごはんを食べ、近くにあるという実家で初対面のご両親とお話をすると、私は服の仕立て屋さんに連れて行かれて、新しいメイド服の寸法を取った。

カフェティさんとはそこでお別れした。その翌日に、同僚にもう一度仕立て屋さんに連れて行かれ、仮縫いの服を着せられたあと、「明日までに荷物をまとめること」と申し付けられた。

次の朝には真新しい二着のメイド服が仕上がっていて、槍(やり)を持った騎士一人を伴って、私は慣れ親しんだお屋敷をあとにしていた。

Ⅱ

　小さな馬車に乗り、途中で一度馬車を乗り換え、私はとある山奥の家に辿り着いた。

　玄関の前に、カフェティさんが立っている。

　馬車から降りると、

「長旅お疲れ様でした、リッチェ・ルーアン。ここがあなたの新しい職場になります」

「はい。カフェティさん」

　そのお家は、こぢんまりとした小さなおうちだった。

　よく手入れされていて、壁などは昨日塗り直したように真っ白い。薪置場には薪が積まれていて、近くには薪割り台がある。

　物語に出てくるような家だった。私は、なんだかんだいってカラクモという都会にずっと住んできたので、こういう田舎のおうちには馴染みがなかった。

　カフェティさんは、警護の騎士と一言二言お話をして馬車を返すと、私のところにやってきた。

「まずは、あなたがこれからお仕えする御方を紹介します。おいでなさい」

　小さなドアから家に入り、玄関で靴を脱いで揃えた。私は、失礼のないようカフェティさんの真似をしながら家に入った。

　カフェティさんは、奥に見える台所などには見向きもせず、二階に向かう。

　作られたばかりのような真新しい階段を登って階を上がると、カフェティさんは一室のドアを開けた。

　その部屋は、すべてが真新しく作り直されていて、わずかに新しい木の匂いがした。

　その奥のベッドに、一人の女性がいた。

　小麦畑のような金髪の下についた、美しい青い瞳が、こちらを見ている。

「キャロル様、今日からお仕えすることになった、リッチェ・ルーアンです。リッチェ、ご挨拶なさい」

「あっ、あのっ、メイド見習いの、リッチェともうします。どうぞよろしくお願いもーしあげます」

ぺこりと頭を下げた。声が上ずってしまった。

顔をあげると、青い瞳をした女の人が、こちらを見て優しげに微笑(ほほえ)んでいる。

「キャロル・フル・シャルトルだ。こちらこそよろしく、リッチェ」

リッチェと呼ばれたとき、私の心が鈴を鳴らしたように震えたのを感じた。

私は、この方にお仕えするのだ。それはなんだか、物語の中の素敵な出来事のように感じられた。

「では、リッチェに家の中を案内してまいります」

「うん」

「――リッチェ？　おいでなさい」

「……えっ？　あっ、はいっ！」

私は慌てて返事をすると、キャロル様に一礼をして、カフェティさんについていった。


カフェティさんは、一階に降りると裏の勝手口のほうに歩いていった。そこには、木でできた大きめのサンダルが大小、二足置いてあった。

「小さい方はあなたのために用意しました。履いて、ついてきなさい」

カフェティさんは、大きいほうのサンダルを履くと、裏の勝手口を開いて外に出た。洗濯物を干す物干し竿(ざお)が見える。シーツや衣類が干してあり、まだ肌寒い春の風に揺られていた。

この場所は、先ほどのキャロル様の居室からみると、ちょうど家の反対側に位置している。

つまり、話をしてもキャロル様のところまでは届きづらい。なにかお話があるんだな、と私は察した。想像通り、カフェティさんはすぐに喋（しゃべ）り始めた。

「リッチェ、あの御方がどういったご身分の方なのか、分かりますか?」

「はい。えっと……たぶん、王女様かと思います」

金髪碧眼（へきがん）は、王族の徴（しるし）である。そのくらいの知識は、私にもあった。

「いいえ、違います。先代の女王陛下は、毒によって倒れ、お隠れに――お亡くなりになりました。つまり、あの御方は、この国の新しい女王陛下なのです」

「あっ……そ、そう……なんですか」

頭が混乱してよく分からなかった。

女王陛下……一生会うことはないだろうと思っていた雲の上の人と、私は今会っていたのか。

はいえつ……という言葉を習った気がする。

てっきり、そういうのは、ルーク様のような偉い方が、お城のご立派な広間で、玉座に座った女王陛下の前でやるものだと思っていた。ぜんぜん、イメージとそぐわない。でも、私は確かに、今しがたはいえつをしたのだ。

「あの御方は、先代の女王陛下と、ルーク様、スズヤ様が飲んだのと同じ毒をお召しになられました。体に入った毒の量はわずかですが、体調は思わしくありません。それに加えて、ご懐妊――つまり、お腹（なか）に赤ちゃんがおられるのです。この意味がわかりますか?」

「とっても、大変ということです」

私は、正直に言った。妊娠、出産というのは、私はお手伝いをしたことはないけれど、大変なことだと聞いている。それに加えて、毒のせいでとにかく体調が悪い。だとすると、すごく大変なことになる。とっても、大変なことになる。

「……まあ、そうですね。その認識は正しいと思います。出産は、命がけのものになるでしょう」

「はい」

「あなたには、あの御方の身の回りのお世話を手伝ってもらうことになります」

背筋が凍るような思いがした。

それは、大変なお仕事だ。サツキ様のお世話でも緊張するのに、女王陛下のお世話をしなければいけないなんて。

私に務まるとは、とても思えなかった。

カフェティさんは、怖気（おじけ）づく私を見て、しゃがんで同じ目線に顔を合わせると、肩に手を添えた。

「大丈夫。行儀作法に厳しい御方ではありませんから、お屋敷でしていた通りの仕事をすれば、なにも問題はありません」

「は……はい」

カフェティさんに言われると、それはそうなのだろうと思った。この人は、一時（いっとき）安心させるために気休めで聞こえのいいことを言って、あとになって無作法を怒鳴りつけてくるような人ではない……ような気がした。カラクモでたった一日話しただけだけれど。

これまで通りでいいのだ。

私は、息を深く吸って、吐いた。

「ですが、一つだけ、絶対にやってはいけないことがあります」

「大声を出してはいけないことでしょうか。すみません、気をつけます」

先ほど、キャロル様の部屋で返事をしたとき、ちょっとぼーっとしていたので、大声で「はいっ！」と返事をしてしまった。

返事は、大きな声ではっきりと。

とっさのことで、お屋敷で働いていたころの癖が出てしまった。キャロル様は、大きな声に少しだけ驚いて、顔をこわばらせておられた。

「それも、できる範囲で気をつけてくださいね。でも、それではありません」

「……なんでしょう。すみません、分かりません」

　私がそう言うと、カフェティさんは私の目をじっと見て、

「なにがあっても、あの御方を憐(あわ)れまないように」

　と言った。

「あなたはこれから、あの御方とお喋りをして笑ったり、事件の話を聞いて悲しんだりするでしょう。それはかまわないのです。ですが、憐れんではいけません。あの御方は、この国でもっとも尊い生まれの御方です。そして、その御身にふさわしい、この世で最も尊い戦いをしておられます」

「……はい」

「もしこの先、あの方が歩けなくなっても、排泄(はいせつ)の処理を他人に任せることになっても、あなたに憐れまれる理由は、どこにもないのです。それだけは、覚えておいてね」

「分かりました。カフェティさん」

　私が返事をすると、カフェティさんは頷(うなず)いて、微笑んだ。

「よろしい。それでは、この家の案内をします。あなた用のベッドも用意してありますからね」

◇　◇　◇

　私が来てから一週間が経(た)ったころ、いつか窓から見た青年が馬車を連れて家にやってきた。

　カフェティさんが「おかえりなさいませ」と言ったのが気になり、どういうことか尋ねてみると、ここは元々彼の生家だったのだという。ということは、ルーク様とスズヤ様が元々暮らしておられた家だということだ。

　なるほど、そうだったのか、と、私はお屋敷でしかご夫婦と会ったことがないのに、なんだか奇

妙にしっくりきてしまった。この家で生活しているご夫妻を想像すると、型に嵌(は)めたようにぴったりと収まる感じがした。

ユーリ様は、キャロル様とお話をされたあと、一晩泊まって、翌朝には発(た)っていった。

どんな話をされていたのか分からないけれど、それからというもの、キャロル様はずいぶんと気が楽になられたようだった。

それまでの一週間は、なんだか四六時中、ものすごく深刻な様子で思い悩んでいて、気軽に話しかけられるような雰囲気ではなかった。王都のことが心配でならないようで、居ても立ってもいられず、もし病気や妊娠といった事情がなかったら、今すぐにでも飛び出ていっていただろう、と思わせるような様子だった。でも、その心労の原因はユーリ様が綺麗さっぱり取り除いたらしかった。

ユーリ様が出ていってから、キャロル様は思い悩む時間がなくなり、その代わりに暇そうにするようになった。

寝室の箪笥(たんす)の引き出しを見てみると、毛糸玉と編み棒があったので、カフェティさんに許可を取って、キャロル様のところに持っていった。

「キャロル様、こんなものを見つけました。お暇ならやってみませんか？」

と、持ってきたものを見せると、

「――それは？　ほどいた糸か？」

キャロル様は、まったく見覚えのないものを初めて見た顔をした。

私は、びっくりした。まさかこの世の中に、編み物を知らない人がいるなんて。そうか、王宮で育ってきたから、こんなものの存在はご存じないんだ。

「え、ええっと……これは毛糸を編む道具で、色々なものを作れるんです。セーターとか、マフラーとか」

「ああ……なるほど。ああいったものは、そんな棒を使って手作業で編むものだったのだな。それもそうか。織り機を使って編めるものではないものな」

キャロル様は、なんだか不思議な納得の仕方をした。

「はい。けっこう簡単なので、実益を兼ねて趣味にしている人が多いんです。スズヤ様も、お屋敷でやっておられました。これもスズヤ様が昔使っていたものだと思います」

「えっ、そうなのか。お義母様が……」

おかあさま、という言葉を聞いて、私は一瞬はてな？と思った。すぐ、結婚先の母のことを言っているのだ、と気づいた。

「勝手に使っていいものなのかな？」

「いいと思います。ユーリ様が、この家にあるものは全て自由に使ってよいと言っていたそうなので」

「じゃあ、ちょっとやってみようかな。教えてくれるか？」

「もちろんです」

私は編み棒を手にとって、キャロル様に編み方を教えてあげた。

キャロル様はすぐに基本的な編み方を覚えて、手のひらほどの編みやすい幅の編み物を伸ばしはじめた。

「これは、いい趣味かもしれないな。刺繍と違って、指を刺したりする心配もない」

指先で棒を操っている。最初は不揃いだった編み目が、慣れてきたのか、少しずつ揃ってきているのが見て取れた。

私は、幸せな気分だった。この国で最も尊い、見目麗しい方が、私の目の前で編み物をしている。尊敬する女性を、この時だけは独り占めにしているようで、幸せな気分だった。

「妊婦さんにはちょうどいい趣味なのかもしれませんね」

「うん。気も紛れそうだし、ちょっと続けてみようかな。この子のために、なにか作ってやるのも良いかもしれない」

「とてもいい考えだと思います」

ちまちまとした地味な作業の連続なので、人によっては苦痛に感じてしまうものだが、キャロル様はそれほど苦にしていないようだった。

キャロル様は、指先を細かく動かしながら、毛糸を編んでゆく。まだ指先はなめらかとはいかず、編み目も不揃いだった。

「あの、ユーリ様って、どんな方なのか、聞いてもいいですか？」

温かな沈黙の中で、ふと、気になったことを尋ねていた。

この方が選び、子供を産んでもいいとまで思った男性というのは、一体どんな人なのだろう。

「ユーリか。うーん……」

キャロル様は、指を動かす手を止めて、少し考えているようだった。

「リッチェが、あいつのやったことを人づてに聞いたら、かなり怖い男だと感じるかもしれないな。実際、恐ろしいことをけっこう平気でする。外の人間からしてみれば、他人のことなんて、どうでもいいと思っているように見えるかもしれない」

「……そうなんですか」

怖い人だ。

「ふふっ、そんなに怖がるな。それだけしかない男を、私が好きになるわけないだろう？」

キャロル様は素敵な微笑みを見せた。

たしかに、それはそうだ。ユーリ様は、キャロル様が選んだ人なんだから。

「あいつには、もの凄くいいところがある。大切な人のことを、本当に、心の底から大事に思ってるんだ。それこそ、自分の命なんてなげうっても、少しも惜しくないと思うくらいにな。だから、あいつに想われていると、本当にたまらなく幸せな気持ちになる」

そう言ったキャロル様の目は、うっとりとしていて、幸せそうだった。ユーリ様のことが大好きだという気持ちが伝わってくるようだった。

「あいつが敵に対して残酷なように見えるのは、そうでもしないと大切な人を守れないからなんだ……だから、味方にとっては頼りがいがあって、敵にとっては恐ろしい男に見える。だからね、どんなに怖い話を聞いても、リッチェがあいつを怖がる必要はない」

そう言うと、キャロル様は私の頭を撫でた。

「リッチェはもう身内だ。あいつは、リッチェを守ることはあっても、酷いことをすることはない。だから、なにがあっても怖がる必要はないんだよ」

私には、よく分からなかった。ただ、キャロル様はユーリ様のことをよく理解していて、確かだと思っていることを言っている。だから、それはきっと正しいのだ。だって、キャロル様のお考えなのだから。

「そうなんですか。安心しました」

「うん」

キャロル様はそう言うと、また編み物に戻っていった。

◇◇◇

それから一週間ほどすると、キャロル様のマフラーは、ついに仕上がった。

「よし、っと。終わった。リッチェ、処分しておいてくれ」

と言いながら、キャロル様はマフラーをぞんざいに摑んで、こちらに差し出してきた。

「えっ!?」

と、私は驚きのあまり大声を出してしまった。

「どうした。とつぜん大声を出して」

キャロル様はきょとんとしている。

「お子さんのために編んでたんじゃなかったんですか？」

「いや……編むけど、これは練習台だよ。いくらなんでも、これじゃ贈られた方が困るだろう」

確かに、キャロル様の手元のマフラーは、途中で何回も編み方が変わっていた。最後の五分の一ほどは、太い縄のような形が立体的に浮き上がる、縄編みというやや難しい編み方になっている。

それでも、べつに使えないわけではない。立派なマフラーだ。キャロル様は王族なので、身につけるものの品質については厳しい目を持っているのかもしれない。

「そんな……でも、せっかく頑張ってお編みになったのに……」

というか、私には、キャロル様が手ずから作ったものを捨てる、あるいは解いて糸に戻すという発想がなかった。そんなこと、ありえない。

「そうはいっても、使ってもらえないのでは意味がないからな」

「なら、私が貰ってもいいですか？」

「なにも、こんなのを使わなくても。そっちのほうがよくできているじゃないか」

私も、キャロル様につきあって編み物を編んでいる。今はケープというか、ボタンのついた肩掛けのようなものを作っていた。

「これはキャロル様に使っていただこうと思って編んでるんです……貰ったらだめですか？」

「いや、どうせ捨てるつもりだったのだから、かまわないよ。でも、本当に無理をして使う必要はないからな」

と、キャロル様は私にマフラーを差し出した。

私は、それを恭しく両手で受け取った。

「使うのがもったいないくらいです。一生、大事にしますので」

「そんな大げさな」

キャロル様は可笑しそうに笑った。

「大げさじゃありません。私の一生の宝物ですから」

私がそう言うと、キャロル様は微笑んでくれた。

そして、次の瞬間、急に表情が険しくなった。

「ウッ……」

背中を丸くして、口元を押さえている。

私はすぐにカップを用意して、はちみつの瓶から大きな匙で中身を移した。暖炉の上で厚い布にくるまれているポットから、半分ほど湯を入れてかき混ぜる。

キャロル様に渡すと、すぐにお召しになった。喉が動き嚥下すると、少し落ち着きを取り戻した様子で、体を少し起こすためにベッドに置いてある寝具に背中を預けた。

間を置いて、はぁ、はぁ、と、浅い呼吸を繰り返す。食べ物が通る食道が荒れているのだ、ということらしい。はちみつは殺菌?作用があり、食道を守り、栄養も同時に摂取できるので、ユーリ様が摂取するよう勧めたものだ。

「ありがとう。リッチェ」

そう言ったキャロル様の声は、少し荒れていた。

「喋らないでください。お礼なんていいですから」

私が泣きそうになりながら言うと、キャロル様はゆっくりと私の頭を撫でた。

Ⅲ

それから少し経ち、四月も半ばになった頃、家に一台の馬車がやってきた。

その馬車はいつもと違い、槍を帯びた武人が何人か乗っていた。

カフェティさんが出迎え、彼らと話すと、すぐ

に私を呼び付け、

「キャロル様に、ドッラ・ゴドウィンが来ているとお伝えしてきなさい」

　と言った。

　私はすぐにキャロル様の部屋に駆けつけた。

「失礼します」

　部屋に入ってみると、キャロル様は窓から外を見ていた。

「キャロル様、ドッラ・ゴドウィンという方が来たそうです」

「……やけに剣呑だと思ったら、そういうことか。考えてみれば、あいつは近衛の出身だものな」

　キャロル様はよく分からないことを言うと、外から目を離した。物憂げな表情になって、なにかを考えている。

「……あの、お会いになるのが嫌なら、お断りしましょうか？」

「いいや、ちょっと心の準備をしていただけだ。すぐに通してくれ。縄を打たれているなら、その必要はないとも伝えてくれ」

「はいっ」

　私は一礼すると、注意しながらドアを閉めた。もう使い慣れた階段を、体が覚えてしまった歩幅でトトトトトッ、と下る。

　玄関を開けると、槍を帯びた武人たちと話をするカフェティさんに返事を伝えた。

　槍を帯びた武人たちと話をするカフェティさんに返事を伝えると、馬車の中から一人の男性が現れた。キャロル様が言っていた通り、縄を打たれている。

　犯罪者かなにかだろうか、と私は思った。

　男性はこういう扱いに慣れてしまっているのか、縄を解かれると手首をさすりながら、平然としていた。体が大きくて、険しい顔をして眉間に皺を寄せている。

　見ただけで、気圧されるような威圧感がある。

　この男性を、キャロル様に会わせてよいのだろうか。

「リッチェ、キャロル様のお部屋に案内してさしあげなさい」

カフェティさんに言われたので、私は「こちらです」と言って歩き始めた。心の片隅では、会わせてよいのだろうかと心配で仕方ない。だけど、キャロル様とカフェティさんが信頼している人を、私の独断で会わせないわけにはいかない。

靴を脱いでお客様用のスリッパを用意すると、私は二階に上がった。

ドッラと呼ばれた人は、なにかを強く思い悩んだような顔をしながら、私の後ろについてきた。

ノックは要らないということになっているが、私は一応ノックをして、「ドッラ様をお連れしました」と言った。

「入ってくれ」

奥から鈴を転がすような声が聞こえると、私はドアを開いた。

中に招き入れると、

「ドッラ。よく来てくれたな」

キャロル様は、ベッドの上から柔らかな微笑みを浮かべながら言った。その表情と声は、私に接するものとは少し違って、なにか別の色彩を放っているように感じられた。

私は、隣にいるドッラさんの顔を見上げた。その表情を向けられたドッラさんは、様々な感情がないまぜになったような顔をしていた。私は、男性がこんなに激しい感情を露(あら)わにするところを、初めて見た。

「殿下……っ！」

ドッラさんは、にわかにキャロル様に駆け寄ると、ベッドの脇で突然跪(ひざまず)いた。

「申し訳ねぇ……っ！　俺は、殿下が危ないときに、なにもできなかった……っ！」

ドッラさんの声は、後の方になるにつれ涙声になっていった。感極まってしまう、というのはこういうことだろうか。

一人の男性が、女性の横たわるベッドの横で跪き、涙を流している。その光景はどこか劇的で、なぜだか二人の物語の美しい結末のように思えた。

二人は、これからなにを話すのだろう。この場に立ち会えることは幸運だ。これからきっと、なにか胸を打つような会話がされるのだ。現実のような劇はいくつもあるけれど、劇のような現実はそうそうない。私はこれから、一生忘れられないような会話を聞くのだろう。

「リッチェ、席を外してくれ」

「えっ」

出てかなきゃダメなの？

「ここにいたらダメでしょうか」

「ダメだよ。出ていきなさい」

キャロル様は微笑みながら、有無を言わせずに言った。

私は、仕方なく部屋の外に出た。その時には、ドッラさんがキャロル様を害すとは、少しも思えなくなっていた。

ドアの向こうから、わずかに漏れ出た声が聞こえる。壁に張り付いて聞き耳を立てれば聞こえるのだろうけど、私はそれがとんでもない無作法のような気がして……実際、とんでもない無作法なわけだけれど、自制をして二階の廊下で一番離れた場所で控えていた。

二人の会話が気になったのもあるけれど、なにか用事で呼びつけられることもあるわけで、こうして少し離れたところで控えているのはなにも無作法ではない……と思う。声は聞こえていないわけだし。

階段の部分に落ちないよう設置された手すりに体をあずけて、ずーっと待っていると、ドアが開かれた。

ドッラさんは、泣き腫らした目をして、未だに感情をうまく処理できていない顔をしていた。

男の人は、きっとこんな顔を誰にも見られたくないものだろう。

「こちらへどうぞ」

私は、ドッラさんを案内して、一階に下っていった。玄関には向かわず、裏庭に案内する。サンダルに履き替えて裏口を出ると、ドッラさんはスリッパを履いていることに気づかない様子で、そのままついてきた。

そこには、古びたベンチが置いてある。

「私も、キャロル様にお仕えしていて、どうしてこんな優しい御方があんな目に遭わなければならなかったんだろうって、すごく悲しくなるときがあるんです」

ドッラさんは、聞こえているのかいないのか、そのまま立っていた。

「そんなとき、そこのベンチに座って泣くんです。よろしければ、気が静まるまでお使いください」

そう言って一礼をすると、私は裏口に戻って、ドアを閉めた。

余計なお世話だっただろうか。でも、なぜかドッラさんにはあの場所が必要な気がしたのだ。

それはきっと、間違ってはいないだろう。しばらく台所でお仕事をしていると、裏口のほうから低い嗚咽が聞こえてきた。

◇　◇　◇

ドッラさんは、その日のうちに坂道を一人とぼとぼと下りて、去っていった。

翌日、

「お二人は、どういうご関係だったんですか？」

と尋ねると、

「あいつは、昔、私に惚れていたんだ」

なんだか嬉しそうな顔をして、キャロル様は言った。

「今は、慕ってくれているというのが正確かな。

他に大切に想う女ができたようだから」

「へぇ〜、そうなんですか……」

大人な話だ。

「ああいう男に想われるというのは、嬉しいものだ。胸の奥が疼くような気持ちがする。リッチェにも、今に分かるよ」

「そうですか？」

「うん。その器量なら、あと何年かすれば、男たちが放っておかなくなる。間違いない」

「えぇ……」

あんなゴツゴツした武人たちに言い寄られるのは、ぞっとしない話だった。

「ふふっ、リッチェには、まだ早かったか」

「それより、よかったら、あの方との思い出話を聞かせてくれませんか？」

「え？　そうだなぁ……リッチェが喜びそうな話となると、あれかな」

それから、キャロル様はとても楽しそうに、王都の学院というところで過ごしていたころの思い出話を話しはじめた。

同年代の男性と交じって修業に励むなんて、自分には想像もできなかったけれど、それを話すキャロル様を見ているだけで、私はなんだか幸せな気持ちになるのだった。

Ⅳ

それからキャロル様は、秋に落葉樹の葉が枯れ落ちてゆくように、少しずつ少しずつ体調を悪くしていった。

そして、誰に書いているのか、編み物の合間にお手紙を書くことが多くなった。手紙は、書き終わると誰に出すでもなく、ベッドの横にある小机の引き出しに仕舞われる。それがなんの手紙なのか、尋ねることはカフェティさんから禁じられていた。

五月も半ばに近づいたある日のこと。

「うっ——」

キャロル様は、ベッドに横に渡された机の上で、スープを飲んでいた。中には原形をとどめないほど柔らかく煮られた麦が入っている。

「キャロル様、大丈夫ですか？」

私は、キャロル様の丸まった背中を手でさすった。

「——うん」

えずきながらスープを飲み込んだキャロル様は、まったく食事が美味しそうではなかった。食欲も、まったくないのだろう。それでも、キャロル様は無理をして食事をしていた。

「お下げしましょうか？」

まるで試練のようにスープを飲むキャロル様を見ると、一刻も早く視界からスープをどかしてさしあげたかった。

「いや、まだ食べる。こいつは、自分では食べられないから」

こいつ、というのは、お腹の中にいる赤ちゃんのことだ。

私は、それを聞いて、心の底からこみあがってくるように、目に涙を溜めてしまった。なんという人なんだろう。この人はこうして、呪われた運命に抗おうとしている。赤ちゃんに無事に産まれてきてほしかった。これ以上、この人に災いは必要ない。

キャロル様は、それからもひと掬いずつ飲み込み、ついにお皿一つ分のスープを食べきった。

そのころには、私は顔を隠して、目に溜まった涙を拭いていた。

「……お下げしますね。すぐ、口直しをお持ちします」

私はお皿を取り、階下に降りていった。台所では、カフェティさんが黄色い果実を剝いていた。

非常に酸っぱいこの果実を、なぜかキャロル様は好んでいた。食後に食べると吐き気が収まるのだそうだ。

　カフェティさんは、外側の苦い皮を完全に取り除いた果実を、六つに割って小さなお皿に盛り付けた。

「今日もご完食なされたのですか。キャロル様は、本当に強い御方ですね」

「はい。レモン、お持ちしますね」

　私がそう言うと、カフェティさんは皿の空いたところにらせん状に剝かれたレモンの皮と、ミントの葉を添えた。

「どうぞ」

　私は盛り付けられたレモンの小皿を持って、階段を上がった。

　キャロル様にお持ちすると、すぐに一欠けを口に運んだ。中で果実を噛み締め、果汁を飲み込むと、吐き気が収まったようで、眉間から険しさが消えた。

　三欠けを立て続けにお召しになると、

「……ふう」

　と、人心地ついたように息を吐いた。

「美味しかった。ごちそうさま」

「はい」

　私が作ったわけではないけれど、辛い食事が終わったことは良いことだ。

「いい香りですよね」

　カフェティさんが添えたレモンの皮は、今も胸がすくような鮮烈な香りを放っている。ミントの香りと混ざって、えずくような吐き気とは真逆にあるような、爽やかな香りがした。

「リッチェ、残りを食べないか？」

「えっ、いえ……」

　一度食べてみたことはあるけど、あの強烈すぎる酸っぱさは苦手だった。生で食べるものではないと思う。

「ふふっ、冗談だよ」

　と、キャロル様は楽しげに笑った。からかわれたのに、私の心は弾んでいた。先ほどまで苦しんでいたキャロル様が、楽しそうにしている。それが嬉しかった。

　私が嬉しそうにしていると、

「リッチェ。良かったらなんだが、私の頼みを聞いてくれないか」

　と、キャロル様は言った。

「え……まあ、キャロル様のお願いなら食べますけど」

「いや、そうじゃない」

　では、なんだろう。わざわざ断りを入れるまでもなく、キャロル様のお願いなら、私はなんであれ引き受ける。逆に、断るお願いというものが思いつかなかった。

「リッチェがホウ家に戻りたいなら、無理にとは言わないのだが……もし無事に産まれたら、この子に仕えてくれないだろうか」

　仕える……？

　仕えるというのは、仕官するという意味だろうか。

「えっ、じゃあ、シビャクの王城に勤めるということですか？」

「うーん、それは……ユーリの頑張り次第になると思うが、そうなる可能性もある」

　要するに、まだ名前もつけてもらっていないこの子の住む場所に私も住み、仕えるということだろうか。

「私は……私は、もし許されるのであれば、キャロル様にお仕えしたいです」

　率直にそう言うと、キャロル様は少し困ったような顔をした。

「リッチェはまだ若い。できれば、この子に対して姉のように接してほしいんだ」

「姉のように、って……私は庶民ですよ？　お子さんは、その……お姫様じゃないですか」

本来なら、口を利くのも許されない立場だ。

「それでいいんだ。十字軍がどうなるにせよ、この国は、これからユーリが支配することになるだろう。そうなったら、きっと実力のある平民が台頭する社会になる。ユーリがやっている、ホウ社がそうなっているようにな。だから、今までのように平民を見下す王女になってしまったら、この子は国民と良い関係を築けなくなってしまう。そうなったら、この子は必ず不幸になる」

キャロル様の話は、難しすぎて私にはよく分からなかった。

「よく分かりませんが、キャロル様のお願いなら、そうします。その子は……幸せに育つべきだと思うので」

私がそうすれば、お腹の子が不幸でなくなるというなら、そうしたいと思った。

「よかった。私はあまりいい姉ではなかったが、リッチェならきっといいお姉さんができるだろう。やっと安心できた……胸のつかえが下りた気分だ」

そう言って、キャロル様は緊張をといて、安心したように寝具に背を預けた。

姉……考えてみれば、キャロル様は、ご自身の妹に毒を盛られたのだ。一体、どんな事情があれば、こんな優しい姉に妹が毒を盛ることになるのだろう。

私には、まったく見当もつかなかった。なんの不満があったのだろう。私には、目の前にいるこの人が、自分の妹になにか酷いことをするところが、想像すらできない。こんなお姉ちゃんがいたら、私だったらとても、とても、とても幸せに感じるはずだ。それを、殺そうだなんて……。

「リッチェ、カフェティをここに呼んでくれ」

「あっ、はい」

唐突に呼ぶように言われて、私は廊下の外に出て、近くの小机に置いてあるベルを鳴らした。これで、もう一人を呼ぶ仕組みになっている。

カフェティさんは、すぐさま階段を上がってきた。

「どうしました？」

「キャロル様が呼んでます」

「お伺いします」

私とカフェティさんは、部屋に入った。

ベッドの傍らに立つと、

「いかが致しましたか？」

「カフェティ。シャム・ホウと、リリー・アミアンは、もう王都に戻ってしまったのか」

「……どうでしょう。分かりかねます。王都は、平定したとはいえまだ治安に不安がございますので、未だカラクモにご滞在中かもしれません。お呼びいたしましょうか？」

「ユーリには内密にしてほしい……できるか？」

キャロル様にそう言われた瞬間、カフェティさんは表情を険しくすると、まるで不実を責めるような目でキャロル様を見た。

「……そういったお願いは、お受けいたしかねます。私は、ユーリ様に誠意を持ってお仕えすることを誇りとする者です。お耳に入れるべきと判断した事柄は、ご報告させていただきます」

「そうだろうな。だけど、それを押して頼みたいのだ。私の話を聞けば、納得してもらえると思う」

「分かりました。聞くだけならば……リッチェ」

カフェティさんは、怖い目をして私を見た。

「話が済むまで、裏庭にいなさい」

私は、キャロル様を見た。

キャロル様は、優しい笑顔で私を見ると、軽く頷いた。私は、部屋の外に出ると、言われた通り一直線に裏庭まで行った。

何ヶ月か住んだ、小さなおうちを見上げる。まとっている空気が、いつもと違う気がした。なにか、大きなことが起きようとしている気がする。

お二人は、なんの話をしているのだろう。

その秘密の会話は、さほど長くはかからなかった。しばらくすると、カフェティさんは、なにか難しい顔をして階段から降りてきた。話が終わったということは、もう裏庭にいる必要はないはずだ。

家に入った私を見つけたカフェティさんは、「おいでなさい」と、早速私を呼んだ。

「はい。カフェティさん」

「リッチェ」

カフェティさんは、しゃがんで私に目線を合わせると、両肩に手を置いた。

ああ、大事な話が始まるのだ。と思った。カフェティさんは大事な話をするとき、いつもこうする。

そして、

「リッチェ、あなたは、私がユーリ様を裏切って、なにか悪いことをすると思いますか?」

と、不思議なことを言いだした。

「いいえ、思いません」

という言葉が、するっと出てきた。それは、ありそうにない。私が、キャロル様にとって悪いことをしないように、カフェティさんはそれをしないだろう。おそらくは、天地がひっくり返ってもしないだろう。

「そうよね。なら、先ほどキャロル様が私に言ったことは、忘れなさい。あの会話自体、聞かなかったことにして、誰にも話さないように」

また、不思議なことを言い出した。

「ユーリ様にも、サツキ様にも、誰にも話さないこと。分かりましたか?」

話の流れがわからなかった。つまり、カフェティさんはなにかをしようとしているが、それは、少なくともユーリ様にとっては悪いことではない、ということだろうか。

「それは、キャロル様の望むことなんですよね」

「はい。そうです。あの御方は、間違いなくそれをお望みです」

それなら、私がすることは一つだ。

「なら、大丈夫です。カフェティさん。私は誰にも話しません」

「よろしい。賢い子ね」

カフェティさんはそう言うと、目線を合わせた私の体を、ぎゅっと抱きしめた。

カフェティさんがそんなことをするのは、初めてのことだった。しばらくそうすると、カフェティさんは抱擁を解いて、立ち上がった。

「そろそろ、就寝の時間です。キャロル様の準備を、お手伝いしてきなさい」

「はい」

カフェティさんは、私に仕事を申し付けると、どこか思い詰めたような様子で裏庭に向かった。

大人たちは、大変だ。

私はそう思いながら、白いシーツを手にとって、二階に登っていった。

あとがき

どうもご無沙汰しております。不手折家です。

やっと七巻が出ました。七巻では、ユーリくんは戦争に備えて動きます。キャロルさんは療養というもう一つの戦いをしています。ドッラくんは後悔をし、ソイムさんはウキウキしています。

ユーリくんの敵は宗教の人です。宗教ってなんなのでしょうか？

僕は子供のころから、宗教については悪い印象しかありませんでした。歴史を見れば戦争の火種になり、現実を見れば信者からお金を集めて生活を壊し、果ては地下鉄で毒ガスを撒いたりしている。

ですが、様々なことを学ぶにつれて、いろんな見方ができるようになってきました。

昔、僕は車の運転をしている最中、ずっと放送大学のラジオを流していました。残念ながら二〇一八年にラジオでの講義を終了してしまったので、その習慣は強制的に終焉を迎えたわけですが、よっぽどつまらない内容でない限りはずっと聞いていました（例えば、まったく知りもしないポルトガル語の講義を第三回から聞く、というようなことも頻繁にあり、その場合はさすがに局を変えていました）。

その中に、「死生学入門」という講義があり、僕は本当にたまたまそれを聞きました。その中で、

「皆さんの多くは、日本人の多数を占める無神論者だと思います。ですが、本当にそうなのでしょうか？　自らの死に際したとき、完全な無神論者でいられる人間は、私の経験の中ではむしろ少数派だと思います。自分の死後のゆくすえ、天国にいくか地獄にいくか、あるいは輪廻（りんね）転生をして別の生物に生まれ変わるのか、死に際してそれらにまったく興味を抱かない人は、確かに真の無神論者なのでしょう。ですが、そういった人は極めて少数です」

というようなことを言っていて、自分は異質な内容に「なんだこの講義？」と面食らいながらも、興味深く拝聴しました（なにぶん、何年も昔にラジオで一度聞いただけの話なので、多少曲解はあろうかと思います）。

この講義を聞いて、僕は「確かに、そうかもしれない」と思いました。それを考えると、「宗教」というものは迷信に凝り固まったおかしな人の集まりでなく、広義にはもっと大きなぼんやりとした文化や習俗の集積であり、それに産湯のように浸（つ）かり、その中で育つことで、精神に浸透してゆくものなのではないか、と思うようになりました。そういう定義を広く取った考えでは、我々日本人の多くも無神論者とは言えないのかもしれません。

一巻で話したイタリア旅行の最中にも、ガイドさんから興味深い話を聞きました。イタリアでは、死後に教会に全財産を寄付する契約をする人が多くいて、それは教会の大きな財源になっているそうです。なぜそんなことをするのか。ガイドさんの話によれば、その代わりに教会でボランティアをしている人たちが頻繁に家に来て、孤独にならないよう死ぬまで世話を焼いてくれるそうなのです。その話を聞いたとき、宗教の美しい側面とはこのようなものなのか、と感じ入ったのを覚えています。

その一方、宗教とは善の側面だけではもちろんなく、負の側面も持っています。宗教とは教条的であって、異なる教えを持つ人々の間で強烈な文化摩擦を引き起こします。

ある宗教を信仰している人にとって、異教徒が信仰している宗教というのは、くだらない迷信の集まりに見えてしまうものです。僕の友人は熱心なカソリックの妻と国際結婚したのですが、妻は家に設置してあるお仏壇に嫌悪感を示し、「悪魔崇拝の祭壇」と言って撤去しようとしたそうです。

自分たちのことを愚かな教えを盲信している馬鹿と感じている隣人と、仲良くすることは難しいでしょう。島国である日本にいると想像が難しいかもしれませんが、大陸ではお互いをそう思っている国々が、国境線一つを境に隣り合っているのです。そりゃ、喧嘩(けんか)も起ころうってもんです。

宗教に関してはまだまだ語りたいことが尽きないのですが、そろそろ字数が限界に達するかと思うので、この辺で終わりにします。

最後まで読んでくれてありがとうございました。読者の皆様方に心より感謝申し上げます。

不手折家

亡びの国の征服者 7
～魔王は世界を征服するようです～

発行　2023年10月25日　初版第一刷発行

著者　不手折家
イラスト　toi8
発行者　永田勝治
発行所　株式会社オーバーラップ
〒141-0031
東京都品川区西五反田8-1-5
校正・DTP　株式会社鷗来堂
印刷・製本　大日本印刷株式会社

ISBN 978-4-8240-0609-7 C0093

【オーバーラップ　カスタマーサポート】
電　話　03-6219-0850
受付時間　10時～18時（土日祝日をのぞく）

作品のご感想、ファンレターをお待ちしています

あて先：〒141-0031　東京都品川区西五反田8-1-5 五反田光和ビル4階　ライトノベル編集部
「不手折家」先生係／「toi8」先生係